AF308188

CORNELIA HÄRTL

ANGST AUF FÖHR

EIN NORDSEEKRIMI

Erstausgabe Juli 2023

Copyright © 2023 dp Verlag, ein Imprint der
dp DIGITAL PUBLISHERS GmbH
Made in Stuttgart with ♥
Alle Rechte vorbehalten

Angst auf Föhr

Taschenbuch-ISBN 978-3-98778-182-7
E-Book-ISBN 978-3-98778-068-4
Hörbuch-ISBN: 978-3-98778-070-7

Covergestaltung: Anne Gebhardt
Umschlaggestaltung: ARTC.ore Design
Unter Verwendung von Motiven von
stock.adobe.com: © Marco2811 , © Nordreisender,
© ValentinValkov
shutterstock.com: © Resul Muslu, © Peangdao,
© ShutterProductions
Lektorat: Mona Dertinger
Satz: dp DIGITAL PUBLISHERS GmbH
Druck und Bindung: Books on Demand GmbH, Norderstedt

Kapitel 1

Kari Lürsen stand am Hafen von Wyk auf Föhr und blickte der Fähre entgegen, die sich aus Richtung Dagebüll näherte. Sie wurde schnell größer. Es war der zweite Montag im Mai, der dieses Jahr angenehm mild begonnen hatte. Innerhalb der letzten Woche war es spürbar wärmer geworden. Der Tag heute war dazu geeignet, Pullover gegen T-Shirts auszutauschen. Entsprechend bunt war das Bild, das sich ihr bot. Das Summen der Stimmen derjenigen, die am Anleger warteten, lag in der Luft. Die Stadt vibrierte, die Touristensaison hatte schon vor einiger Zeit begonnen. Sie brachte, wie jedes Jahr, Menschenmassen und Trubel auf die Insel. Die Fähre hatte den Hafen jetzt fast erreicht und stampfte auf den letzten Metern durch die schaumgekrönten Wellen. Die Menge vor Kari geriet in Bewegung, hin zu dem blauen Bogen, auf dem *Auf Wiedersehen auf Föhr* zu lesen stand. Kari schaute über das graue Wasser zum Horizont und atmete tief die salzige Luft ein. An diesem Abend würde sie zurück sein in Berlin. Nach etlichen Wochen, die sie seit Februar hier auf der Insel verbracht hatte. Gewartet hatte, zu erfahren, wie es beruflich mit ihr weitergehen würde. Konnte sie wieder in ihren alten Job beim BKA einsteigen? Oder musste sie sich darauf vorbereiten, in den kommenden Wochen und Monaten im Innendienst zu schmoren? War sie gar gänzlich gefeuert? Das Tuten der Fähre riss sie aus ihren Überlegungen. Das Schiff legte an. Kari beugte sich nach unten und hob ihre Reisetasche an. Im selben Moment vibrierte das Handy in ihrer Jackentasche. Sie nahm das Gespräch an, ohne auf die Anruferkennung zu achten. Als sie die Stimme ihres Vorgesetzten hörte, strafften sich ihre Schultern automatisch.

»Kari? Bist du noch auf Föhr?«, wollte er wissen, ohne sich mit einer Begrüßung aufzuhalten.

Nicht mehr lange, dachte sie, bejahte aber.

»Ich brauche deine Hilfe.« Er klang auf die übliche Weise sachlich, gleichzeitig hörte sie etwas anderes heraus, das nicht zu ihm passte und das sie nicht einordnen konnte.

»Du hast mich suspendiert«, erinnerte sie ihn bitter.

»Jetzt gebe ich dir die Chance, zurückzukommen.«

Hatte sie sich verhört? Hatte er das eben wirklich gesagt?

An der Fähre herrschte emsiges Treiben. Die ersten PKW rollten heraus, gleichzeitig strebten vereinzelte Passagiere eilig der Bushaltestelle oder dem Taxistand zu, sofern sie nicht abgeholt wurden.

»Worum geht es?« Sein Anruf machte sie mehr als neugierig.

»Wir haben ein Schutzhaus auf der Insel.« Jo Weinheimers Stimme wurde tiefer.

Die Information kam überraschend für sie. Aber das war ja immer so. Wer nicht direkt involviert war, hatte keine Ahnung.

»Zwei Personen sind dort untergebracht«, fuhr Jo fort. »Meine Abteilung hat den Auftrag, diese in den Zeugenschutz zu begleiten. Einer der beiden Personenschützer ist ausgefallen. Herzinfarkt.«

»Dann schick Ersatz«, schlug sie ihm vor.

Jo senkte die Stimme. Er räusperte sich, ehe er fortfuhr. »Das geht nicht so schnell. Ich muss erst jemanden finden. Bis diejenige Person vor Ort sein kann, dauert es. Und du bist schon da. Kennst dich aus. Es geht lediglich um drei Tage.«

Sie wusste, das konnte nicht alles sein.

»Dann soll ich überbrücken? Aber ich bin seit einer Weile nicht mehr ...«

»Aber du warst mal«, unterbrach er sie. »Lange genug, um Bescheid zu wissen und einen solchen Auftrag übernehmen zu können.«

»Und danach bin ich wieder raus?«

»Nein.« Seine Antwort kam schnell und energisch.

»Du reaktivierst mich?«

»Sage ich doch. Ich gebe dir eine Chance, in den Dienst zurückzukehren.«

Obwohl es genau das war, was sie sich seit Wochen ausmalte und wünschte, verschlug es ihr einen Moment lang die Sprache. Aus reiner Nächstenliebe tat er das nicht, davon war sie überzeugt. Sie und Jo hatten sich immer gut verstanden – bis ihr ein Fehler unterlaufen war. Ein schwerwiegender noch dazu: Eine Zielperson, auf die sie angesetzt gewesen war, war trotz ihrer Überwachung spurlos verschwunden. Bis heute hatte man den Mann nicht mehr ausfindig gemacht. Eine Blamage, die darüber hinaus die Frage aufgeworfen hatte, ob sie mit dem Feind gemeinsame Sache gemacht hatte. Sie schwieg. So lange, bis Jo sich bequemte fortzufahren.

»Ich weiß im Moment nicht, wem ich hier noch trauen kann.« Seine Stimme klang leise und ein bisschen traurig.

»Und mir traust du? Nach allem, was war?«

»Ich habe dir immer vertraut. Sonst würden wir hier nicht über eine Suspendierung mit anschließender möglicher Versetzung in den Innendienst diskutieren, sondern ganz andere, viel weitgreifendere Maßnahmen. Das ist dir hoffentlich bewusst.«

Es stimmte. Er gehörte nicht zu denjenigen, die in den Gängen üble Dinge über Kari geflüstert hatten. Sein gutes Verhältnis zu seinen Mitarbeitern war legendär. Die Vorstellung, dass einer davon ihn hinterging, musste schmerzhaft sein.

»Was ist geschehen?« Kari trat von einem Fuß auf den anderen. Etwas an dem, was Jo sagte, machte sie nervös.

»Wir haben einen hochkarätigen Zeugen in dieser Angelegenheit verloren.« Das konnte nur bedeuten, dass diese Person liquidiert worden war. Jo bestätigte Karis Befürchtung. »Mehr kann ich dir im Moment nicht sagen. Und das muss strikt unter uns bleiben. Zu keinem ein Wort«, fuhr Jo fort. Jetzt so leise, dass sie ihn kaum verstehen konnte. Auf einmal fror sie, als hätte sich ihr

Blut in Eis verwandelt. Der Schock verstärkte sich, als Jo fortfuhr.

»Ich fürchte, wir haben hier einen Maulwurf.«

Vorne an der Gangway zur Fähre sprang die Ampel auf Grün. Das Zeichen dafür, dass sämtliche Gäste von Dagebüll kommend das Schiff verlassen hatten. Der Pulk der Abreisenden setzte sich erneut in Bewegung.

»Du willst mich unter dem Radar fliegen lassen?« Alles andere würde keinen Sinn ergeben.

Jo bejahte.

»Was ist mit dem kranken Kollegen?«

»Keiner weiß, dass er auf einem Einsatz war. Wir haben es so aussehen lassen, als sei der Zusammenbruch in seinem Heimatort geschehen. Ich kann ihn auch nicht nach Berlin zurückholen, ohne das Risiko einzugehen, dass mehr darüber durchsickert, als mir lieb ist.«

Kari verstand. Sie war der ideale Ersatz. Niemand wusste, dass sie auf Föhr war. Niemand hatte sie auf dem Schirm. Inzwischen waren fast alle Fahrgäste im Aufgang zur Fähre verschwunden, ein paar Nachzügler hasteten über den Platz. In wenigen Minuten würde das Schiff ablegen.

»Wer ist die andere Person vor Ort?«

»Das ist eine Kollegin. Noch nicht lange dabei. Aber ich vertraue ihr. Du kannst dich auf sie verlassen.« Er redete, als habe sie bereits zugesagt.

»Wenn ich das übernehme, bin ich wieder drin?«

»Sage ich doch. Neue Chance. Du müsstest bloß vorerst allein auf mich und mein Wort vertrauen. Es gibt keinen offiziellen Einsatz. Und du berichtest nur mir direkt.«

Die letzten beiden Fahrgäste verschwanden im Inneren der Fähre. Kari stellte ihre Tasche ab.

»In Ordnung«, sagte sie. »Ich bleibe hier und helfe dir.«

Kapitel 2

»Moin«, grüßte die Taxifahrerin. Sie nahm Kari die Reisetasche ab und verstaute sie im Kofferraum. »Wohin geht die Fahrt?«

»Utersum«, instruierte Kari sie, das Handy mit der noch offenen Verbindung gegen die Brust gedrückt. Sie öffnete die Tür und setzte sich in den Fond des Wagens. Dort nahm sie das Gespräch wieder auf. Während der folgenden fünfzehn Minuten briefte Jo sie für den Einsatz. Die beiden zu schützenden Personen waren Mutter und Tochter. Sie sollten am Donnerstag nach Hamburg zurückkehren, wo die Aussage der Mutter bei einem Prozess erwartet wurde.

»Die Frau ist unsere Kronzeugin. Sie geht mit der fünfzehnjährigen Tochter danach in den Zeugenschutz. Wir müssen sie bis dahin vor dem Zugriff des Angeklagten bewahren.« Jo gab ihr am Ende die Koordinaten des Schutzhauses durch. Sie beendeten das Gespräch, als das Taxi in den Ort einfuhr. Kari stieg in Utersum-Mitte aus. Sie lief die wenigen Meter durch die verwinkelten Straßen zu Fuß bis zu dem ebenerdigen, reetgedeckten Haus mit der blauen Tür und den ebensolchen Schlagläden, das ihr von ihrem Großvater Hein vererbt worden war. Hier hatte sie die letzten Wochen verbracht. Sie warf die Reisetasche auf das Bett und packte die meisten Sachen wieder aus. Eine zweite Jeans, einige T-Shirts, einen leichten Pullover, Nachtkleidung und ihren Kulturbeutel ließ sie drin, legte eine Baumwolljacke dazu. Anschließend holte sie ihr Rad aus dem Schuppen im hinteren Teil des Gartens und machte sich auf den Weg. Es war nicht weit. Das fragliche Gebäude lag unterhalb von Witsum in der Nähe der Godelniederung. Ein ehemaliger Hof, der schon lange verlassen war. Das einsam stehende Haus inmitten eines großen und übersichtlichen Geländes war ein ideales Versteck im Nirgendwo, dem sich ungesehen so schnell niemand nähern konnte.

Eine Stunde später nahm eine jüngere Beamtin, die sich ihr als Marlies Pietschmann vorstellte, Kari in Empfang. Sie verglich ihr Aussehen sorgfältig mit dem, was Jo ihr in der Zwischenzeit geschickt hatte – vermutlich Foto und Personenbeschreibung. Schließlich nickte sie und ließ Kari ein.

Die sah sich gleich darauf der erwachsenen Zeugin gegenüber. Sandrine Leonhardt, genannt Sandra, war eine der Frauen, die aufgrund ihrer Zierlichkeit und ihres Aussehens – nicht im landläufigen Sinne attraktiv, aber apart – bei Männern Beschützerinstinkte und bei ihren Geschlechtsgenossinnen zwiespältige Gefühle auslösten. Sie trug das lange dunkle Haar offen. Ihre moosgrünen Augen blickten den beiden Beamtinnen streng und misstrauisch entgegen, als sie den Wohnraum betraten. Sie stand dort gegen einen Tisch gelehnt, ganz in Schwarz gekleidet, die Hände vor der Brust verschränkt.

»Die Mutter ist schwer zu deuten, die Tochter angefressen. Sie ist oben, verlässt ihr Zimmer kaum«, hatte Marlies kurz zuvor gemurmelt.

Kari hatte diese knappe Beschreibung schweigend aufgenommen. Jetzt musterte sie die Frau im Wohnzimmer. Sie wirkte keineswegs nervös, eher so, als halte sie all das, was hier stattfand, für eine Zumutung. Dabei diente es einzig und allein ihrem Schutz. Klarer noch: dem Schutz ihres Lebens. Das war, um mit den Worten zu sprechen, die Jo benutzt hatte, keinen Pfifferling wert, seit sie beschlossen hatte, ihren eigenen Ehemann der Justiz auszuliefern. Als Kronzeugin gegen ihn auszusagen und damit einen der einflussreichsten und gewieftesten Drogenpaten Hamburgs hochgehen zulassen. Warum sie sich nach sechzehn Jahren Ehe und einer gemeinsamen Tochter dazu entschieden hatte, war Kari nicht bekannt. Ihr Job war es, zusammen mit Marlies dafür zu sorgen, dass Gereon Leonhardt seine Frau nicht vor dem Prozess aufspüren und liquidieren ließ. So wie mutmaßlich den früheren Zeugen.

Leonhardt war skrupellos. Nachdem einer seiner führenden Mitarbeiter über eine Geldwaschanlage gestolpert war und sich, im Gegenzug für eine Strafmilderung, als Kronzeuge gegen seinen Chef angeboten hatte, saß der in Untersuchungshaft. Sein offizielles Gewerbe umfasste eine Importgesellschaft für Lebensmittel und eine Spedition mit Niederlassungen in Süd- und Ostdeutschland. Dazu kamen, neben der Hamburger

Villa, Wohnsitze auf Formentera und in der Schweiz. Ein Mann so glatt wie ein Aal. Man warf ihm Drogenschmuggel in großem Stil, Geldwäsche und Bestechung vor. Jedes Mal wenn die Behörden bisher gedacht hatten, sie könnten ihn festnageln, hatte er sich mithilfe eines teuren Anwaltsteams wieder herausgewunden. Beweise waren bislang zerpflückt worden oder auf nicht mehr zu klärende Weise verschwunden. Zudem wurde er verdächtigt, den Mord an einem bekannten Enthüllungsjournalisten in Auftrag gegeben zu haben. Der Mann hatte sich mit seinen Artikeln über das organisierte Verbrechen einen Namen gemacht. In diesen Berichten war er Leonhardt sehr nahe gekommen. Man sprach von Insiderwissen. Bevor er alles, was er wusste, publik machen konnte, war er am helllichten Tag vor seinem Haus in einem Hamburger Vorort erschossen worden. Ein Fall, der für Aufsehen gesorgt hatte, selbst in die bis dahin weitgehend ahnungslose Öffentlichkeit hinein. Zeigte er doch, wie sicher sich der Drogenpate der Hansestadt – wie ihn der Journalist getauft hatte, ohne ihn bei seinem richtigen Namen zu nennen – fühlte. Eine Ansage auch an Polizei und Justiz. *Ich habe hier das Sagen,* sollte die Tat ausdrücken.

Natürlich hatten Kari und ihre Kollegen im BKA sofort gewusst, wer hinter dem Anschlag steckte. Nachweisen konnten sie Leonhardt jedoch nichts. Der Frust hing damals in den Fluren der Dienststelle wie dicker Sirup. Und jetzt kam Sandra, liebende Ehefrau und Mutter von Leonhardts einzigem bekannten Kind, und gab an, über Beweise zu verfügen, die ausreichen würden, ihrem Gatten endlich den Prozess machen zu können. Zeugenschutz für sich und die gemeinsame Tochter hatte sie verlangt. Es musste das ganz große Besteck ausgepackt werden, das war allen klar. Denn schon allein aufgrund von Sandrines Aussehen – einer Mischung aus den Genen ihres marokkanischen Vaters und ihrer südfranzösischen Mutter – und der Tatsache, dass sie in Begleitung ihrer fünfzehnjährigen Tochter Beatrice, genannt Bea, reiste, würde es schwierig sein, die beiden dauerhaft zu verstecken.

Nicht allein unser Bier, hatte Jo gesagt. Sandra war reich. Sie würde sich ein Leben weit weg von Europa einrichten können. Besonders, wenn ihr Mann im Kittchen saß.

»Sind Sie der Ersatz?« Es waren die ersten Worte, die Sandra an Kari richtete. Die Frage der Frau klang wie eine Beleidigung. Kari ließ es an sich abprallen.

»Ich springe für den Kollegen ein«, erklärte sie knapp. Ihr fiel ein, dass sie gar nicht wusste, ob der Grund für ihre Anwesenheit den beiden zu schützenden Personen bekannt war, und hielt sich an ihre Regel, so wenig wie möglich preiszugeben.

»Sind wir hier überhaupt sicher?«, fuhr Sandra fort und Kari verstand, was sie wirklich damit sagen wollte. Sind wir hier mit *Ihnen* sicher.

»Dieses Haus ist unbedenklich«, antwortete sie. Sandra starrte einige Augenblicke dumpf vor sich hin, dann warf sie mit einem Ruck ihr Haar nach hinten und stieg gemächlich die Treppe ins obere Geschoss hinauf. Gleich darauf fiel eine Tür dort laut ins Schloss. Marlies seufzte und gab Kari mit einer Kopfbewegung zu verstehen, dass sie ihr in die Küche folgen sollte.

»Sie benimmt sich, als wären wir ihre Bediensteten«, bemerkte sie. »Reich und verwöhnt. Ich bin froh, wenn ich diesen Auftrag hinter mir habe.«

Das konnte ja heiter werden, dachte Kari. Ihre Laune besserte sich auch nicht, als Marlies ihr verriet, dass es erst ihr zweiter Einsatz war.

»Was ist mit deinem Kollegen passiert?« Kari checkte ihr Gegenüber, während sie auf Antwort wartete. Marlies wirkte sportlich. Lange Beine steckten in dunklen Leggins. Als sie sich eine Strähne ihres kurzen hellblonden Haars aus der Stirn strich, zeigten sich unter ihrem Halbarm-Shirt durchtrainierte Oberarme.

Marlies zog die Unterlippe zwischen die Zähne und schüttelte in einer hilflosen Geste den Kopf.

»Es war unser erster Tag hier. Er kam vom Joggen zurück. Brach zusammen. Gott sei Dank habe ich es vom Küchenfenster aus gesehen und bin ihm gleich zu Hilfe gekommen.«

»Von hier aus?« Kari zog zweifelnd die Brauen hoch. Die Küche lag nach hinten raus und erlaubte keinen Blick auf den Weg, der durch die Salzwiesen bis zum Damm führte.

Marlies bejahte. »Er war schon zurück und wollte abkühlen, trabte ums Haus.«

»Wie schlimm ist es?«

»Nicht so übel, dass er in Lebensgefahr schwebt. Aber es war undenkbar, dass er hier weitermacht.« Die Erleichterung darüber, dass es für ihren Kollegen nicht tödlich ausgegangen war, war Marlies anzusehen.

»Im BKA hat Jo es so aussehen lassen, als sei das Ganze an Tobias' Heimatort geschehen.« Sie schob ihre

Hände in die Hosentaschen und blickte aus dem Fenster. Ihre Dienstwaffe trug sie an der Hüfte, was Kari zu der Frage veranlasste, wie man sie ausrüsten würde.

»Jo hat nichts gesagt«, antwortete Marlies zögerlich.

»Ohne Waffe, das geht nicht«, meinte Kari mehr zu sich selbst. »Wo ist die deines Kollegen? Die könnte ich doch nehmen.« Sie hatten ihn ja wohl kaum mit einer Pistole ins Krankenhaus geschafft.

»Ich werde Jo fragen.«

»Das kann ich selbst tun«, erwiderte Kari.

»Leider nein.« Marlies baute sich vor ihr auf. Ihre dunkelbraunen Augen fixierten ihr Gegenüber. »Du weißt ja, dass du ein privates Handy hier nicht benutzen kannst.«

Sie streckte ihr auffordernd die Hand entgegen. Kari, einen Moment lang überrascht vom energischen Auftreten der Jüngeren, zögerte. Aber sie hatte recht. Kari zückte ihr Mobiltelefon, schaltete es aus, entnahm SIM-Karte und Akku und reichte alles ihrer Kollegin. Die würde es in einem besonderen Behältnis verstauen, damit nichts geortet werden konnte.

»Ich hoffe, du warst bei den Zeuginnen ebenso gründlich.«

Marlies zögerte kaum wahrnehmbar. »Das waren wir«, erwiderte sie knapp.

Keine Waffe, kein Handy, kein Dienstausweis. Kein offizieller Auftrag. Einen Moment lang ärgerte sich Kari darüber, dass sie sich in einer Situation befand, in der sie sich auf eine wesentlich unerfahrenere Kollegin verlassen musste. Bevor dieser Gedanke ihr schlechte Laune machen konnte, rief sie sich jedoch ins Gedächtnis, warum sie das alles tat. Um in den Dienst zurückzukehren. Wieder aufgenommen zu werden. Ohne Wenn und Aber. Sie schluckte daher eine etwas scharfe Erwiderung runter und ging zur Tagesordnung über.

Zunächst einmal machte sich Kari mit den Örtlichkeiten vertraut. Das zweistöckige Haus selbst befand sich auf einem weiträumigen Wiesengrundstück, das von einem massiven Holzzaun umgeben war. Vom ehemaligen Hof existierte nur noch das Haupthaus mit einem Anbau. Sämtliche anderen Gebäude waren abgerissen worden. Die einzige Zufahrt zweigte von der Dorfstraße in Witsum als befahrbarer Feldweg ab und führte direkt zum Grundstück. Ein Fußweg ging hinauf in Richtung Deich. Dahinter begann das Naturschutzgebiet Godelniederung. Von einer großen Scheune im hinteren Bereich des Geländes standen nur noch wenige Zentimeter hohe Fragmente einer Mauer, schon fast gänzlich überwuchert von Gras und Unkraut. Angebaut ans Hauptgebäude hatte man irgendwann ein zweites, wesentlich kleineres Holzkonstrukt. Hinter dem massiven Tor dieses Schuppens, das mit einem dicken Schloss gesichert war, stand ein schwarzer SUV geparkt, daneben ein blauer Corsa.

Auf jeder Seite des rechteckigen Baus waren, unter dem Reetdach kaum zu sehen, Kameras angebracht, die mit Bewegungsmeldern verbunden waren. Es gab einen Haupteingang ins Haus, der in einen Flur führte, davon gingen die Küche und ein Wohnzimmer ab. Von der Küche aus ging eine Hintertür in den Bereich des Geländes, der früher, noch sichtbar durch steinerne Beetumrandungen, als Gemüsegarten genutzt worden war. Das Haus verfügte neben dem Wohnraum über fünf weitere Zimmer. In je einem davon waren Sandra und ihre Tochter untergebracht, in zwei weiteren Kari und Marlies. Der fünfte Schlafraum war frei. Die Küche bot, wie in alten Bauernhäusern üblich, mehreren Personen Platz. Es war kaum anzunehmen, dass die vier Frauen jemals gemeinsam essen würden. Aber egal wie, Kari musste Sandra und ihre Tochter zunächst einmal kennenlernen. Sie bedeutete Marlies, unten zu bleiben, und stieg selbst in den ersten Stock hinauf.

Kapitel 3

Sandra Leonhardt antwortete auf Karis Klopfen mit einem scharfen »Ja!«, das sich wie ein Nein anhörte.

»Wir werden die kommenden drei Tage miteinander verbringen. Da finde ich es sinnvoll, sich ein bisschen kennenzulernen«, begann Kari das Gespräch. Die Frau von Gereon Leonhardt stand am Fenster und starrte hinaus.

»Und eine der wichtigsten Regeln überhaupt hier lautet, dass Sie sich nicht am Fenster zeigen.«

Sandra drehte sich so schnell um, dass ihre Haare ihr wie Schnüre um den Kopf flogen. Lange, dichte Wellen, um die Kari, deren kinnlanges, haselnussbraunes Haar eher glatt war und in letzter Zeit etwas dünn wirkte, die Frau kurz beneidete.

»Hier ist doch niemand!«, schnaubte sie und breitete in einer theatralischen Geste die Arme aus.

»Dass Sie niemanden sehen, heißt noch lange nicht, dass hier keiner ist.« Kari ging an ihr vorbei, wobei der schwere Duft eines orientalischen Parfüms ihre Nase streifte, und zog die Gardinen zu. »Auf Düfte sollten Sie ebenfalls verzichten«, informierte sie die andere. Die zog die Brauen so hoch, dass sie fast den Haaransatz berührten.

»Was fällt Ihnen ein, ich mache …«, weiter kam sie nicht, denn Kari schnitt ihr das Wort ab.

»Sie machen die nächsten drei Tage genau das, was meine Kollegin und ich Ihnen sagen. Wir sind verantwortlich für Ihr Leben. Und für das Ihrer Tochter. Wir wissen, was wir tun.« Den letzten Satz sprach sie betont energisch. »Und wenn, was wir alle nicht hoffen, jemand ins Haus eindringt, bringen wir Sie in Sicherheit. Da ist eine Duftspur, die man von hier noch bis ans Nordkap riechen kann, nicht gerade hilfreich.«

Sandras Mund klappte zu. Ihr Blick flackerte kurz. Dann ließ sie ein lautes »Pfff« hören.

»Also schlage ich vor, dass Sie sich das Zeug abwaschen. Und zwar am besten jetzt gleich.«

Eigentlich war sie gekommen, um mit der Frau über andere Dinge zu reden. Das konnte sie jetzt knicken.

Sandra Leonhardt funkelte Kari böse an, erfreulicherweise kam es jedoch zu keinem weiteren Widerspruch.

»Wir reden später.« Mit diesen Worten verabschiedete sich Kari. Beim Hinausgehen zog sie die Tür sanft hinter sich zu.

Bea hockte im Zimmer nebenan mit angezogenen Beinen auf dem Bett. Ihr Kopf lag auf den Knien. Sie schaute genauso finster drein wie ihre Mutter. Das Mädchen hatte von Sandra Leonhardt lediglich das intensive dunkle Grün der Augen geerbt, ansonsten kam es mit dem flächigen Gesicht und der leicht untersetzten Statur eher nach dem Vater. Bea wirkte noch sehr kindlich und deutlich jünger als fünfzehn. Ihr dunkelblondes Haar reichte bis zur Taille und es schien, als hülle sie sich darin ein.

»Hi Bea«, sagte Kari. »Kann ich mich zu dir setzen?«

Die Antwort bestand aus einem waidwunden Blick, einem Schniefen und einem kaum wahrnehmbaren Nicken. Bea rutschte ein paar Zentimeter weiter, als Kari neben ihr auf dem Bett Platz nahm. Sie schaute stur geradeaus.

»Ich kann mir denken, dass das für dich hier jetzt ein merkwürdiger Zustand ist«, begann Kari. »Es sind nur noch drei Tage bis zum Beginn des Prozesses. Und sobald deine Mutter ausgesagt hat, wird man eine andere Lösung für euch finden.« Bea sagte nichts und rührte sich nicht. »Wir wollen euch schützen. Das ist dir klar, oder?«

Endlich wandte die junge Frau Kari ihr Gesicht zu. Sie mochte äußerlich ihrem Vater ähneln. Ihre Gefühlswelt schien eine andere zu sein. Sie wirkte verängstigt und verletzlich. »Vor meinem Vater braucht mich niemand zu schützen«, entgegnete sie leise.

Kari, die sie eines Besseren hätte belehren können, schwieg. Leonhardt war eiskalt und skrupellos. Die Verbrechen, die ihm zur Last gelegt wurden, konnte man allesamt im Bereich der Schwerkriminalität verorten. Er war Drahtzieher und Nutznießer eines großen Teils des Drogenumschlags in der Hansestadt. Getarnt als Geschäftsmann hatte man ihn lange nicht auf dem Schirm gehabt. Das BKA war bereits eine Weile an seiner Bande und ihm dran. Ergebnislos. Sämtliche Zeugen, die jemals gegen ihn hätten aussagen können, hatten sich eines Besseren besonnen. Oder waren gänzlich von der Bildfläche verschwunden. Der Einzige, der überhaupt noch an Leonhardt dran gewesen war, war der ermordete Journalist. Das Material, das er zusammengetragen hatte, war unauffindbar. Leonhardt hatte sich nie zu der Geschichte geäußert, obwohl er in der Presse damit in Verbindung gebracht wurde. Der Mann machte sich überhaupt gerne unsichtbar. Aus der Öffentlichkeit hatte er sich vor Jahren zurückgezogen. Er schirmte sich ab und lebte gut geschützt in einer Luxusvilla oder im Ausland. Vielleicht hatte Sandra genau das gestört. Sie war wesentlich jünger als ihr Mann und hatte ganz bestimmt nicht vor, den Rest ihres Lebens hinter Mauern und Alarmanlagen zu verbringen. Trotzdem war Kari mehr als überrascht gewesen zu hören, dass sie gegen den eigenen Ehemann aussagen wollte.

»Du hängst an deinem Vater.« Kari legte Bea kurz die Hand auf den Arm. »Das kann ich verstehen. Mir ging es genauso mit meinem.« Nach einer kurzen Pause setzte sie hinzu. »Ich hing mehr an ihm als an meiner Mutter.« Was sie sagte, stimmte. Bea schien das zu spüren. Endlich sah sie Kari an.

»Du sagst es so, als würde er nicht mehr leben.«

Kari seufzte. Noch immer schmerzte der Verlust. »Stimmt. Er ist gestorben. Dennoch fühle ich mich ihm oft sehr nah.«

Sie lächelte Bea aufmunternd an.

Das Mädchen schnaufte vernehmbar. »Mein Vater lebt. Und auf einmal sagt mir meine Mutter, wir könnten nie wieder zu ihm zurück.«

Jetzt kam der schwierige Teil.

»Bea. Deinem Vater wird der Prozess gemacht. Er ist angeklagt, Dinge getan zu haben, die ihn für Jahre hinter Gitter bringen können.« Sie ließ ihre Worte kurz wirken, bevor sie fortfuhr. »Schlimme Dinge. Ihm wird Anstiftung zum Mord vorgeworfen. Wenn das stimmt, dann ist zu erwarten, dass er verurteilt wird.«

»Nur weil *sie* das sagt.« Beas Worte klangen wie ausgespuckt. »Diese Bitch.« Der Kopf lag jetzt wieder auf den Knien, die Haare flossen der jungen Frau bis zu den Füßen.

»Ich hasse sie. Ich hoffe, er findet sie und bringt sie um.«

Kapitel 4

»Das kann ja heiter werden.« Nach dem Gespräch mit Bea war Kari in die Küche zurückgekehrt. Marlies saß dort am Tisch. Sie drehte eine Tasse in den Händen. Der Duft von Kaffee lag in der Luft. »Bea stellt sich ziemlich bockig. Wenn sie sich derart gegen den Zeugenschutz wehrt, müssen wir besonders gut auf sie aufpassen. Jeden möglichen Kontakt zu ihrem Vater verhindern.«

»Hör mal, Kari. Ich mag nicht so erfahren sein wie du, aber diese Dinge weiß ich«, erklärte Marlies in verärgertem Tonfall.

»So? Dann erkläre mir mal, warum Frau Leonhardt am Fenster steht, als sei sie hier auf Erholungsurlaub, und bedenkenlos ein schweres Parfüm aufträgt, sodass sie im Falle eines Falles schon anhand der Duftspur geortet werden kann.« Kari hatte die Fäuste in die Hüften gestemmt und schaute ihre Kollegin mit gerunzelter Stirn an.

»Tobias hat die beiden gebrieft«, stieß die Jüngere hervor. Dann biss sie sich auf die Lippe. »Sorry. Ich habe mich zu sehr auf ihn verlassen. Kommt nicht wieder vor.«

Nein. Das durfte auch nicht wieder vorkommen. Kari griff nach der Kaffeekanne und schenkte sich selbst ein. »Haben wir genügend Vorräte im Haus?«, fragte sie, als sie gleich darauf in eine leere Zuckerdose sah.

»Oh Gott.« Marlies sprang auf. »Das habe ich über die Sache mit dem Infarkt völlig vergessen. Als ich allein war, konnte ich nicht weg.« Fahrig strich sie sich mit der Hand übers Haar.

Kari stellte ihren Kaffee weg. Ohne Zucker schmeckte er ihr nicht. Sie dachte nach. Sie selbst hatte kein Handy. Für die Nutzung von Tobias' Dienstwaffe hatte Jo bislang kein grünes Licht gegeben. Es war undenkbar, dass sie allein bei den beiden Zeuginnen im Haus blieb. Auch wenn es ihr überhaupt nicht behagte – sie musste Marlies hierlassen und selbst einkaufen fahren.

»Gibt es etwas, das Sandra und Bea nicht essen? Allergien, Unverträglichkeiten?« Ein Blick in Marlies' ratloses Gesicht zeigte Kari, dass sie es nicht wusste. Ein weiterer Punkt auf der Liste der Versäumnisse. Sie schluckte ihren Ärger runter und ging, bewaffnet mit Stift und Block, nach oben.

Sandra Leonhardt diktierte ihr eine Reihe von Nahrungsmitteln, die sie unbedingt brauchte. Joghurt, Reis, Gemüse. Den gewünschten Wein gäbe es allerdings nicht, erklärte ihr Kari. Im Haus herrschte striktes Alkoholverbot für alle. Bea konnte sich nicht entscheiden, ob sie vegan oder nur vegetarisch essen wollte. Man einigte sich nach längerem Hin und Her auf Haferflocken, Hafermilch und asiatische Gerichte. Kari, die nicht kochen konnte, war erleichtert zu erfahren, dass Marlies ihr in diesem Bereich einiges voraushatte.

Schließlich packten die beiden Beamtinnen ihre eigenen Wünsche auf die Einkaufsliste dazu, danach setzte sich Kari auf ihr Rad und fuhr bei strahlendem Sonnenschein zum Supermarkt nach Utersum.

Jette Beckum stand am Kühlregal und betrachtete mit zusammengekniffenen Augen die Inhaltsangaben auf einem Joghurt. Sie wohnte im Haus neben dem, das Kari von ihrem verstorbenen Großvater Hein geerbt und in dem sie die vergangenen Wochen verbracht hatte. Die beiden Frauen hatten sich während dieser Zeit angefreundet. Mit dem Essen war Jette eigen, sie lebte fast ausschließlich von dem, was sie in ihrem Garten erntete. Außerdem war sie eine hervorragende Köchin, wenn man einmal davon absah, dass sie weder Salz noch Zucker in ihrer Küche duldete. Einen Moment lang war Kari versucht gewesen, der anderen auszuweichen. Da sie sich in dem recht kleinen Geschäft aber vermutlich dennoch über den Weg gelaufen wären, sprach sie sie direkt an.

Jette schob ihre Brille höher auf die Nase und schaute Kari erstaunt an. »Nanu. Ich dachte, du seist nach Berlin zurückgekehrt.«

»Habe ich verschoben«, erwiderte die. »Bin noch ein paar Tage hier.« Ihr war unbehaglich zumute. Jette würde bemerken, dass das Nachbarhaus nicht bewohnt war. Um zu verhindern, dass sie sich Sorgen machte, fügte Kari hinzu, sie habe eine Freundin getroffen, bei der sie sich gerade aufhalte.

»Die Pfarrerin?«

»Sesle? Nein, eine andere.«

Jette schaute einen Moment verblüfft. Die Insel war klein. Man kannte sich in Utersum und Umgebung. Von einer anderen Freundin als Sesle hatte Kari ihr nie erzählt. Die bemühte nun ihr berufliches Geschick, solche Situationen zu händeln. »Ja, wir sind uns erst gestern über den Weg gelaufen.«

»Das muss ja kurz vor knapp gewesen sein«, brummte Jette und widmete sich endlich wieder ihrem Joghurt.

»Den kannst du bedenkenlos nehmen. Bio und nur die notwendigsten Zutaten. Kein Zucker.« Kari schob den Einkaufswagen vorwärts. Jetzt drehte Jette sich noch einmal zu ihr um. Der Wagen war bis oben hin voll beladen.

»Scheint eine sehr hungrige Freundin zu sein«, bemerkte sie.

»Na ja«, murmelte Kari und machte, dass sie weiterkam. Das nächste Mal würde sie in Wyk einkaufen gehen. Oder in Nieblum. Falls es überhaupt nötig wäre. Einer der drei Tage war schon fast um. Die zwei weiteren würde sie hoffentlich mit Leichtigkeit rumkriegen. Und danach ... Adieu Föhr! Berlin wartete. Die Rückkehr in ihren alten Job bei der Zielfahndung. Das, was sie sich mehr wünschte als alles andere. Als sie die Sachen an der Kasse aufs Band legte, war Jette nirgendwo zu sehen. Besser so, denn es waren weitere Artikel dazu gekommen. Am Ende hatte Kari noch einen ganzen Schwung Zeitschriften und Rätselhefte eingepackt. Sie hatte keine Ahnung, ob sie damit den Geschmack der beiden Leonhardt-Frauen traf. Doch wenn man ohne Handy und Internet auskommen wollte, musste man sich eben damit begnügen.

Als Kari ins Haus zurückkehrte, erwartete sie eine angenehme Überraschung. Jo hatte sein Okay für den Gebrauch von Tobias' Dienstwaffe gegeben. Marlies hatte sie aus dem Versteck geholt und überreichte ihrer Kollegin die Heckler&Koch P30 sowie ein Holster in einer fast feierlich wirkenden Ernsthaftigkeit in der Küche. Jetzt fühlte sich Kari wesentlich besser. Zwar verfügte sie immer noch nicht über ein Kommunikationsmittel und war dafür auf Marlies angewiesen, aber wenigstens konnte sie jetzt die Zeuginnen und im Notfall auch sich selbst schützen.

Kapitel 5

Mutter und Tochter blieben bis zum frühen Abend in ihren Zimmern. Einmal drangen ihre aufgebrachten Stimmen bis ins Erdgeschoss. Sandra schien zu Bea gegangen zu sein und sie stritten sich lautstark.

»Man kann nur hoffen, dass Bea einsieht, dass eine Rückkehr zu ihrem Vater keine Option ist.«

»Sie vergöttert ihn«, antwortete Marlies und schüttelte mit unbehaglicher Miene den Kopf.

»Ich kann es sogar ein bisschen verstehen«, meinte Kari nachdenklich. »Als Kind hing ich auch sehr an meinem Vater.«

»Später nicht mehr?« Marlies war nähergekommen. Die beiden Beamtinnen blickten nun nebeneinanderstehend aus dem Fenster in Richtung Deich.

»Doch, klar. Aber im Erwachsenenalter nimmt der Grad der Verehrung erfahrungsgemäß ab. Was bleibt, ist tiefe Verbundenheit. Jedenfalls war das bei mir so.« Kari blickte ihre Kollegin interessiert an. »Und bei dir?«

»Dazu kann ich leider nichts sagen. Ich bin bei einer alleinerziehenden Mutter aufgewachsen. Mit der ich mich, bis auf die gefühlsmäßigen Verirrungen in der Pubertät, immer gut verstanden habe.« Nach diesen Worten nahm Marlies ihre Runde erneut auf und tigerte zwischen Küche und Wohnraum auf und ab. Dabei behielt sie die Fenster im Blick.

Kari war dort stehengeblieben. Der Himmel war den ganzen Tag über fast wolkenlos und klar, teilweise sonnig gewesen. Nun dämmerte es, die ersten Sterne blitzten am Firmament auf. Noch immer fuhren hin und wieder Radfahrer am Weg unterhalb des weit entfernten Damms entlang. Sonst war niemand zu sehen. Die Wiesen wirkten mit ihrem saftigen Grün wie angestrichen. Eine Schar Raben ließ sich unweit des Hauses auf einem Feld nieder, um gleich darauf wieder davonzufliegen. Als es Zeit wurde, das Abendessen zuzubereiten, begab sich Marlies in die Küche. Aus der klang gleich darauf das Geklapper von Töpfen. Kari übernahm derweil die Runde. Ihr Domizil lag inmitten einer Landschaft, in der man schier endlos weit schauen konnte. Jeder, der sich dem Anwesen näherte, war schon von Weitem sichtbar, lange bevor er die Grundstücksgrenze erreichte. Zudem hatte Kari am Nachmittag Funkmelder an den Toren des Zaunes, der das Grundstück umgab, angebracht. Sobald jemand sie öffnete, ertönte ein leiser Alarm auf dem Gerät, das Kari und Marlies abwechselnd bei sich trugen. Dennoch mussten sie auf der Hut sein. Jo hatte die Anzahl der Beamtinnen mit Absicht klein gehalten. Wenn seine Vermutung stimmte, wäre es für einen Maulwurf im BKA äußerst schwierig, ihren Aufenthaltsort herauszufinden. Aber falls doch, würde es in dieser knappen Besetzung, zu zweit, herausfordernd werden. Leonhardt wusste, wie eng es für ihn wurde, wenn seine Frau auspackte. Kari hatte keine Ahnung, was Sandra der Staatsanwaltschaft erzählt hatte. Aber es musste ein echter Knaller sein, etwas, womit man den Mann wirklich am Haken hatte.

Der Duft eines asiatischen Gemüsegerichts zog durchs Haus und Kari sagte den beiden Frauen im Obergeschoss Bescheid. Sandra zog es vor, in ihrem Zimmer zu speisen. Erst als sie merkte, dass sie nicht bedient wurde, kam sie herunter, füllte sich einen Teller mit Reis und Gemüse und zog wieder ab. Bea kam nach der dritten Aufforderung. Während sie am Tisch saß und in ihrem Essen herumstocherte, unterhielt sie sich mit Marlies über deren Fitnessprogramm. Es war spürbar, dass sie sich wünschte abzunehmen.

»Wir können morgen früh zusammen Yoga machen«, schlug Marlies vor. »Ich zeige dir ein paar Übungen, die die Muskulatur an Bauch und Rücken stärken.« Kari hörte dem Rest nur mit halbem Ohr zu, wobei sie im Erdgeschoss sämtliche Schlagläden und Fenster schloss, Jalousien herunterließ und Vorhänge zuzog. Zusätzlich ging sie einmal um das ganze Haus herum. Die Dämmerung hatte sich über die Landschaft gesenkt. Es war ruhig, lediglich das Rauschen des Windes und der Schrei eines Vogels waren zu vernehmen. Etwas an der Situation machte Kari kribbelig. Sie konnte jedoch nicht fassen, was genau ihre Nervosität auslöste. Sie und Marlies würden sich bei der Nachtwache abwechseln. Jetzt schon ahnte Kari, dass sie auch während ihrer Ruhezeit kaum Schlaf finden würde. Warum hatte Jo bloß eine so unerfahrene Beamtin eingesetzt?

Als sie ins Haus zurückkam, hatte Marlies den Tisch, bis auf einen frisch gefüllten Teller, abgeräumt.

»Willst du?«, fragte sie und deutete darauf. Kari nickte und nahm das Essen entgegen. Es duftete verlockend, der Reis war gerade so klebrig, wie sie es mochte. Marlies verließ den Raum, gleich darauf hörte Kari, wie sie nebenan mit einigen Zeitschriften raschelte.

»Schmeckt gut!«, rief sie ins Wohnzimmer hinüber. Sie aß zu Ende und ging danach ins Badezimmer im ersten Stock. Dampf lag in der Luft, jemand hatte geduscht. Vermutlich Bea. Sandra hatte Karis Worte berücksichtigt und am Nachmittag ein Bad genommen. Kari löschte das Licht und öffnete für einige Minuten das Fenster, um die feuchte Luft hinauszulassen. Dabei vergewisserte sie sich erneut, dass sich kein ungebetener Gast am Haus aufhielt. Anschließend wusch sie sich die Hände und betrachtete sich im Spiegel. Der grüne Kajal, mit dem sie am Morgen ihre bernsteinfarbenen Augen umrahmt hatte, war leicht verschmiert und sie wischte ihn mit einem Papiertaschentuch ab. Danach kämmte sie ihr haselnussfarbenes Haar, das durch die Luftfeuchtigkeit in sanften Wellen lag, und band es sich am Hinterkopf zusammen. Dort stand es wie ein Rasierpinsel ab, was Kari amüsant fand.

Als sie das Badezimmer verließ, leise, weil sie nicht wusste, ob sich Sandra und Bea bereits schlafen gelegt hatten, vernahm sie von unten ein kaum hörbares Murmeln. Neugierig trat sie zur Treppe. Marlies musste sich im Wohnzimmer aufhalten und dort telefonieren. Kari ging hinunter und als sie auf dem untersten Treppenabsatz angekommen war, knarzte die Stufe vernehmlich. Sofort verstummte Marlies' Stimme. Als

Kari den Wohnraum betrat, sah sie gerade noch, wie die jüngere Kollegin ihr Mobiltelefon eilig wegsteckte. Zwei dunkelrote Flecken brannten auf ihren Wangen.

»Mit wem hast du gesprochen?«, wollte Kari wissen.

»Mit Jo. Er sagt, in Hamburg scheint alles ruhig.«

Das hieß, dass es um Gereon Leonhardt keine besorgniserregenden Aktivitäten gab. Oder zumindest keine, die ihnen auffielen. Sowieso musste der Mann gar nicht selbst aktiv werden. Dazu hatte er seine Leute.

Sie hatten vereinbart, dass Kari die erste Schicht übernahm. Kurz nachdem Marlies nach oben gegangen war, um sich aufs Ohr zu legen, senkte sich Stille über das Haus. Kari hatte einen Sessel in den Flur geschleppt, von dort hatte sie den besten Überblick. Sämtliche Innentüren im Erdgeschoss waren geöffnet, sowohl Vorder- als auch Hintertür, die in den hinteren Teil des Geländes führte, zusätzlich durch einen massiven, über die gesamte Breite gehenden Riegel gesichert. Der Bildschirm, über den man beobachten konnte, was die Außenkameras einfingen, stand auf dem Boden vor ihr. Sie hatten alles getestet, indem Marlies draußen vor jeder einzelnen Kamera Hampelmänner vollführt hatte. Die Technik funktionierte. Nun war der Bildschirm blind. Kari hoffte, dass es so blieb und die Bewegungsmelder keine unerwünschten Aktivitäten am Haus melden würden. Das kleine Gerät, das die Verbindung zu den Funkmeldern an den Zugangstoren herstellte, lag neben ihr. Die grüne Minibirne war die einzige Lichtquelle im Raum. Wenn sich jemand Zutritt verschaffen wollte, würde sie es mitbekommen. Alle paar Minuten erhob sich Kari, um auf und ab zu gehen oder ein Glas Wasser zu trinken. Der alte Holzfußboden knarrte. Im oberen Stockwerk tapste jemand mit bloßen Füßen ins Bad und zurück. Ein Windstoß rüttelte an den Fensterläden, bevor er sich genauso schnell wieder legte, wie er aufgekommen war. Kari kochte sich einen Kaffee. Um drei Uhr nachts kam Marlies leicht verschlafen, aber komplett angekleidet aus dem Obergeschoss herunter und Kari wunderte sich darüber, wie schnell die Zeit vergangen war.

Kapitel 6

Als Marlies übernommen hatte, warf sich Kari in ihrem Zimmer aufs Bett. Sie war müde und gleichzeitig aufgekratzt. Zu viele Gedanken schwirrten ihr durch den Kopf. Irgendwann musste sie dennoch eingeschlafen sein, denn das Schrillen des Weckers riss sie aus einem Traum, in dem sie am Strand entlanglief und etwas jagte, das sich als Schatten herausstellte, der ihr unter den Händen zerfiel.

Das Erste, was sie an diesem Morgen sah, war ein Raubvogel. Der hatte im hinteren Teil des Gartens einen kleineren Artgenossen erlegt. Jetzt saß er in einem Bett aus den Federn seiner Beute und zerlegte diese seelenruhig. Selbst als Kari am Fenster auftauchte, hob er nur kurz den Kopf, ohne sich von ihr stören zu lassen. So war die Natur. Es galt das Gesetz des Stärkeren. Der tötete nicht zum Spaß, sondern um zu überleben. Dennoch löste der Anblick in Kari ein Frösteln aus. Als der Raubvogel über den Rasen hüpfte, gleich darauf wegflog, dabei den Rest seiner Beute in den mächtigen

Klauen hielt, wandte sie sich ab, um in die Küche zu gehen.

Marlies hatte Kaffee gekocht und streckte Kari eine Tasse entgegen.

»Was ist mit unseren Gästen?«, wollte die wissen.

»Sind oben.« Marlies nippte an ihrem Kaffee und gähnte ungeniert. »Sandra war um sechs Uhr in der Küche, weil sie Durst hatte. Sie sah mitgenommen aus. Scheint keine gute Nacht für sie gewesen zu sein.«

»Und Bea?«

»Hat ihre Tage bekommen und sich vorhin eine Wärmflasche gemacht.«

Kari dehnte ihre Muskeln, die sich hart anfühlten. Es war kurz nach sieben, sie hatte kaum vier Stunden geschlafen. »Bin völlig verkrampft«, murmelte sie. Normalerweise wäre sie joggen gegangen. Heute änderte sie ihr Programm.

»Ich fahre zum Bäcker«, erklärte sie. Dabei kam sie ebenfalls an die frische Luft und hatte Bewegung. Sie holte ihr Rad aus dem Schuppen und schaute zum Himmel. Eine leichte Wolkendecke lag über ihr. Noch war es trocken, dennoch hing der Geruch nach Regen in der Luft. Sie stieg auf und trat kräftig in die Pedale. Sie nahm den Zufahrtsweg, der vom Haus zur Straße führte, und schlug von Witsum aus den Weg nach Nieblum ein. Die Kühle des Vormittags vertrieb recht schnell die letzten Fetzen von Müdigkeit aus ihrem Kopf. Vor einer beliebten Bäckerei in Nieblum hatte sich bereits eine kleine Schlange aus Einheimischen und Touristen gebildet. Obwohl es aus dem Inneren heraus verlockend duftete und der Geruch ihr das Wasser im Mund zusammenlaufen ließ, wartete Kari geduldig, bis sie dran war. Anschließend verstaute sie die Tüten voller frischer Brötchen und zwei Brote im Korb ihres Rades. Im Ort herrschte bereits lebhaftes Kommen und Gehen. Sie bahnte sich ihren Weg zwischen Menschen, die mit Einkaufskörben oder Rucksäcken unterwegs waren, und Pulks von anderen Radfahrern hindurch, bis sie etwas entfernt von der Bäckerei wieder aufstieg. Zurück am Haus öffnete sie schwungvoll das Tor und bremste das Rad vor dem Schuppen ab. Noch bevor sie es dort abstellen und die Tüten aus dem Korb nehmen konnte, hörte sie hinter sich einen Wagen. Sie fuhr herum und ihre Augen weiteten sich. Ein ihr wohlbekannter roter Audi kam vor dem Haus zum Stehen. Der Fahrer stieg aus, betrat das Grundstück und kam auf sie zu. Sie sahen sich einige Augenblicke stumm an.

»Kari«, sagte Bent Sörensen schließlich. »Lange nicht gesehen.« Seine schiefergrauen Augen musterten sie mit einer Mischung aus Neugier und Freude.

Sie schluckte hart und nickte. Ihr letztes Treffen lag einige Wochen zurück. Sie hatte sich, am Morgen nach einem alkoholbedingten Absturz, in seinem Bett wiedergefunden. Es war nichts zwischen ihnen passiert. Doch sie spürte sehr genau, dass sich etwas anbahnen konnte. Eine Verbindung, die sie nicht wollte. Aus genau diesem Grund ging sie ihm seither aus dem Weg. War kein einziges Mal mehr in seiner Kneipe *Zur blauen Möwe* gewesen. Auch jetzt fuhr sein Anblick ihr unter die Haut. Die Jeans saß perfekt, die aufgerollten Hemdsärmel gaben die schlanken Muskeln seiner Unterarme frei. Sein schwarzes Haar war leicht zerzaust, als sei auch er mit dem Rad durch den morgendlichen Wind gefahren.

»Ja, ich war beschäftigt«, antwortete sie endlich.

Bent zog die Brauen hoch, erwiderte aber nichts darauf.

»Ich habe dich auf der Straße radeln gesehen und bin dir gefolgt«, erklärte er stattdessen. Er zeigte mit dem Kinn auf das Haus. »Was machst du denn hier?«

»Eine Freundin besuchen«, antwortete sie wie aus der Pistole geschossen.

Sie hörte, wie die Tür hinter ihr geöffnet wurde. Vermutlich Marlies, die nachsehen wollte, ob alles in Ordnung war. Bents Blick glitt über Kari hinweg zum Hauseingang. Seine Augen weiteten sich, er wurde blass. Kari fuhr herum. In der Tür stand nicht Marlies, sondern Sandra. Das Haar, feucht vom Duschen, hing ihr zu einem dicken Zopf geflochten über die Schulter.

»Gibts Frühstück?«, fragte sie mit Blick auf die Brötchentüten. Kari spürte, wie Zorn sie erfasste.

»Gleich. Geh ins Haus zurück.« Sie hatte die Stimme nicht erhoben. Der kalte Klang verbunden mit dem ungewohnten Duzen reichte, um Sandra zusammenzucken zu lassen. Als sie sich nicht rührte, funkelte Kari sie mit dem eisigsten Blick an, zu dem sie fähig war. Jetzt schien die andere zu begreifen, was los war. Ohne ein weiteres Wort drehte sie sich um und verschwand im Inneren.

»Das ist deine Freundin?« Bents Stimme war kaum zu verstehen. Er sah geschockt aus.

»Was dagegen?« Sie musste die Situation herunterspielen, ihm gar keine Möglichkeit bieten, Sandra und ihr eigenes Hiersein als merkwürdig zu empfinden.

Bents Hand schoss nach vorn. Seine Finger legten sich wie ein Schraubstock um Karis Arm. »Du musst weg hier. Sofort.« In seinen Augen erkannte sie nacktes Entsetzen.

»Warum?« Sie versuchte vergeblich, sich aus seinem Griff zu befreien.

»Weil du in Gefahr bist. Diese Frau ... weißt du denn nicht, wer sie ist?«

Kari starrte ihn an. *Sie* wusste, wer Sandra war. Offensichtlich wusste es Bent ebenfalls. Dabei war Gereon Leonhardts Frau seit Jahren nicht mehr in der Öffentlichkeit gesehen worden. Es gab keine aktuellen Fotos von ihr in der Presse oder den Sozialen Medien, dafür hatte Leonhardt gesorgt.

»Woher kennst du sie?« Kari war dicht an ihn herangetreten und sprach leise, damit ihre Unterhaltung im Haus nicht mitgehört werden konnte.

»Spielt keine Rolle. Ist ihr Mann etwa auch hier?«

»Ihr Mann? Kennst du *ihn*?«

»Kari. Hör zu. Finde eine Ausrede, um dich zu verabschieden. Ich bringe dich an einen sicheren Ort. Du musst weg von hier. Von ihr.«

Noch immer hielt er sie fest. Sanft zog Kari ihren Arm aus seiner Umklammerung. »Mir geschieht hier nichts«, sagte sie leise. »Aber mir scheint, *du* solltest dich schleunigst davonmachen.«

Etwas in seinem Blick veränderte sich. Kari glaubte förmlich zu hören, wie sich die Erkenntnis in seinem Kopf zusammensetzte wie bei einem Puzzle.

»Du ... du bist nicht mehr suspendiert. Stimmts?« Seine Lippen bewegten sich kaum bei diesen Worten.

Kari fühlte sich wie mit Eis übergossen. Innerlich fluchte sie. Die Situation war mehr als beschissen. Bent war einer der wenigen Menschen, denen sie sich vor Wochen anvertraut hatte. Nicht, dass sie ihm alles über ihren Job beim BKA und ihre Beurlaubung offengelegt hätte. Aber Bent war klug genug, um die Dinge miteinander in Verbindung zu bringen und richtig zu deuten. Genau das brachte ihn in Gefahr. Dabei war er es, der sie in Sicherheit bringen wollte. Die Angst um sie, die sie in seinem Blick erkannte, besänftigte sie.

»Bent, hör zu. Du hast weder mich noch sie hier gesehen. Du gehst jetzt. Schnell. Wir haben nett geplaudert. Das war alles. Du kommst nicht wieder hierher.«

Er schüttelte den Kopf, als wollte er widersprechen.

»Wenn du mir etwas Gutes tun willst, dann mach es so. Ich weiß, was ich tue, und komme zurecht.«

Er zögerte.

»Bitte«, sie legte all ihre Überzeugungskraft in dieses eine Wort.

Bent trat zögerlich einen Schritt zurück. »Nur, wenn du mir versprichst, dass du mich anrufst, falls du in Gefahr gerätst.«

»Versprochen«, antwortete sie. Obwohl sie überhaupt kein Handy zur Verfügung hatte. Aber genau das konnte sich jetzt ändern. »Vorausgesetzt, du besorgst mir ein Gerät mit einer anonymen Prepaid-Karte.«

»Wieso ...«

»Mein Diensthandy kann ich dafür nicht nutzen«, schwindelte sie.

Sein Blick flackerte unruhig. »Wie kann ich es dir geben?«

»Gib es Jette. Sie soll es in meine Kate legen. Ich hole es dort ab.«

»Gut«, versicherte er ihr. »Heute Abend hast du es.«

Er schluckte schwer, als er zum Haus sah. Noch immer war er gespenstisch blass.

»Halte dich von hier fern«, bat sie ihn. Er nickte, kehrte zu seinem Wagen zurück und stieg ein. Auf einmal wirkte er, als könne er nicht schnell genug wegkommen. Kari verzichtete darauf, ihm zum Abschied zuzuwinken. Je unpersönlicher die ganze Angelegenheit aussah, desto besser. Als er wegfuhr, drehte sie sich um. Im ersten Stock erhaschte sie im Augenwinkel eine Bewegung hinter einer der Gardinen. Verdammt! Diese beiden Zeuginnen hielten sich an überhaupt keine Vorgaben!

»Marlies!«, rief Kari wütend, als sie das Haus betrat. Ihre Kollegin kam die Treppe heruntergestolpert.

»Was ist los?«, fragte sie aufgeschreckt.

»Sandra stand eben an der Haustür einem Fremden gegenüber. Du solltest doch aufpassen, dass so etwas nicht geschieht.«

»Hey, beruhige dich mal. Ich musste auf Toilette.«

»Wenn das so weitergeht, bitte ich Jo, dich von dem Fall abzuziehen«, erklärte Kari kalt. »Du bist mir bisher wirklich keine Hilfe.«

»Wer war das überhaupt?«

»Es war ein Fremder, der sich verfahren hatte. Was, wenn es einer von Leonhardts Leuten gewesen wäre?«

»Reg dich nicht so auf. Hier sind wir sicher«, brummte die andere, sah aber ganz und gar nicht beruhigt aus. Wenigstens merkte sie, dass hier etwas gewaltig schieflief. »Außerdem bist du auch nicht gerade erste Sahne.«

»Was hast du gesagt?« Kari glaubte, sich verhört zu haben. Sie stemmt die Fäuste in die Hüften und trat einen Schritt auf ihre Kollegin zu.

Deren Augen zogen sich zu schmalen Schlitzen zusammen. »Du warst eine ganze Weile in einem verdeckten Einsatz. Es lief schief. Das hat sich herumgesprochen.« Ein Anflug von Arroganz lag in diesen Worten.

Kari hob die Brauen. »Woher weißt du das?«

»Ich weiß, dass du suspendiert warst. Bis vorgestern, um genau zu sein. Aber Jo wird schon wissen, was er macht.« Das klang kaum versöhnlicher.

Kari senkte den Kopf und schluckte alles herunter, was sie darauf am liebsten gesagt hätte. Sie und Marlies mussten sich arrangieren. Zwei Tage noch, dann wäre dieser Einsatz beendet und jede von ihnen würde wieder ihrer eigenen Wege gehen.

»Er wird schon seine Gründe haben, warum er mich reaktiviert«, antwortete sie mit rauer Stimme, bevor sie sich umdrehte und die Küche verließ.

Kapitel 7

Als Kari an Beas Zimmer vorbeiging, hörte sie das Mädchen drinnen leise jammern. Sie klopfte und trat auf ein dumpfes »Herein« ein. Bea war blass. Sie lag im Bett, hatte sich auf die Seite gedreht, die Beine an die Brust gezogen und umklammerte die Wärmflasche auf ihrem Bauch.

»Krämpfe?«, fragte Kari und setzte sich ans Fußende. Bea nickte.

»Kann ich was für dich tun?«

»Meine Mum hat Tabletten, sie holt sie gerade«, murmelte das Mädchen.

»Ich könnte dir einen Tee kochen.«

»Tee?« Bea verzog den Mund zu einer Grimasse und beide mussten lachen.

»Marlies wollte mir eine Yogaübung zeigen. Aber ich bin zu groggy dafür«, erklärte Bea weiter. »Morgen geht es mir wieder besser. Ist immer nur der erste Tag, der so schlimm ist.«

Im selben Moment betrat Sandra den Raum. »Ich habe Schmerztabletten für dich, mein Schatz«, sagte sie zu ihrer Tochter. Bea griff nach dem Blister und drehte ihrer Mutter demonstrativ den Rücken zu. Karis und Sandras Blicke trafen sich.

»Soll ich dir eine frische Wärmflasche machen?« Sandra stand unschlüssig im Raum. Ohne zu antworten, streckte Bea ihrer Mutter die kalt gewordene Wärmflasche entgegen. Die ergriff sie, streifte beide mit einem undefinierbaren Blick und ging zur Tür.

»Hör mal, Bea«, setzte Kari an, als Sandra den Raum verlassen hatte. »Ich weiß, dass das alles nicht einfach ist für dich. Das wäre es für niemanden. Aber du musst deiner Mutter vertrauen. Sie tut das Richtige.« Sie stockte kurz, weil Bea einen leisen Jammerlaut ausstieß. »Und sie tut das für euch beide. Sie liebt dich und möchte dich beschützen.« Ob das so stimmte, wusste Kari nicht. Liebe. Das konnte viel bedeuten oder wenig. Auf welcher Skala man Sandras Zuneigung zu ihrer Tochter einordnen konnte, war allerdings momentan unerheblich. Wichtig war nur, dass Bea sich nicht sträubte, ihre Bemühungen nicht blockierte und damit womöglich das gesamte Unterfangen torpedierte. Wenn sie sich so sehr nach ihrem Vater sehnte, wie es den Anschein machte, wäre sie unter Umständen zu unvernünftigen Dingen fähig. Das galt es zu verhindern. »Du wirst irgendwann verstehen, was das auch für sie bedeutet.«

»Ein neues Leben, in einem fremden Land? Ohne meine Freundinnen, ohne ...« Sie brach ab und einen Moment lang durchfuhr Kari ein eisiger Schrecken. War Bea in einer Beziehung? Hatte sie einen Freund oder eine Freundin?

»Ohne wen?«, fragte Kari so leise, wie es ihre Anspannung zuließ. Bea, die immer noch zur Wand gedreht dalag, fuhr herum. »Alle Menschen, die mir etwas bedeuten, denen ich vertraue, muss ich zurücklassen.« Eine Träne lief ihr die Wange herunter, sie wischte sie mit einer heftigen Bewegung weg.

Kari legte der jungen Frau tröstend die Hand auf den Arm. Sie konnte und wollte ihr keine Märchen erzählen. Das Leben mit einer falschen Identität war nur im Kino cool und interessant. In Wirklichkeit bedeutete es, immer auf der Hut zu sein. Sich nie zu verplappern. Alles zurückzulassen, was einem lieb und teuer war. Dazu gehörten nicht nur Menschen, sondern auch Erinnerungen. Fotos. Briefe. E-Mails und Chats.

»Du bist fünfzehn«, sagte sie. »Fast dein ganzes Leben liegt noch vor dir. Auch wenn du es in diesem Moment nicht glauben magst – du wirst neue Freundschaften schließen. Neue Bekanntschaften knüpfen. Das geht in jedem Lebensalter.«

Wieder liefen Tränen über Beas Gesicht. Dieses Mal wischte sie sie nicht weg. Sie zog die Nase hoch, setzte sich auf und zog die Beine an. »Wie alt bist du?«, fragte sie.

»Mehr als doppelt so alt wie du. Zweiunddreißig.«

»Deine Freundinnen aus der Schulzeit, hast du sie vergessen?« Beas Stimme klang zweifelnd und sie zog die Brauen nach oben.

Kari biss sich auf die Lippe. Sie dachte an ihre Jugendfreundinnen. Nur Sesle war ihr geblieben. »Die Erinnerungen bleiben, aber es kommen andere hinzu«, sagte sie schließlich.

Beas Kopf sank auf die Knie. Ihr Blick glitt weg, sie wirkte nachdenklich.

»Hab Vertrauen zu deiner Mutter.«

»Vertraust du deiner denn?« Beas Mund zeigte ein schiefes Grinsen.

»Natürlich«, log Kari. Dabei war ihr Trine in ihrer Kühle und ihrem Pragmatismus immer fremd geblieben. Sie konnte Bea besser verstehen, als die ahnte.

Ein leises Geräusch von der angelehnten Tür her veranlasste Kari, dorthin zu blicken. Ein Schatten verschwand im Dunkel des Flurs. Hatte Sandra ihr Gespräch belauscht? Sie erhob sich. »Ich sehe später noch einmal nach dir. Gute Besserung.« Sie strich Bea mit den Fingern sanft über die Wange. Das Mädchen griff nach Karis Hand. »Versprich mir etwas.«

»Was denn?«

»Sobald du merkst, dass meine Mutter lügt, bringst du mich zu meinem Vater zurück.« Ihr Blick war so zwingend, dass Kari ein kalter Schauer über den Rücken lief.

»Worüber sollte sie denn lügen?«

»Das wirst du schon noch merken.« Bea ließ Karis Hand abrupt los und sich wieder auf den Rücken fallen. »Bitte!«, sagte sie. Auf einmal wirkte sie ängstlich.

»Ich tue alles, um dich zu beschützen. Darauf kannst du dich verlassen. Das kann ich dir versprechen.«

Bea blinzelte, bevor sie nickte und sich wieder der Wand zudrehte. »Scheiß-Regel«, murrte sie noch und Kari brauchte einen Moment, um zu verstehen, dass das Mädchen ihre schmerzhafte Periode meinte.

»Melde dich, wenn du was brauchst«, sagte sie, bevor sie das Zimmer verließ.

Fünf Minuten später standen sich Kari und Sandra am Esstisch gegenüber. Sandra schraubte die frisch gefüllte Wärmflasche für ihre Tochter zu.

»Was haben Sie sich dabei gedacht? Heute Morgen einfach vor die Tür zu gehen?«, fragte Kari. Bemüht, ihre Stimme nicht anklagend, sondern ruhig klingen zu lassen. Dabei war ihr ganz anders zumute. Sie wusste zwar, dass Bent Sörensen keine Gefahr für Mutter und Tochter darstellte. Aber es war nicht auszudenken, was es bedeutet hätte, wenn es ein Fremder gewesen wäre. Jemand, den Gereon Leonhardt ausgeschickt hatte, die beiden zu finden.

»Tut mir leid.« Kari hatte befürchtet, die andere könne sich widerborstig zeigen. Doch Sandra schien gemerkt zu haben, wie leichtsinnig sie sich verhalten hatte. »Kommt nicht mehr vor.«

»Darauf müssen wir uns verlassen können.«

Sandra nickte knapp und verließ die Küche schnellen Schrittes.

Kari ging in den Wohnraum hinüber. Hinter ihr betrat Marlies den Raum.

»Ist ja nichts passiert. Hier ist weit und breit niemand.« Ein Achselzucken begleitete ihre Worte. Kari wollte gerade ansetzen, ein paar Takte über ihren Auftrag und ihre Arbeitsweise in Erinnerung zu rufen, als etwas außerhalb des Hauses ihre Aufmerksamkeit auf sich zog.

»Weit und breit niemand? Dann schau mal aus dem Fenster.«

Marlies drehte sich um und folgte Karis Blick.

»Scheiße«, entfuhr es ihr beim Anblick des Mannes, der in Sichtweite dort stand, wo ein schmaler Durchgang zum Vogelschutzgebiet führte. Er hatte ein Fernglas an die Augen gesetzt und sah genau in ihre Richtung.

»Jetzt kommt er hierher.« Marlies' eben noch zur Schau getragene Unbekümmertheit war mit einem Schlag wie weggewischt. Sie wirkte jetzt hoch konzentriert.

»Geh du ihm entgegen. Ich gebe dir von oben Deckung.« Kari hatte bei diesen Worten ihre Waffe aus dem Holster genommen. Die beiden Polizistinnen nickten sich stumm zu, dann verließ Marlies das Haus, um dem Fremden entgegenzugehen. Kari lief die Treppe hinauf. Hinter der Gardine eines Fensters verbogen verfolgte sie das Geschehen. Ihre Kollegin schlenderte zum Tor. Der Mann hatte sein Fernglas heruntergenommen und kam geradewegs auf das Grundstück zu. Zeit genug, ihn genauer unter die Lupe zu nehmen. Er war etwas mehr als mittelgroß, bewegte sich gemächlich. Als habe er keine Eile. Er war in Brauntönen gekleidet. Auf dem Kopf trug er eine Schiebermütze. Als er nahe genug war, sah sie, dass er eine alte Cordhose, ein lindgrünes Hemd und darüber ein Tweedsakko anhatte, das zu dick für die milden Temperaturen der letzten Tage war. Nichts deutete darauf hin, dass er eine Waffe bei sich trug. Aber das konnte täuschen. Das Fernglas hing ihm um den Hals, an seiner Schulter baumelte eine große Kameratasche. Sie hatte das Fenster einen Spaltbreit geöffnet.

»Moin«, grüßte er lebhaft, als er bis auf ein paar Meter an den Zaun herangekommen war.

»Moin«, gab Marlies ebenso laut zurück.

»Entschuldigen Sie, dass ich so hereinplatze. Jens Thönishoff mein Name. Ich suche ein Ferienhaus zur Miete.«

»Wir hier vermieten nicht.«

»Oh. Ja. Das dachte ich mir schon. Aber vielleicht kennen Sie jemanden in der näheren Umgebung. Momentan bin ich in einem Gasthof untergekommen. Aber die Familie will nachkommen. Dort, wo ich bin, gibt es keine freien Zimmer mehr. Von einem Ferienhaus ganz zu schweigen.«

»Da sind Sie ein bisschen spät dran. Hier ist die Saison bereits voll im Gang.«

»Hm«, machte er und drehte sich um, schaute in Richtung Meer. »Hätte ich nicht gedacht.« Er wandte sich ihr wieder zu. »Ich interessiere mich für die Tierwelt und die Naturschutzgebiete auf der Insel.« Er nestelte eine etwas zerdrückte Visitenkarte aus seinem Sakko. Marlies warf kaum einen Blick drauf. Kari konnte selbst von ihrem Standort aus die hohe Körperspannung ihrer Kollegin erkennen. Sie war auf der Hut, und das war gut so.

»Falls Sie was hören, klingeln Sie gerne durch. Ich gehe dann mal weiter Klinken putzen.« Der Fremde legte die Hand zum Gruß an die Mütze und stapfte den Weg, den er gekommen war, zurück. Marlies blieb am Gatter stehen und sah ihm nach. Kari konnte beobachten, dass er vor dem Zugang zum geschützten Strandabschnitt nach rechts abbog und in Richtung Hedehusum an der Düne entlang marschierte. Erst, als er aus ihrem Sichtfeld verschwunden war, lief sie ins Erdgeschoss zurück.

»Check du die Daten dieser Visitenkarte. Ich gehe ihm hinterher. Will wissen, was er jetzt als nächstes macht.«

Marlies nickte, ihre Augen waren groß. »Denkst du ...«

»Ich denke gar nichts. Ich will nur sichergehen«, schnitt ihr Kari das Wort ab.

»Bleib hier und halt die Augen offen«, mit diesen Worten war sie durch die Tür.

Kapitel 8

Die Luft war feucht, der Himmel bedeckt. Ein paar wenige Tropfen fielen bereits. Kari zog ihre Kapuze über den Kopf und trabte los. Die Strecke vom Haus nach Hedehusum führte über einen Weg, der sich zwischen der Godelniederung und dem Vogelschutzgebiet entlangzog und der von überall her gut einsehbar war. Kari lief noch nicht lange, als sie Thönishoff vor sich sah. Er hatte einen Fotoapparat gezückt und fotografierte zwei Dutzend Gänse, die laut schnatternd in einem weitläufigen Gehege herumliefen. Kari blieb stehen und machte ein paar Dehnübungen. Aus den Augenwinkeln heraus beobachtete sie den Mann. Der wiederum schien sich überhaupt nicht um andere zu scheren, er blickte sich nicht einmal um, als er endlich mit der Knipserei fertig war und weiterlief. Kari blieb eine Weile stehen, damit er sie nicht bemerkte. Sie konnte ihn hier nicht aus den Augen verlieren. Wenn er den Naturliebhaber nur spielte, war er gut darin. Immer wieder hielt er an, um etwas abzulichten. Eine Kuh, die es sich auf dem Grün gemütlich gemacht hatte. Eine

Schar Vögel. Als es kurz hintereinander mehrfach laut knallte, sah Kari, wie der Mann vor ihr plötzlich zusammenzuckte. Er war jetzt auf Höhe des Schießstands vom *Hegering Föhr*, wo drei Männer herumballerten. Vermutlich schossen sie ihre Büchsen ein. Einen Moment lang blieb Thönishoff dort stehen und sah zu, bevor er weiterging.

Kurz darauf erreichte er Hedehusum und Kari schloss zu ihm auf. Inzwischen hatte der Regen etwas zugenommen und Thönishoff ging zügig auf einen dunkelgrauen Nissan zu, entriegelte die Türen, verstaute Fernglas und Kameratasche im Kofferraum. Er setzte sich hinters Steuer, ohne sich auch nur umzusehen. Kari trabte an ihm vorbei die Straße entlang. An der Bushaltestelle blieb sie stehen und tat so, als ob sie den Fahrplan studierte. Thönishoff fuhr an und verschwand in Richtung Utersum. Kari würde zurück zum Haus joggen, um das Kennzeichen überprüfen zu lassen. Innerlich fluchte sie darüber, noch kein eigenes Mobiltelefon zur Verfügung zu haben. Hoffentlich hielt Bent Wort und besorgte ihr eines. Bevor ihre Gedanken zu ihm abschweifen konnten, stoppte ein weißer Kleinwagen neben ihr. Die Scheibe an der Beifahrertür wurde heruntergelassen.

»Sie wollen nach Oldsum?« Eine Frau mit kinnlangem blondem Haar, reichlich Sommersprossen und einer Stupsnase beugte sich lächelnd in ihre Richtung. Kari war einen Moment lang verwirrt. Dann bemerkte sie, dass sie nah bei einer der weiß gestrichenen Mitfahrbänke stand, die es überall auf der Insel gab, und somit wirkte, als suche sie nach einer Mitfahrgelegenheit. Einer der Zeiger war heruntergeklappt und zeigte Oldsum an.

»Danke, nein.« Sie lächelte die Autofahrerin an. »Ich muss in die andere Richtung.«

»Na dann.« Die Stupsnasige ließ die Scheibe nach oben und fuhr schnittig weiter. Kari drehte um und lief den Weg bis zum Haus an der Godelmündung zurück.

»Ein Mietwagen. Wurde auf den Namen Jens Thönishoff auf dem Festland angemietet.« Marlies hob den Blick vom Display ihres Mobiltelefons, mit dem sie sich über ihren Dienst-Account in den Server des BKA eingeloggt hatte. »Ist das nicht ein bisschen komisch? Er hat doch gesagt, die Familie kommt nach. Wieso dann ein Auto mieten?«

»Vielleicht gerade deshalb«, antwortete Kari. »Sie haben nur ein Auto. Die Frau nimmt die Familienkutsche wegen der Kinder. Was hat die Überprüfung der Visitenkarte ergeben?«

»Es stehen nur eine Mobilfunknummer und eine E-Mail-Adresse drauf. Alle Angaben, die er gemacht hat, scheinen zu stimmen. Jedenfalls ist ein Jens Thönishoff in Bielefeld gemeldet. Er hat einen Blog. Dort postet er regelmäßig Naturfotos und schreibt etwas dazu.«

»Gibt es Fotos von ihm selbst?«

»Nö.« Marlies schüttelte den Kopf. »Ich habe im ganzen Internet kein Foto von dem Mann gefunden.«

»Wissen wir bereits, wo er hier auf der Insel abgestiegen ist?«

»Er hat von einem Gasthof in Wyk gesprochen.« Marlies nannte den Namen, der Kari nichts sagte.

»Gut, wir halten die Augen offen. Sollte er noch einmal in die Nähe des Hauses kommen, informieren wir Jo.«

Marlies schloss den Bildschirm und steckte ihr Mobiltelefon ein.

»Wie geht es Bea?«, wollte Kari wissen.

»Sie hat das Bett nicht verlassen.« Marlies seufzte. »Armes Ding. Ich hatte das ja nie, solche Krämpfe. Stelle ich mir unangenehm vor.«

In diesem Moment betrat Sandra Leonhardt den Wohnraum. Sie fuhr sich nervös durch die Haare, ihr Blick wirkte angespannt.

»Ich möchte mich nützlich machen«, erklärte sie den verdutzten Polizistinnen und bestand darauf, das Mittagessen zuzubereiten. »Mir fällt hier sonst die Decke auf den Kopf«, begründete sie, bevor sie in die Küche hinüberging. Kari folgte ihr. Sie hatte kein Frühstück gehabt und fischte sich einen Joghurt aus dem Kühlschrank.

»Haben Sie heute früh mitgehört? Als ich mit Bea gesprochen habe?« Sie stellte sich mit dem Rücken zur Spüle, riss den Deckel des Bechers auf und angelte sich einen Löffel aus einer der Schubladen.

Sandra sah sie mit einem merkwürdigen Ausdruck in den Augen an.

»Sie können mich nicht leiden, stimmts?«, sagte sie, statt zu antworten. Sie ging an Kari vorbei zum Kühlschrank. Kein Parfüm. Überhaupt nichts, das intensiv roch.

»Wie kommen Sie darauf?« Kari schob sich einen Löffel mit Joghurt in den Mund und sah Sandra aus zusammengekniffenen Augen an.

»Sie halten mich für eine verwöhnte, affektierte Person, die glaubt, andere nach ihrer Pfeife tanzen lassen zu können.« Sie besah eine Schale mit Karotten, als verstecke sich darin die Antwort auf ihre Frage. Dann blickte sie hoch, blitzschnell. Kari fühlte sich an ein Tier erinnert, das zwischen Angriff und Flucht schwankt.

»Möglich, dass Sie das sind. Meine Aufgabe besteht aber nicht darin, Sie zu bewerten. Sondern darin, Sie bis zu Ihrer Aussage zu schützen. Wenn Sie es mir und meiner Kollegin leicht machen und mit uns zusammenarbeiten, geht das einfacher.«

Sandra stellte die Karotten auf den Tisch, legte ein paar Zwiebeln dazu und wühlte in einem der Schränke herum. Dort förderte sie eine Packung roter Linsen zutage.

»Ich koche eine marokkanische Suppe«, erklärte sie und ließ sich, bewaffnet mit einem Gemüseschäler, auf einen der Stühle fallen.

Kari hatte ihren Joghurt gegessen und warf den Becher in den dafür vorgesehenen Müllsack. »Ein Gericht aus der alten Heimat?« Sie verschränkte die Arme vor der Brust und betrachtete die Frau am Küchentisch.

»Sie wissen über meine Herkunft Bescheid.« Es war keine Frage, sondern eine Feststellung. »Was wissen Sie sonst noch?«

»Nicht viel«, gab Kari zu. Das, was Jo ihr auf die Schnelle beim Briefing während des ersten Telefonats über die Eheleute Leonhardt erzählt hatte, war kaum dazu gedacht, weitergegeben zu werden.

»Dann sage ich es Ihnen.« Ein Lächeln, das zwischen Erheiterung und Verbitterung schwankte, huschte über Sandras Gesicht. »Mein Vater war ein Bauer.« Wieder dieser schnelle, prüfende Blick. Sie wollte wissen, wie das Gesagte bei ihrem Gegenüber ankam. Kari zeigte nicht, dass sie das bereits gewusst hatte.

»Ein Bauer«, fuhr Sandra fort und nahm eine der Karotten in die Linke, den Gemüseschäler in die Rechte und begann, das Gemüse zu schälen. »Aber einer, der ganz besondere Felder bewirtschaftete. Kennen Sie Marokko?« Kari nickte knapp. »Aha. Dann wissen Sie vielleicht, dass es unwegsame Gegenden im Rif-Gebirge gibt, in denen im großen Stil Cannabis angebaut wird. Als ich ein Kind war, gab es keine Überlegungen, das Zeug zu legalisieren. Marokkanischer Kif war und ist noch immer hoch geschätzt. Bis heute gilt er vielen, die sich auskennen, als das beste Cannabis der Welt«. Sandras wegwerfende Handbewegung sollte wohl ausdrücken, dass sie sich aus dieser Droge nichts machte. »Man bringt es über die Meerenge von Gibraltar nach Spanien und von dort in den Rest Europas. Bevor ich zur Welt kam, war das wesentlich schwieriger, weil es die EU mit ihren offenen Grenzen nicht gab. Der Preis, den ein Anbauer bekommt, ist verhältnismäßig niedrig, die Wertsteigerung erfolgt mit jedem Weiterverkauf. Mein Vater hatte schon früh feste Abnehmer. Anfangs waren das eher die Hippies, die sich und ihre Freunde selbst versorgten. Später wurde der Handel kommerzialisiert, aber da erzähle ich Ihnen nichts Neues.« Die geschälte Karotte landete in einer blauen Emailleschüssel. »Einer der größten Abnehmer meines Vates war Gereon, mein späterer Ehemann.« Kari war das kurze Zögern vor dem letzten Wort nicht entgangen. »Er hatte ein enges Netz aufgezogen, um Cannabis und andere Drogen von Marokko aus zu schmuggeln. Damals passierten einige Dinge, die mein Leben beeinflussen sollten.« Jetzt ratschte der Gemüseschäler wesentlich energischer über die Karotten. »Wir waren zu dritt. Ich bin das jüngste Kind meiner Eltern und die einzige Tochter.« Sie blickte kurz hoch, als wollte sie sicherstellen, dass Kari ihr weiter zuhörte, bevor sie fortfuhr, das Gemüse zu putzen. »Mein ältester Bruder starb als Erster. Bei einer Messerstecherei in Marseille, der Heimat unserer Mutter. Es war ein Bandenkrieg ausgebrochen. Der Mörder kam aus einer rivalisierenden Gang. Kurz darauf verunglückte mein anderer Bruder tödlich mit dem Wagen.« Sandra ließ die Hände sinken und starrte ins Nichts. Kari erkannte tiefen Schmerz in diesem Blick. »Er stand mir am nächsten und ich dachte, mir bricht das Herz.« Sie sank gegen die Lehne des Küchenstuhls. »Meine Mutter hat es nicht überlebt. Von einem Tag auf den anderen wurde sie zunehmend weniger. Und dann, eines Morgens, lag sie tot im Bett. Einfach so. Können Sie sich das vorstellen?« Sandra schien immer noch erstaunt darüber, dass ein Schicksalsschlag einen Menschen zerbrechen konnte. »Mein Vater beschloss daraufhin, mich zu verheiraten. Ich war gerade einmal siebzehn, als er mir Gereon vorstellte.« Sie seufzte und fuhr sich mit dem Handrücken über die Stirn. »Einen Tag nach meinem achtzehnten Geburtstag fand die Hochzeit statt.«

»Eine Art Verbindung, wie man sie schmiedet, um die geschäftliche Beziehung abzusichern.« Kari schob die Hände in die Hosentaschen.

»Sie sagen es. Ich hatte keine Wahl. Aber ich hätte es schlimmer treffen können. Zum einen bestand mein

Vater damals darauf, dass ich ein eigenes Haus bekam. Für Gereon kein Problem. Es kam ihm zupass, dass er die Villa auf meinen Namen eintragen lassen konnte. Er zahlte sogar Miete, das war die zweite Bedingung meines Vaters. Er war altmodisch. Traditionell denkend. Aber sein einziges verbliebenes Kind wollte er abgesichert wissen. Ihm habe ich es zu verdanken, dass ich mir über Geld keine Gedanken mehr machen muss. Mein Mann«, wieder ein kurzes Zögern vor dem letzten Wort, »hat es mir auch darüber hinaus nicht schwer gemacht, mich in diese Ehe zu fügen. Anfangs habe ich mich sogar wohlgefühlt mit ihm. Was wünscht man sich in diesem Alter? Was haben Sie sich gewünscht, als sie achtzehn waren?« Die Karotten waren vergessen. Sandra lehnte sich nun nach vorn und blicke Kari mit fragend hochgezogenen Brauen an.

»Ich habe mich aufs Abi vorbereitet und von einer Reise nach Neuseeland geträumt«, antwortete die wahrheitsgemäß.

Sandra schien verblüfft. »Oh«, sagte sie. »Da sind wir wohl unterschiedliche Typen. Mir hat der Luxus gefallen, den Gereon mir geboten hat. Ein Pelzmantel«, sie verdrehte die Augen, als sei ihr das heute peinlich, »schicke Schuhe, Einkaufsbummel in Paris. Na, Sie wissen schon.« Sie pustete sich eine Haarsträhne aus der Stirn. »Dazu ein großes Haus, Personal.« Versonnen betrachtete sie ihre Hände und Kari tat es ihr gleich. Auch wenn Sandra jetzt hier saß, die mit dem legendären schwarzroten Lack manikürten Nägel an den Kuppen abgestoßen, die gepflegten Finger leicht gelblich verfärbt von den Karotten, ein Schälmesser vor sich, war doch offensichtlich, dass sie in ihrem bisherigen Leben wenig körperliche Arbeit geleistet hatte. Sie war verwöhnt worden und würde diesen Lebensstandard in Zukunft nicht ablegen wollen. Und auch nicht müssen.

»Aber?«, stieß Kari das Gespräch neu an, als Sandra so plötzlich schwieg, wie sie angefangen hatte zu reden.

»Aber das ist nicht alles im Leben«, antwortete Sandra. Dann nahm sie das Schälmesser wieder auf und fuhr schweigend fort mit ihrer Arbeit.

Nachdem die Suppe fertig war, brachte Sandra ihrer Tochter ein Tablett mit einem Teller davon nach oben. Danach aßen die drei Frauen gemeinsam am Küchentisch. Das Gericht schmeckte überraschend gut. Ein bisschen scharf, mit einem Hauch von Zitrone. Kari hätte es Sandra nicht zugetraut, so gut kochen zu können. Eine Unterhaltung kam nicht mehr in Gang. Aber das war für Karis Geschmack okay so.

Der Vormittag war aufregend genug verlaufen. Sie grübelte über die Begegnung mit Bent nach. Wieso kannte er Sandra? Sie schien ihn umgekehrt nicht zu kennen. Sonst wäre ihre Reaktion vor der Haustür eine andere gewesen. War er dennoch in Gefahr? Kari wurde bewusst, wie wenig ihr über den Kneipenwirt bekannt war. Bent hingegen war jemand, der sehr viel wusste. Sie hatte nie herausgefunden, welche Quellen er anzapfte, um so gut über Geschehnisse und Menschen Bescheid zu wissen. Mehr als einmal hatte er ihr mit Informationen geholfen. Jetzt machte es sie unruhig. Sein alarmierter Gesichtsausdruck, als Sandra aus dem Haus getreten war. Die Art, mit der er sie, Kari, dazu hatte bringen wollen, mit ihm zu kommen. Das alles sprach Bände. Sie hatte sich zusammenreißen müssen. Das Gespräch hatte auf Außenstehende wirken sollen, als wären sie Fremde.

»Kari?«

»Hm?« Marlies' Stimme holte sie aus ihren Gedanken.

»Noch einen Kaffee?«

»Nein, danke.« Sie war schon nervös genug. Sandra winkte ebenfalls ab. »Ich gehe mir mal die Beine vertreten.« Kari erhob sich, stellte ihr Geschirr in die Spülmaschine, wusch sich die Hände und verließ das Haus. Einmal ging sie rundherum. Niemand war zu sehen. Weit vorne lief eine Spaziergängerin, ihre rote Jacke leuchtete regelrecht in der Sonne, die gelegentlich durch die Wolken blitzte. Kari atmete tief ein. Es roch nach Meer und Salz und Wiese. Ein Schwarm Vögel flog von einem Nachbarfeld auf und ließ sich gleich darauf wieder nieder.

Kari drehte sich um und schaute am Haus entlang. Die Sicherheitskameras waren unter dem Reetdach kaum zu sehen. Wenn man nicht danach suchte. Profikiller würden sie entdecken. Vermutlich aber erst, nachdem sie selbst entdeckt worden waren. Sie ging zum Gatter, kontrollierte den Bewegungsmelder. Dann verließ sie das Grundstück. Nur wenige Minuten später stand sie am Durchgang zum Wasser. Sie umrundete das mannshohe Schild mit der stilisierten Eule darauf, mit dem die Nationalparkverwaltung den Beginn des Nationalparks Wattenmeer anzeigte und um entsprechendes Verhalten bat. Daher ging sie lediglich wenige Schritte an der Sitzbank vorbei zum Meeressaum hinunter.

Das Wasser hatte sich bereits ein Stück weit zurückgezogen, bald würde Ebbe herrschen. Ein paar Möwen zogen mit heiseren Schreien ihre Runden am Himmel. Ein Wasservogel mit roten Beinen stolzierte im feuchten Sand herum und pickte gelegentlich etwas auf. Kari schob die Hände in die Hosentaschen und blickte zum Horizont. Während der letzten Wochen, als sie nicht gewusst hatte, ob sie wieder in ihren alten Job würde zurückkehren können oder auf ewig im Innendienst schmoren oder auf einen anderen, für sie völlig unattraktiven Posten innerhalb ihrer riesigen Behörde abgeschoben werden würde, hatte sie oft so am Meer gestanden. Hatte dem Wind und den Wellen gelauscht. Sich auf sich konzentriert und gehofft, dass alles gut würde. Widerwillig musste sie an den völlig schiefgelaufenen Einsatz denken, der sie in diese Lage gebracht hatte. Vlado, ihre Zielperson, war auf ihr unerklärliche Weise verschwunden und bis zum heutigen Tag nicht mehr aufgetaucht. Jo hatte erst für sie gekämpft und sie dann fallengelassen. Jetzt hatte er sie reaktiviert. Das gleich mit einem so wichtigen Einsatz. Leonhardt war ein Schwerstkrimineller im Maßanzug. Er saß in Untersuchungshaft, seit ein leitender Mitarbeiter seines Unternehmens Bereitschaft signalisiert hatte, gegen seinen Arbeitgeber auszusagen. Natürlich erst, nachdem er selbst ins Visier der Fahnder geraten war. Dieser Zeuge lebte nicht mehr. Leonhardt musste geglaubt haben, die Sache sei für ihn gut gelaufen. Nun sprang seine eigene Frau in den Zeugenstand. Warum? Nichts von dem, was Sandra erzählt hatte, ließ Rückschlüsse darauf zu, was sie dazu veranlasst hatte auszusagen. Und Bea ging davon aus, dass ihre Mutter log. Kari seufzte und malte mit der Spitze ihrer Stiefel kleine Figuren in den Sand.

»Hallo!« Eine fremde Stimme holte sie aus ihren Gedanken.

»Moin.« Kari erkannte die sommersprossige Autofahrerin. »Nanu? Ich dachte, Sie wollten nach Oldsum?«

Die Frau lachte. »War ich auch. Die Orte hier auf der Insel sind ja überschaubar. Da ist man schnell durch. Jetzt ...«, sie unterbrach sich, setzte einen kleinen Rucksack ab und fummelte einen Inselplan heraus, »... wollte ich mir das Vogelschutzgebiet ansehen, bevor ich zur Borgsumer Mühle und weiter nach Goting Kliff fahre.« Mit gerunzelter Stirn betrachtete sie die Karte, während der Wind ihr blondes Haar durcheinanderwirbelte.

»Sind Sie nicht mehr mit dem Wagen unterwegs?«, wollte Kari wissen.

»Ja und nein.« Die Fremde schob sich eine Strähne hinters Ohr, die ihr gleich wieder ins Gesicht geweht wurde. »Mein Auto habe ich oben im Dorf abgestellt und fahre mit dem Rad weiter.«

Kari drehte sich um. An die dunkelbraune Holzbank hinter ihr stand ein rotes Damenrad gelehnt.

»Macht man doch so hier auf Föhr?« Lustige Funken tanzten in den hellbraunen Augen der Fremden. Jetzt wandte sie sich der Meerseite zu. »Bisschen unspektakulär hier, oder?«

Dem hatte Kari nichts entgegenzusetzen.

»Ich glaube, Sie müssen sich beeilen mit ihrer Tour.« Kari deutete nach oben. Der Wind hatte aufgefrischt und trieb die Wolken vor sich her. »Es sieht nach Regen aus.«

»Ist zu befürchten. Heute ist es wirklich unbeständig.«
Die Fremde rümpfte die Nase, packte ihre Karte wieder
ein und hob zum Abschiedsgruß die Hand. Kari sah ihr
hinterher, als sie ihr Rad nahm und es in Richtung
Damm schob. Auch für sie war es Zeit zu gehen. Sie war
schon zu lange weg.

Kapitel 9

Sie hörte die Stimme, als sie fast schon direkt vor der Haustür stand. Ein halblautes Murmeln, gefolgt von einem gurrenden Lachen drang zu ihr heraus. Kari blieb vor Schreck ein paar Sekunden stocksteif stehen, als sie die Stimme erkannte. Begriff, was das zu bedeuten hatte. Dann übermannte sie Ärger. Sie wusste nicht, was schlimmer gewesen wäre – eine fremde Person auf dem Grundstück oder das. Wütend stürmte sie ins Haus, nahm auf der Treppe in den ersten Stock immer zwei Stufen auf einmal und riss die Tür zu Sandras Zimmer mit Schwung auf. Der Raum war leer. Verwirrt drehte sich Kari um sich selbst. Hatte Sandra sie gehört und sich versteckt? Es gab keine Möglichkeit, sich zu verbergen, vom großen Kleiderschrank mal abgesehen. Doch in dem fand sich lediglich ein überraschend umfangreiches Arsenal an Kleidungsstücken. Sandras Stimme war nicht mehr zu hören. Kari lief zurück ins Erdgeschoss. Marlies saß in der Küche, das Handy in der Hand. Auf dem Tisch stand ein über Bluetooth verbundener Drucker, der gerade ein Blatt ausspuckte. Marlies hob den Kopf, als Kari den Raum betrat.

»Wir haben ein Problem«, murmelte sie.

»Das kann man wohl sagen«, gab Kari scharf zurück. »Wo ist Sandra?«

»Oben, in ihrem Zimmer.«

»Ist sie nicht, ich habe gerade nachgesehen.« Im selben Moment hätte sie sich ohrfeigen können. Sie drehte um und rannte erneut ins Obergeschoss. Die Badezimmertür war verschlossen.

»Sandra!« Kari schlug mit der Faust dagegen. »Machen Sie auf!«

Drinnen schepperte etwas. »Moment!«, rief Sandra zurück. »Ist gleich frei.« Wieder das Scheppern.

»Ich trete die Tür ein!« Kari war außer sich. Hinter ihr kam Marlies die Treppe hoch.

»Was zum Teufel ist hier los?«

»Ich zähle bis drei!«, schrie Kari und donnerte mit dem Fuß gegen die Tür.

»Was geht denn hier ab?« Marlies stand jetzt direkt neben ihr.

»Himmel. Sind Sie verrückt geworden?« Die Tür flog auf. Dahinter stand Sandra Leonhardt. Das Haar zerzaust, als habe sie gerade einen Strandspaziergang bei heftigem Wind gemacht.

»Nicht ich bin verrückt. Sie sind es. Wo ist das Telefon?«

»Telefon?«, echote Marlies. Sie trat einen Schritt zurück, als wolle sie unter keinen Umständen etwas mit dem zu tun haben, was jetzt gleich geschehen würde.

»Telefon?«, versuchte Sandra, sich ebenfalls unwissend zu stellen.

»Ich erwürge Sie, ich schwöre es, wenn Sie mir nicht sofort sagen ...«

»Kari! Bitte!« Marlies war neben sie getreten und griff nach ihrem Arm.

Mist, dachte Kari und fuhr sich mit dem Handrücken über die Stirn. Beinahe hätte sie noch etwas Unverzeihliches gesagt. Jetzt atmete sie tief ein und aus und fuhr in normaler Lautstärke fort. »Ich habe Sie gehört. Also – wo ist das Handy?« Sandra sah nicht so aus, als wolle sie Klarheit in die Sache bringen. Sie plusterte sich vielmehr auf und zeigte mit einer gewollt ironischen Handbewegung ins Badezimmer.

»Bitte sehr. Suchen Sie es. Sie werden nichts finden.« Mit diesen Worten versuchte sie, an Kari vorbei aus dem Raum zu spazieren.

»Sie bleiben hier.« Karis Hand schnellte nach vorn. Ihre Finger spannten sich um Sandras Unterarm. »Marlies, du wartest ebenfalls.« Keinesfalls wollte sie ein Risiko eingehen. Und sei es auch nur das, dass Sandra ihr unterstellen könnte, sie habe ihr ein Handy untergeschoben.

Kari betrat das Badezimmer. Auf der Ablage über dem Waschbecken stand Sandras lederner Kulturbeutel, im Becken selbst lag ein Kajalstift. Jetzt war klar, was geklappert hatte. Kari, die vermutete, dass ein Teil des Inhalts des Beutels beim Verstecken des Handys herausgefallen war, durchsuchte ihn. Nicht einmal, zweimal, denn sie fand nichts. Sie stellte den Lederbeutel zurück. Sandra verschränkte in einer trotzigen Bewegung die

Arme vor der Brust, während Kari das ganze Badezimmer absuchte. Jedes Handtuch hochnahm, die Duschkabine checkte, hinter den Heizkörper sah und schließlich den Deckel des Wasserbehälters hochhob. Was bei Sandra ein laut hörbares »Pfff«, auslöste. Marlies wurde zusehends nervöser und trat von einem Bein aufs andere.

»Kari, was soll das denn?«, fragte sie mit hilflos klingender Stimme.

»Ich weiß, was ich gehört habe«, knurrte die zurück. Noch einmal checkte sie mit ihrem Blick den ganzen Raum ab. Wo konnte Sandra das Handy versteckt haben?

Sie war ratlos, bis sie erneut die zerzausten Haare der anderen wahrnahm. Sandra hatte ihre Mähne zwar mit ein paar Handbewegungen wieder geglättet, aber jetzt hatte Kari einen Anhaltspunkt. Als sie sich umdrehte und das kleine Fenster öffnete, hörte sie hinter sich ein Stöhnen. Sandra wusste, dass sie verloren hatte. Kari beugte sich hinaus. Das Handy war, mit einem Haargummi gesichert, außen am Reet festgeklemmt. Mit fast schon meditativer Ruhe befreite Kari das Gerät und wandte sich zu den beiden Frauen im Badezimmer um. Sie sprach kein Wort, hielt nur das Telefon hoch.

»So«, sagte sie nach einer Weile. »Und jetzt hätte ich gerne eine Erklärung. Und zwar von euch beiden.«

Sandras Blick huschte zu Marlies, die wie versteinert wirkte. Dann durchlief sie ein Ruck.

»Ich möchte ebenfalls gerne wissen, was das zu bedeuten hat. Und wie Sie dieses Handy an uns vorbei ins Haus schmuggeln konnten.« Sie war blass geworden und zwei steile Falten standen auf ihrer Stirn. Kari sah, dass ihre Kollegin ebenso verwundert und verärgert war wie sie.

»Ich brauche das«, presste Sandra hervor. Mit einem Mal wirkte sie ängstlich. »Das ist ... eine Art Lebensversicherung.«

»Wie bitte?« Kari trat einen Schritt auf Sandra zu. »Ihre Lebensversicherung sind wir. Und wenn dieses Mobiltelefon geortet wird, schweben wir alle in Gefahr. Sie. Ihre Tochter. Meine Kollegin und ich. Womöglich weitere Kolleginnen und Kollegen, die sich darum kümmern, dass Sie, Frau Leonhardt, lebend in den Gerichtssaal kommen und ihn lebend wieder verlassen, nachdem Sie Ihre Aussage gemacht haben.«

Sie holte tief Luft. »Also: Mit wem haben Sie telefoniert?«

Sandra Leonhardt schwieg. Ihr Mund war nur noch ein Strich, ihre Augen funkelten wie dunkelgrünes Feuer.

»Sagen Sie schon!«, fuhr Marlies die Frau an. »Wir müssen es wissen.«

Sandra blickte von ihr zu Kari und wieder zurück. Dann schüttelte sie langsam den Kopf. »Das geht nicht«, sagte sie leise und blickte zu Boden.

»Das geht. Sie müssen es einfach nur sagen«, verlangte Kari.

Wieder schüttelte Sandra den Kopf. Kari und Marlies wechselten einen Blick. Wenn ihre Zeugin nicht reden wollte, würde es ungemütlich werden.

Kari blickte auf das Gerät in ihrer Hand. Es war ausgeschaltet. Ein einfaches älteres Modell.

»Wie lautet der Code?«

Sandra starrte sie lediglich an. »Nein«, sagte sie. »Das ist unmöglich. Aber ich kann Ihnen eines versichern: Im Telefon ist eine einzige Nummer gespeichert. Und von demjenigen, dem sie gehört, geht keinerlei Gefahr aus für mich und meine Tochter.«

»Ich glaube es nicht«, murmelte Marlies halblaut.

»Glaubt es ruhig. Sie sagt die Wahrheit. Ausnahmsweise einmal.« Drei Köpfe fuhren herum. Vor der Badezimmertür stand Bea. Sie war blass und wirkte zerbrechlich in einem übergroßen Sweatshirt, in dem sie fast ertrank. »Mit ihrem Zweit-Handy telefoniert sie mit ihrem Lover.«

»Was ...«, stieß Sandra gepresst hervor und riss schockiert die Augen auf.

»Du dachtest, ich weiß das nicht?« Bea verzog angeekelt das Gesicht. Sie sah aus, als wolle sie ihrer Mutter gleich vor die Füße spucken. »Ich habe schon lange gemerkt, dass da was läuft. Und dieses Handy«, ihr Kinn zeigte auf das Gerät in Karis Hand, »habe ich vor Monaten entdeckt.« Ihr Blick verdüsterte sich. »Du hängst Papa dran, nur wegen deinem ...«

»Halt den Mund!« Sandra hatte die Stimme erhoben. Sie klang kalt und scharf und Bea zuckte sichtbar zusammen. »Du weißt nicht, was du redest. Dein Vater ist ein Verbrecher. Er bietet dir gar nichts. Keine Werte. Keine Sicherheit. Keine Zukunft.« Sie schluckte heftig, bevor sie fortfuhr. »Ich mache das nicht nur für mich, sondern auch für dich.«

»Ich kenne den Code«, sagte Bea, als habe sie nicht gehört, was ihre Mutter sagte.

Sandras Augen weiteten sich vor Entsetzen. »Du ... was?«

Bea sprach weiter zu Kari. »Ich schreibe ihn auf. Wenn ich im Gegenzug zurück zu meinem Vater kann.«

Marlies entfuhr ein erschrockener Laut. Sandra schnappte nach Luft. Kari ließ das Mobiltelefon sinken.

»Wir sind hier nicht auf einem Bazar«, erklärte sie Bea zugewandt. »Und auch nicht bei *Wünsch dir was*. Wir haben einen Job zu erfüllen. Du und deine Mutter haben sich verpflichtet, unseren Anweisungen Folge zu leisten. Wenn ihr das nicht tut, breche ich den Einsatz ab. Ihr könnt dann gehen, wohin ihr wollt. Telefonieren, mit wem ihr wollt. Ungeschützt, aber das scheint hier ja allen gänzlich egal zu sein.«

Marlies setzte zu einem Protest an. Ob sie sich ungerecht behandelt fühlte oder auf Karis reichlich eigenmächtige Interpretation der Schutzmaßnahmen, die sie natürlich nicht abbrechen konnten und durften, hinweisen wollte, war Kari egal. Sie sah, wie geschockt Sandra aussah, und auch Bea wich einen halben Schritt von der Tür zurück, als wolle sie sich von ihren eigenen Worten distanzieren.

»Also – wie lautet der Code?« Karis Blick ruhte auf Bea, die plötzlich nervös auf ihrer Lippe kaute.

»Nicht«, bat Sandra leise. Mutter und Tochter sahen sich stumm an. Dann senkte Bea den Kopf.

»Ich habe gelogen. Ich weiß es nicht. Ich wollte nur, dass sie einen Schrecken bekommt.« Sie hob den Kopf und auf einmal waren ihre Augen kalt. »Aber das mit dem Lover stimmt. Sie betrügt meinen Vater seit Monaten.« Ihr Blick wanderte von Kari zu Sandra. »Vermutlich will sie ihn mitnehmen. In unser schönes neues Leben. Während ich ...« Sie brach ab. Ihr Gesicht verzerrte sich vor Wut. Ihre Augen wurden feucht und ihr Finger stach in Richtung ihrer Mutter in die Luft wie ein Schwert. »Während ich alle zurücklassen muss, die mir etwas bedeuten.« Die letzten Worte stieß sie unter Schluchzen aus, bevor sie sich umdrehte und in ihrem Zimmer verschwand.

»Keine Sperenzchen mehr«, hatte Kari Marlies zugeflüstert. Während die ins Erdgeschoss ging, riss Kari die Tür zum Zimmer gegenüber auf. Es war staubig und das Bett war nicht bezogen, dennoch schob sie Sandra dort hinein. »Sie werden hier bleiben. Ich bringe Ihnen Bettwäsche und Handtücher. Ihre persönlichen Sachen erst, wenn wir sie durchsucht haben.«

»Hören Sie.« Sandra griff nach Karis Arm. »Ich kann das alles erklären. Es ist nicht so, wie Sie denken.«

Kari schüttelte die andere ab. »Frau Leonhardt. Ich dachte eigentlich, wir hätten uns verstanden. Ihr Benehmen ist unfassbar dumm.«

»Nein. Nein, das ist es nicht.« Sandra baute sich vor Kari auf. »Bitte. Vertrauen Sie mir. Ich bringe weder Sie noch mich in Gefahr.«

Kari schüttelte den Kopf über so viel Uneinsichtigkeit. »Bis wir Ihr Zimmer durchsucht haben, muss ich Sie hier einschließen«, sagte sie knapp und schloss die Tür. Auf dem Flur atmete sie erst einmal tief durch. Diese Frau raubte ihr den letzten Nerv. Hatte sie mittags einsichtig gewirkt, schien nun Hopfen und Malz verloren. Sie hoffte, dass Bea mehr wusste. Aber das Mädchen verneinte glaubhaft. Sie war zwar dahintergekommen, dass es einen neuen Mann im Leben ihrer Mutter gab. Wer er war, konnte sie aber nicht sagen.

Kari drehte sich auf dem Absatz um, kehrte in Sandras Zimmer zurück und durchsuchte es von oben bis unten.

Als Kari ins Erdgeschoss zurückkehrte, saß Marlies im Wohnraum und tippte auf Sandras Handy herum. »Und? Probierst du dich durch die Geburtsdaten?«

»Beas ist es nicht. Sandras eigenes auch nicht. Und das ihres Mannes versuche ich erst gar nicht.« Da sich das Gerät nach dem dritten Fehlversuch komplett abschalten würde, verstaute Marlies es in der ebenfalls durch ein Passwort gesicherten Box, in der auch Karis Mobiltelefon lag. Die hoffte, dass Bent Wort hielt und ihr ein anonymes Prepaid-Handy besorgt hatte.

»Hast du eine Erklärung für das alles?«

Marlies drehte sich zu Kari um. »Nein«, sagte sie. »Ich habe die beiden Frauen akribisch gefilzt, als wir hier ankamen. Ich bin sicher, dass Sandra das Handy nicht bei sich oder in ihrer Handtasche hatte.«

»Und das Gepäck?«

Marlies zögerte und biss sich auf die Lippe. »Mein Kollege. Er muss es übersehen haben.«

Kari nickte versonnen. »Sandras Reisetasche hat ein Geheimfach. Nichts Besonderes, wenn man richtig sucht. Eher so, um es Taschendieben nicht zu einfach zu machen. Ich habe zwei dicke Bündel Geldscheine in diesem Fach entdeckt. Vermutlich lag das Handy ebenfalls dort drin.«

»Und als du sie im Badezimmer überrascht hast, musste sie es kurzfristig verstecken«, fuhr Marlies fort. »Sonst hätten wir es womöglich nicht gefunden.«

Sie hob den Kopf und sah Kari direkt an. »Entschuldige bitte. Ich verstehe jetzt, was du meinst. Ich war zu unbedarft. Ich bin enttäuscht von mir selbst.«

Kari verzichtete darauf, der anderen eine Standpauke zu halten. Marlies wirkte ehrlich zerknirscht.

»Wir filzen Beas Sachen ebenfalls. Ich will ausschließen, dass die Mutter die Tochter als ihr Muli benutzt. Du informierst Jo, dass wir hier eine ungeklärte Situation haben.« Marlies nickte. Keine Spur mehr von der Aufsässigkeit, die sie einen Tag zuvor Kari gegenüber an den Tag gelegt hatte. Ob das so blieb, war schwer vorherzusagen. Sie hatten die Zeit bis zum morgigen Abend zu überstehen, am Donnerstag die Abreise der beiden Frauen zu sichern und sie einem neuen Team zu übergeben, danach wäre dieser Einsatz beendet. Kari konnte es kaum erwarten. Das Gefühl, mit einer Kollegin zusammenzuarbeiten, die nicht denselben Blick auf die Dinge hatte wie sie, unvorsichtig war, war kein gutes. Dann fiel ihr etwas ein.

»Was hast du denn vorhin ausgedruckt? Du hast von einem Problem gesprochen?«

Marlies nickte und fuhr sich mit der Hand übers Haar. »Ausgedruckt habe ich ein paar Infos über Jens Thönishoff. Er ist aktenkundig. Ein Foto ist auch dabei.«

Kari zog die Brauen hoch. »Stellt er eine Gefahr dar?«

Marlies zuckte mit den Schultern. »Eher nicht. Das Aussehen stimmt mit dem Mann überein, den wir hier vor dem Haus hatten. Und die Vorstrafen sind nicht so wild. So Sachen wie Widerstand gegen die Staatsgewalt. Alles schon älter. Er war Teil einer Gruppe radikaler Naturschützer. Habe dir das Dossier ausgedruckt, damit du es in Ruhe lesen kannst.«

»Und das Problem?«

Marlies seufzte gequält. »Der Prozess wurde verschoben. Wir müssen uns länger als vorgesehen um Sandra und Bea kümmern.«

Kapitel 10

Warum man den Prozessauftakt gegen Gereon Leonhardt vertagt hatte, hatte man Marlies nicht mitgeteilt. Es gab auch keine Auskunft darüber, ob und wann ein neuer Termin anberaumt worden war.

»Ich muss mit Jo sprechen«, verlangte Kari und streckte die Hand nach Marlies' Telefon aus. Die tippte die Kurzwahl erst nach einigem Zögern an.

»Hallo Jo. Hier Marlies. Ich gebe das Gerät an Kari weiter. Sie will unbedingt mit dir sprechen.« Marlies wartete ab, nickte dann und reichte das Handy weiter.

»Jo, hier ist die Kacke am Dampfen«, brachte Kari die Situation gleich auf den Punkt. »Frau Leonhardt hat einen Geliebten, der wohl nicht Teil der Zeugenschutzvereinbarung ist. Wie kann das sein? Sie hat ein Handy eingeschmuggelt, und wir wissen nicht, wen sie damit kontaktiert hat. Wir benötigen also eine Funkzellenortung und das ganze Pipapo, um das herauszufinden. Dann ...« Sie zögerte kurz und fixierte Marlies bei den nächsten Worten. » ... gab und gibt es hier erhebliche Mängel in der Durchführung der gesamten Aktion. Um es kurz zu machen: Wenn wir hier länger bleiben als vorgesehen, brauche ich eine verlässliche Partnerin oder einen Partner an meiner Seite. Marlies ist zu unerfahren. Du musst sie abziehen.«

Marlies wurde blass, als sie das hörte. Dann kniff sie die Augen zusammen und formte tonlos die Worte »Du Bitch«. Kari drehte sich um und blickte zum Fenster hinaus.

»Ich kann hier sonst die Verantwortung nicht mehr übernehmen.«

Jo atmete hörbar aus. »Kari«, antwortete er dann mit bemüht ruhiger Stimme. »Ich habe niemand anderen. Aus den dir bekannten Gründen. Marlies mag unerfahren sein, das gebe ich zu. Aber sie ist verlässlich. Eine gute Polizistin. Sie wird von dir lernen. Und du willst in den aktiven Dienst zurück. Das ist deine Chance. Vermassel sie nicht. Und jetzt stell bitte den Lautsprecher an.«

»Bitte?«

»Du hast mich verstanden. Stell mich laut.«

Kari knirschte mit den Zähnen, bevor sie tat, was ihr Vorgesetzter von ihr verlangte.

»Marlies, kannst du mich hören?«, fragte er.

»Ja, Jo«, antwortete die.

»Gut. Ihr beide hört mir jetzt mal genau zu. Im Moment ist mir nicht bekannt, warum der Prozessauftakt verschoben wurde. Es kann sich aber lediglich um einige Tage handeln. Die werdet ihr beide noch zusammenarbeiten müssen. Ich bitte dich, Marlies, dich zusammenzureißen und deinen Job so zu machen, dass keine Fehler mehr passieren. Du, Kari, wirst Marlies weiterhin unterstützen. Ich baue auf dich. Was das

Handy betrifft – das ist natürlich ganz große Scheiße! Das kann im schlimmsten Fall unsere gesamte Operation gefährden. Wir müssen wissen, mit wem sie gesprochen hat. Ich kümmere mich darum, auch wenn das verdammt schwierig werden wird bei strenger Auslegung des Datenschutzes. Alles andere, da muss ich mich auf euch verlassen können. Auf euch beide!«

»Ich weiß nicht ...«, setzte Kari zu einer Antwort an, aber Jo unterbrach sie.

»Ende der Durchsage.« Und damit legte er auf.

Innerlich fluchend reichte Kari ihrer Kollegin das Handy zurück. Marlies wirkte verärgert.

»Warum?«, fragte sie.

»Weil zu viel passiert ist. Es ist eine Sache, unerfahren zu sein. Eine andere, Zeugen und uns durch unachtsames Verhalten in Gefahr zu bringen.«

»Wenn du nicht mehr mit mir zusammenarbeiten willst ...«

»Jos Ansage war deutlich«, unterbrach Kari sie. »Ich bin professionell genug, hier trotz allem, was geschehen ist, weiterzumachen. Wie sieht es mit dir aus?«

Marlies dachte mit gesenktem Kopf nach. »Das mit der Bitch tut mir nicht leid.« Ein schiefes Grinsen entschärfte ihre Aussage. »Was die Zusammenarbeit betrifft, will ich es pragmatisch angehen.« Sie streckte die Hand aus. »Neustart?«

Kari nickte. Sie schüttelten sich die Hände.

»Okay«, sagte Kari dabei gedehnt. »Dann machen wir jetzt unseren Job.«

Ohne weiter über den Anruf bei Jo zu reden, durchsuchten sie in der nächsten Stunde Beas Sachen, was die stoisch über sich ergehen ließ. Lediglich als sie sich aus dem Bett erheben musste, um sich stattdessen im Wohnzimmer auf die Couch zu legen, grummelte sie vor sich hin. Die Suche blieb ergebnislos. Zudem beschloss Kari, Sandra nicht mehr in ihr bisheriges Zimmer zurückkehren zu lassen, und verschloss den Raum. Bea durfte bleiben, wo sie war. Es war nicht anzunehmen, dass sie ihre Mutter deckte, womit oder wobei auch immer.

Nach der Aktion war es Sandra wieder freigestellt, sich im Haus zu bewegen. Sie zog es allerdings vor, allein zu bleiben, kam lediglich herunter, um den Staubsauger zu holen, mit dem sie ihr Zimmer zu reinigen gedachte. Wenig später hörte Kari von oben ein brummendes Geräusch und gelegentliches Poltern, wenn das Gerät an eine Wand oder ein Möbelstück andotzte.

»Da ist jemand auf 180«, murmelte Marlies.

»Das bin ich auch. So eine verdammte Situation.« Kari rieb sich die Oberarme. Der Tag war nicht besonders warm gewesen, in dem alten Haus herrschte eine kühle Temperatur. »Was weißt du eigentlich über Sandra und ihre plötzliche Bereitschaft, gegen ihren Gatten auszusagen?«

»Puh«, antwortete Marlies. »Nicht wirklich viel. Einer von Leonhardts Leuten hat für ihn im großen Stil Geld gewaschen. Wir waren schon eine Weile an ihm dran, als er uns ins Netz ging. Er hat entschieden, seine eigene Haut zu retten, und sich kooperativ gezeigt. Er hatte jede Menge explosives Wissen. Dann hat er sich abgesetzt.«

»Er hat sich abgesetzt?«

»Ist spurlos verschwunden. Trotz Personenschutz. Ist ihnen durch die Lappen gegangen. Hat wohl Schiss bekommen. Der Chef hat getobt.«

Kari starrte ihre Kollegin an. Sie war vollkommen überzeugt von dem, was sie sagte. Es war nicht unüblich, dass Zeugen, die sich einer mächtigen Organisation oder einem Clan gegenübersahen, von einem Tag auf den anderen ihre Meinung änderten. Sich an nichts mehr erinnern konnten. Frühere Aussagen widerriefen. Nicht selten wurde Druck ausgeübt auf sie selbst, ihre Familien. Die organisierte Kriminalität schreckte nicht einmal davor zurück, Kinder zu bedrohen. Dennoch – das, was Marlies erzählte, passte nicht zu dem, was Jo ihr beim ersten Gespräch unter dem Siegel strengster Verschwiegenheit anvertraut hatte. Nämlich dass der Zeuge tot war. Sie rief sich seine Worte ins Gedächtnis zurück.

Wir haben einen hochkarätigen Zeugen in dieser Angelegenheit verloren. Ich fürchte, wir haben hier einen Maulwurf.

»Normalerweise wäre das dann das Ende vom Lied gewesen. Ohne diesen Zeugen wäre die Anklage geplatzt«, fuhr Marlies fort.

»Und ausgerechnet dann springt ganz plötzlich Sandra Leonhardt ein und füllt die Lücke. Ihr Mann bleibt in Haft, der Prozess kann stattfinden«, murmelte Kari.

»Genau so. Die beiden wurden in einer Nacht- und Nebelaktion aus der Villa geschafft und unter Personenschutz gestellt.«

Zwar war das nicht das übliche Vorgehen, es zeugte aber von einer energischen Staatsanwaltschaft. Warum jetzt also die Terminverschiebung?

»Sag mal, kennst du das Gericht in Hamburg, an dem verhandelt wird?«

Marlies schüttelte den Kopf. »Du meinst, ob sich dort jemand unter Druck setzen oder gar kaufen lässt? Keine Ahnung, glaube ich aber nicht.«

Das Thema war unappetitlich. Im Grunde hatte sie selbst kaum jemals mit wie auch immer beeinflussten Personen im Richterstand oder bei der Staatsanwaltschaft zu tun gehabt. Ausschließen konnte man es aber nie. Kari wandte sich ab, schlenderte in die Küche und holte sich eine Cola. Sie musste nachdenken und das funktionierte am besten, wenn sie allein war. Mit der Dose in der Hand verließ sie das Haus durch die Hintertür und schritt das Gelände ab. Nachdem vor einigen Wochen ihre Suspendierung ausgesprochen worden war, hatte sie mehrfach versucht, ein Gespräch mit Jo zu führen. Er hatte immer abgeblockt. Dann, wie aus dem Nichts, rief er sie an. Weil sie sich auf der Insel aufhielt und somit die ideale Wahl war. Der tote Zeuge und der vermeintliche Maulwurf hatten den Druck auf sie verstärkt, Jos Bitte nachzukommen. Aber Marlies, der Jo doch offenkundig so sehr vertraute, wusste von der wirklichen Dramatik der Geschehnisse nichts. Kari lief einmal um das ganze Haus herum, beobachtete die Umgebung. Niemand hielt sich in der Nähe auf. Alles wirkte friedlich. Der Himmel zeigte inzwischen erste Anzeichen der Dämmerung. Durch all die Ereignisse war der Tag schnell vergangen. Wie viele würden es noch werden? Sie zerdrückte die leere Dose in der

Hand und starrte zum Damm hinüber. Auf einmal schien es ihr unendlich wichtig, ein Handy zu haben. Die Situation grenzte ans Absurde. Ihrer Zeugin musste sie ein illegales Mobiltelefon abnehmen, sie selbst besorgte sich eines. Sie ging ins Haus zurück. Aus dem Obergeschoss hörte sie Marlies' und Sandras Stimmen. Es widerstrebte ihr, aber sie musste ihre Kollegin jetzt eine Weile mit den beiden Frauen allein lassen.

»Marlies?«, rief sie nach oben. Die kam sofort die Treppe heruntergerannt. Wenigstens hatte sich ihre Dienstauffassung innerhalb der letzten Stunden merklich gebessert.

»Ich muss mir die Beine vertreten. Kann ich euch eine Weile allein lassen?«

Marlies nickte. »Ich sichere alles. Bis du wieder da bist, macht hier keine einen Mucks. Versprochen.«

Kari lächelte knapp. Dann holte sie ihr Rad aus dem zur Garage umfunktionierten Schuppen neben dem Haus und fuhr in Richtung Utersum.

Kapitel 11

Im Haus von Karis Nachbarin Jette Beckum stand die Tür offen. Ihr grau getigerter Kater hockte auf der Schwelle und blickte Kari mit zusammengekniffenen Augen entgegen. Als sie ihr Rad am Zaun abgestellt hatte, erhob er sich und kam mit einem leisen *Miau* auf sie zu. Kari beugte sich zu dem Stubentiger hinunter und kraulte ihn hinter den Ohren, was er mit dem Schließen der Augen und lautem Schnurren quittierte. Dann miaute er erneut, zeigte einen Katzenbuckel und sprang mit aufgerichtetem Schwanz davon.

»Jette?«, rief Kari ins Haus hinein. Als keine Antwort kam, ging sie seitlich an dem Gebäude vorbei in den hinteren Teil des Gartens.

Jette kniete vor einem großen Erdbeerbeet und streute etwas aus.

»Nanu. Du wirst doch kein Gift auslegen?«, begrüßte Kari die Ältere. Die war über jeden Zweifel erhaben. Kari kannte niemanden, der nachhaltiger und chemiefreier lebte und gärtnerte.

»Wermutkraut. Gegen die Schnecken. Die fressen hier sonst alles kahl.« Lächelnd erhob sie sich, klopfte sich ein paar Erdkrumen an der ausgeleierten grünen Hose ab, fuhr sich dann durch das schlohweiße, kurze Haar und schaute Kari neugierig an.

»Dein Mieter war hier. Der mit der Garage. Er hat ein Päckchen vorbeigebracht.«

»Hast du es hier?«

Jette schüttelte den Kopf. »Ich habe es dir rüber in die Kate gelegt. Für den Fall, dass du mich nicht antriffst. Wusste ja nicht, wann du kommst.«

»Danke!«, rief Kari. »Ich habe es leider etwas eilig. Aber die Tage sehe ich noch mal vorbei und bringe ein bisschen Zeit mit.«

Kari ging ins Nebenhaus. Auf dem Esstisch in der Küche lag ein brauner Briefumschlag. Sie holte ein Mobiltelefon heraus. Als sie es einschaltete, verlangte es eine PIN. Stirnrunzelnd schüttelte sie den Umschlag, aber es lag kein Zettel dabei. Erst, als sie hineinspähte, erkannte sie einen vierstelligen Code. Bent hatte ihn auf die Innenseite des Kuverts geschrieben. Kari stutzte, als sie die Zahlenfolge sah. 1902. Der 19. Februar. Das Geburtsdatum ihres Vaters. Unwillkürlich lächelte sie. Bent war ein ungewöhnlicher Mann, der über viele Dinge Bescheid wusste. Vor ein paar Wochen war sie hinter eines seiner Geheimnisse gekommen. Sie war sich sicher, dass er noch mehr davon hütete. Doch schon zuvor hatte sie gespürt, dass ihn etwas umgab, das ihn von anderen Menschen abhob. Er war ihr auf eine Weise gefährlich erschienen, die sie nicht deuten konnte, weil sie zwischen Anziehung und Fluchtinstinkt schwankte. Sie änderte die PIN, trug den Umschlag zum offenen Kamin und zündete ihn an. Erst als er komplett verbrannt war, verließ sie das Haus.

Im alten Bauernhof war alles ruhig. Marlies stand breitbeinig im Wohnzimmer, die Arme verschränkt. »Die beiden haben sich ein paar Brote gemacht und sind auf ihren Zimmern. Bea geht es besser. Sie langweilt sich ohne Musik und Videos. Was heißt: ohne ihr Handy.«

»Haben wir keinen alten iPod oder so was?«

Marlies zuckte mit den Schultern. »Hier ist nichts, was ich ihr geben könnte.«

Kari blickte zum Bücherregal. Dort standen ein paar zerlesene Krimis und historische Romane.

»Soll sie halt lesen«, meinte sie. Marlies unterdrückte ein Grinsen.

»Sie will es sich überlegen.«

»Weißt du, ich habe noch einmal nachgedacht. Über Sandras Handy.« Es war müßig, sich Gedanken darüber zu machen, dass Marlies und ihr Kollege einfach gründlicher hätten sein sollen. Zwar waren Sandra und Bea ihre Mobiltelefone abgenommen worden, genauso wie alle anderen elektronischen Geräte, über die man ins Netz gehen und die man orten konnte, aber dem Umstand, dass jemand ein Zweitgerät mit sich führen könnte, war nicht Rechnung getragen worden. Und jetzt flog ihnen das alles um die Ohren. »Ausgehend von der Annahme, dass Sandra ihre PIN nirgends notiert hat, jedenfalls haben wir nichts gefunden, kein Notizbuch, keinen Zettel, haben wir gerade mal drei Möglichkeiten, an die Inhalte, genauer, die Nummer desjenigen zu kommen, mit dem Sandra telefoniert hat.«

Kari zählte sie an den Fingern ab. »Erstens: Wir warten auf das Ergebnis der Funkzellenauswertung, das vermutlich nie kommen wird.« Denn das würde bedeuten, dass zunächst sämtliche Handys, die zur fraglichen Stunde über denselben Sendemast eingeloggt gewesen waren, daraufhin überprüft werden mussten, ob von ihnen aus zu diesem Zeitpunkt telefoniert worden war. »Sandra hat mindestens drei Minuten lang gesprochen. Sie redete bereits, als ich sie vor dem Haus gehört habe und ich brauchte eine Weile, sie im Badezimmer zu lokalisieren. Da wir nicht wissen, wie lange genau, kann ihr Gespräch kaum isoliert werden.« Ganz zu schweigen davon, die jeweiligen Gesprächsteilnehmer anhand von deren Nummern zu identifizieren. »Ich glaube kaum, dass ein Richter einen derartig weit in den Datenschutz eindringenden Beschluss unterschreibt, auch wenn Jo sein Möglichstes dafür tun wird.«

Marlies nickte versonnen.

»Zweitens: Wir hacken Sandras Handy. Dazu müssten wir es in unsere Dienstelle nach Berlin schicken. Was dauert, mal abgesehen von der Geheimhaltung, unter der wir hier operieren. Oder wir finden hier vor Ort jemanden.«

»Kennst du etwa einen Hacker auf der Insel?« Marlies rutschte auf ihrem Stuhl hin und her. »Das wäre in puncto Diskretion keine gute Lösung.«

Da musste ihr Kari recht geben. Daher vertiefte sie den Gedanken gar nicht erst, obwohl sie erst kürzlich durch Bent Sörensen einen in solchen Dingen äußerst begabten jungen Mann kennengelernt hatte.

»Drittens: Wir foltern Sandra so lange, bis sie uns den Code verrät.«

Marlies wedelte abwehrend mit den Händen, grinste aber dabei. Sie hatte die Ironie verstanden.

»Wer sagt uns denn, dass es sich um einen Code handelt«, überlegte sie dann laut. »Es könnte eine Gesichtserkennung sein. Oder ein Fingerabdruck.«

»Nein«, entgegnete Kari und schüttelte langsam den Kopf. »Ich bin mir sicher, es ist eine PIN.« Sie lehnte sich in ihrem Stuhl zurück. »Als wir im Badezimmer standen, hat Bea behauptet, sie kenne den Code. Du hast Sandra gesehen, ihre Hände, ihre Blicke. Sie wurde sofort nervös, hat versucht, ihrer Tochter zu signalisieren, sie solle still sein.«

»Stimmt. Außerdem ... wenn du ein zweites Mobiltelefon hättest. Eines, das du vor dem Gatten und der Tochter geheim hältst, um mit einem Lover zu telefonieren. Und gesetzt den Fall, dein Ehemann ist jemand, der ausrasten kann und wenig Skrupel kennt, würdest du da nicht lieber auf einen Zahlencode setzen?«

»Um nicht gezwungen zu werden, mittels körperlicher Gewaltanwendung dein Telefon entsperren zu müssen, ohne es zu wollen?«

»Genau.« Marlies nickte nachdrücklich.

»Na ja, einen Zahlencode kann man ebenfalls aus jemandem herauszwingen, besonders, wenn man nicht zimperlich ist.«

»Schon. Aber in diesem Fall würde ich dreimal eine falsche Ziffernfolge angeben und mich auf Nervosität berufen. Zumindest gewinnt man damit Zeit.«

»Nach drei Fehlversuchen sperrt sich das Handy.«

Kari sah hoch. In ihrem Kopf begann es zu rattern.

»Nehmen wir mal an, Sandra kennt ihre PIN auswendig, wovon auszugehen ist. Das Gerät bedeutet den Draht zu einer Person, die ihr wichtig ist und der sie vertraut. Da merkt man sich diese vier Ziffern. Aber was, wenn ein misstrauischer Ehemann oder eine auf ihre Mutter wütende Teenager-Tochter das Handy findet und testet, ob es sich entsperren lässt? Was dann?«

»Wie du schon sagtest. Das Handy wird nach drei Versuchen gesperrt.«

»Was braucht man, um es dann wieder freizugeben?«

»Die PUK oder einen anderen übergeordneten Code«, antwortete Marlies langsam.

Kari schnippte mit den Fingern. »Genau! Und diese Zahlenfolge benötigte man eher selten. Deshalb kennt sie kaum jemand auswendig, zumal sie aus mehr als vier Ziffern besteht.«

»Diese Zahl würde man sich notieren.« Marlies' Kopf zuckte nach oben. »Das heißt, wir filzen Sandras Sachen ein weiteres Mal, suchen genau danach. Wenn wir was finden, sperren wir das Handy absichtlich, um mit dem Code dann Zugang zu bekommen.«

»Bleibt die Frage, wie wir es anstellen, ohne dass sie etwas bemerkt.«

Sie mussten nicht lange warten. Ungefähr eine halbe Stunde später ging Sandra ins Badezimmer. Sobald sie die Dusche rauschen hörten, huschte Kari nach oben. Sandras Zimmer zu durchsuchen war keine langwierige Angelegenheit. Außer einer Handtasche, der Reisetasche und dem Kulturbeutel, der im Bad stand und später angeschaut werden konnte, hatte sie nichts dabei. Kari wusste, dass es weder ein Notizbuch noch etwas Ähnliches gab. Das hätte sie bei der ersten Durchsuchung gefunden. Aber wo sonst konnte man sich eine Ziffernfolge notieren, ohne dass es auffiel? Im doppelten Boden der Reisetasche? Nein. Eher an einer Stelle, die schnell zugänglich war. Sie kippte die Handtasche aus und schaute sich jeden Gegenstand unter genau dem Blickwinkel an. Eine Puderdose. Ein Lippenstift. Ein halb volles Päckchen Papiertaschentücher. Eine Dose mit Pfefferminzbonbons. Ein Etui mit einer Lesehilfe erstaunte Kari. Sie hatte Sandra bisher nie mit Brille gesehen. Daher untersuchte sie das Etui ganz besonders akribisch, fand aber nichts. Eine Packung Vitamintabletten folgte. Aber weder außen noch auf dem Beipackzettel war etwas notiert worden. Eine Tube Handcreme. Sie schüttelte die leere Tasche, durchsuchte das Seitenfach und tastete nach einem doppelten Boden, fand aber nichts. Stück für Stück legte sie die Sachen zurück. Bei der Packung mit den Papiertaschentüchern zögerte sie. Sie war fast voll. Kari lauschte nach draußen. Alles ruhig. Sie zog ein Taschentuch nach dem anderen aus der Packung. Drehte und wendete es. Fand nichts. Steckte alle, so gut es ging, wieder zurück. Was hatte sie übersehen? Befand sich das, was sie suchte, vielleicht doch im Koffer? Ihr Blick wanderte zum Schrank, in dem die Reisetasche stand. Weiter zu der offenen Tasche. Fiel auf die Vitamintabletten. Sie dachte an Bent, der ihr das Handy geschickt und die PIN auf der Innenseite des Umschlags notiert hatte. Sie griff nach der kleinen Schachtel, zog den Blister, in dem nur ein Dragee fehlte, sowie den Beipackzettel heraus, öffnete den unteren Teil der Packung und spähte hinein. *Bingo!*, hätte sie am liebsten ausgerufen.

Dort, auf dem Innenteil der Lasche, waren von Hand sechs Zahlen notiert worden. Kari schrieb sie auf, faltete die Schachtel wieder zusammen, steckte alles in Sandras Handtasche zurück und verließ das Zimmer. Marlies blickte auf, als sie Kari aus dem Flur kommen sah. Die nickte ihrer Kollegin zu und zeigte mit der Hand ein Daumen-hoch-Zeichen. Sie konnte es kaum erwarten zu sehen, mit wem Sandra heimlich telefoniert hatte.

»Dann wollen wir mal sehen, was es mit Sandras geheimnisvollen Telefonaten auf sich hat.« Sandras Zweithandy war ein unauffälliges schwarzes Gerät. Nicht so neu, elegant und teuer wie das, das ihre Zeugin normalerweise benutzte. Kari musste an ihr eigenes geheimes Mobiltelefon denken. Das war ebenfalls einfach. Billig womöglich. Aber zweckmäßig. So wie das, welches sie jetzt Marlies reichte.

Sie zog den Zettel mit der Zahlenfolge aus der hinteren Jeanstasche und sagte Marlies den vermeintlichen Code an. Die tippte mit angestrengtem Gesichtsausdruck. Ein leises *Pling* zeigte an, dass es geklappt hatte. Ein leichter Adrenalinschub brachte Karis Kopfhaut zum Prickeln.

»Wow«, formte Marlies tonlos mit den Lippen. Sie rutschte direkt neben Kari, beide beugten sich über das Display. »Sie hat wirklich nur eine einzige Nummer eingespeichert.«

»Glaubst du, dass es die ihres Liebhabers ist? Falls sie wirklich einen hat?« Kari betrachtete den Eintrag. Das im Protokoll verzeichnete letzte Telefonat war das, das Kari gehört hatte. Dazu kamen zwei weitere vom Tag zuvor.

»Werden wir bald wissen.« Marlies zückte ihr eigenes Mobiltelefon und tippte eine Kurzwahltaste an.

»Ja?« Jos Stimme.

Kari neigte sich näher zu Marlies, um mithören zu können.

»Ich gebe dir eine Mobilfunknummer. Mit diesem Teilnehmer hat Sandra Leonhardt bereits dreimal telefoniert, seit sie im Zeugenschutz ist. Kannst du sie überprüfen?«

»Moment«, hörte Kari Jo sagen.

Irgendwo im Haus wurde lautstark eine Tür geschlossen. Kari legte den Finger an die Lippen, ging zur Tür und öffnete sie einen Spaltbreit. Bea schlappte auf Socken durch die Diele und verschwand in ihrem Zimmer. Kari kehrte zu Marlies zurück. Die machte ein ratloses Gesicht.

»Jo sagt, es kann dauern«, flüsterte sie Kari zu. Dann, zu ihrem Gesprächspartner gewandt, »alles klar. Melde dich, sobald du was herausbekommen hast.«

Kurz darauf verzog Kari sich in ihr Zimmer, um ein paar Stunden zu schlafen. Marlies würde sie gegen drei Uhr morgens wecken, damit sie die zweite Schicht übernahm. Sie lauschte nach draußen. Auf dem Flur war alles ruhig. Sie zog das Mobiltelefon hervor. Auch hier war nur eine einzige Nummer einprogrammiert. Kari kannte sie nicht. Bent hatte sich also ebenfalls ein Prepaid-Handy organisiert. Sie tippte die Nummer an und schrieb nur ein Wort: Danke. Dann schloss sie die Augen und atmete tief ein und aus, bis sie einschlief.

Durch ein leises Klopfen an der Tür wurde Kari ein paar Stunden später geweckt. Sie war verschlafen und musste sich ein paar Hände kaltes Wasser ins Gesicht spritzen, um einigermaßen klar im Kopf zu werden.

»Ich habe Kaffee gekocht«, flüsterte Marlies noch, bevor sie sich schlafen legte. Kari tappte in die Küche. Der Bildschirm war dunkel. Niemand war in die Nähe der Kameras und ihrer Bewegungsmelder gekommen. Um die letzten Reste des Schlafes abzuschütteln, dehnte Kari ihre Muskeln, trabte eine Weile auf der Stelle und bewegte die Arme, als wolle sie fliegen. Dann trank sie den ersten Kaffee und wanderte durch sämtliche Räume im Erdgeschoss, bevor sie sich in dem Sessel im Flur niederließ.

Kapitel 12

Es war kurz vor vier, als das mit dem Bewegungsmelder am Tor verbundene Lämpchen von Grün auf Rot sprang. Der Bildschirm des Laptops blieb dunkel. Sofort stellten sich Kari die Nackenhaare auf. Jemand hatte das Gelände betreten, aber die Außenkameras zeichneten nichts auf. Das konnte nur bedeuten, dass diejenige Person sie deaktiviert hatte. Kari fluchte lautlos und rannte, so leise es ging, ins obere Stockwerk, um Marlies zu wecken.

»Es ist jemand am Haus. Die Kameras funktionieren nicht«, sagte sie, bevor sie wieder nach unten eilte, die Waffe schon gezückt. Marlies wusste, was zu tun war: Sandra und Bea in einen Raum bringen. Dafür sorgen, dass sie sich verschanzten. Bei ihnen bleiben, bis die Lage geklärt war. Doch zuvor mussten sie beide sich absprechen.

»Ich gehe raus. Bleib du hier und gib mir Deckung«, flüsterte Kari. Ihr war klar, dass es sich um einen Profi handelte. Wer es geschafft hatte, die Bewegungsmelder auszuschalten, ohne dass sie im Haus auch nur das Geringste mitbekommen hatten, brach nicht zum ersten Mal irgendwo ein. Auch Marlies hatte nun ihre Waffe mit grimmigem Gesichtsausdruck gezogen. Kari beruhigte es zu sehen, dass ihre Kollegin so wirkte, als würde sie keine Sekunde zögern, sie einzusetzen. Vorsichtig und leise öffnete sie die Eingangstür und spähte ins Dunkel. Auf der Vorderseite war niemand zu sehen. Die beiden Frauen nickten sich zu, Kari schlüpfte hinaus. Die Tür wurde lautlos hinter ihr geschlossen. Die Nacht war frisch, vom Meer her wehte ein leichter Wind. Ein zunehmender Halbmond hing am Himmel hinter einer zerrissenen Wolkendecke und tauchte die Landschaft in ein gespenstisches Licht. Kari wandte sich nach links. Dort befand sich der Schuppen. Hinter ihm wucherten ein paar Sträucher, die ihr Deckung boten, sollte der Eindringling sich auf der Rückseite des Hauses befinden. Schnell und vorsichtig zugleich setzte sie ihre Schritte. An der Ecke angekommen, schob sie den Kopf Zentimeter für Zentimeter nach vorn. An der hinteren Hausfront war niemand. Sollte alles ein Irrtum sein? Hatte der Bewegungsmelder am Hoftor einen Fehlalarm ausgelöst? Im selben Moment hörte sie ein leises Scharren. Sie hob den Kopf. Es kam vom Dach des Schuppens. Behutsam setzte sie einen Fuß vor den anderen und spähte hinauf. Der Giebel verlief auf die Breitseite des Hauses zu. Und dort auf ein kleines Flurfenster. Die einzige Schwachstelle, weil es zwar verschlossen war, aber weder über Schlagläden noch über einen Rollladen verfügte. Genau das hatte der Eindringling ausgenutzt. Das Fenster stand offen! Kari schnappte nach Luft, ihr Herz fing heftig an zu hämmern. Im selben Moment, in dem sie zum Sprint zurück zur Vorderseite des Hauses ansetzte, fiel oben ein Schuss.

Sie rannte. Stieß die Haustür auf und flog regelrecht die Treppe hoch in den ersten Stock. Trotz der Dunkelheit konnte sie erkennen, dass der Flur leer war. Gleichzeitig herrschte Totenstille. Eine Tür zu ihrer Rechten stand offen. Das Zimmer war leer. Bis vor wenigen Stunden noch war Sandra dort untergebracht gewesen. Kari stieß mit der Linken die Tür des Badezimmers direkt daneben auf. Niemand befand sich dort. Dann hörte sie hinter sich ein Geräusch. Blitzschnell fuhr sie herum. Er war breitschultrig, sehr schlank, etwas größer als sie und schwarz gekleidet. Durch die Dunkelheit schimmerte nur die Augenpartie. Alles andere war durch Kapuze und Motorradmaske verdeckt. Er schoss sofort, aber sie war einen Sekundenbruchteil schneller. Sein Schuss war ins Leere gegangen. Sein Schmerzenslaut verkündete, dass sie es war, die getroffen hatte. In die rechte Schulter. Die Waffe fiel ihm aus der Hand. Er drehte sich halb und im ersten Moment dachte sie, er habe einen Buckel. Doch es war ein kleiner Rucksack, den er auf dem Rücken trug. Sie blieb in ihrer Position, breitbeinig, die P30 im Anschlag.

»Hinlegen. Arme über den Kopf. Ich habe eine Waffe auf Sie gerichtet«, rief sie. Die Gestalt verharrte gekrümmt an der Treppe. Einen Moment lang tat sich nichts. Kari konnte förmlich hören, was im Kopf des Mannes vor sich ging. Würde er sie angreifen? Versuchen, sie zu entwaffnen? Er hielt zwar keine Waffe in der Hand. Aber unter dem dicken Sweatshirt konnten sich durchaus starke Muskeln verbergen. Und der Kerl wirkte hochgradig aggressiv. Nur Sekundenbruchteile später drehte sich die Person aus ihrer halbgebückten Haltung, etwas schwirrte durch die Luft. Sie wich dem Messer im letzten Augenblick aus.

»Hinlegen. Ich sage es nicht noch einmal.« Ihre Stimme hallte laut durch den Flur. Sie hoffte, dass die anderen in Sicherheit waren.

Im selben Moment ließ ihr Gegenüber sich fallen, doch mitnichten, um Karis Aufforderung nachzukommen. Sondern um mit der Linken nach seiner Waffe zu greifen. Ein zweiter Schuss von Kari vereitelte den Plan. Hinter ihr öffnete sich eine Tür. Sie hörte Marlies etwas rufen.

»Ich bin hier im Flur«, schrie Kari. Nicht, dass ihre Kollegin sie noch aus Versehen erschoss.

»Aus der Schusslinie«, schrie die zurück, während sie den Gang entlanggerannt kam. Der Kopf des Fremden zuckte nach oben. Dann drehte er um und rannte die Treppe hinunter. Kari wollte ihm folgen, stolperte aber über etwas, das am Boden lag, und landete schmerzhaft auf ihrem Hintern.

»Stehen bleiben!«, schrie Marlies dem Fliehenden hinterher. Doch der dachte nicht daran. Marlies hob die Waffe und zielte. Es war dunkel, der Kerl bewegte sich trotz seiner Verletzung unfassbar schnell durch das Erdgeschoss. War jetzt schon bei der Tür. Und sie zögerte. Kari wusste, warum. Jemanden in den Rücken zu schießen war für sie alle ein Tabu. Selbst dann, wenn man auf die Beine zielte, was bei diesen Lichtverhältnissen und bei einem so bewegten Ziel einem Glücksspiel glich. Kari hatte sich aufgerappelt. Sie griff nach ihrer Waffe und gab einen Warnschuss ab. Der Fremde hielt nicht eine Sekunde inne. Riss die Tür auf und war hindurch. In diesem Moment setzte Marlies sich erneut in Bewegung.

»Lass mich den Kerl verfolgen«, keuchte sie. »Kümmere du dich um die Zeuginnen. Für den Fall, dass er nicht allein war.« Damit zog sie an Kari vorbei, rannte die Treppe hinunter und nahm die Verfolgung auf. Kari ließ ihre Waffe sinken. Zu ihren Füßen lag ein Fläschchen mit Reizgas, über das sie gestolpert war. Daneben die Waffe des Angreifers. Sie nahm beides auf und hoffte, dass ihre Kollegin den Flüchtenden einholen konnte. Dann humpelte sie den Gang hinunter. Das Haus, das wusste sie, war nun als Schutzort verbrannt.

Mutter und Tochter saßen auf dem Bett in Sandras Zimmer. Die hatte die Arme beschützend um Bea gelegt. Beide waren kreidebleich und starrten Kari mit weit geöffneten Augen an.

»Wir haben mitbekommen, dass jemand ins Haus eingedrungen ist«, flüsterte Sandra. »Marlies hat einen Schuss abgegeben, um Sie zu warnen. Und dann haben wir weitere Schüsse gehört«, fuhr sie fort. Tonlos und mit blassen Lippen.

»Ja. Jemand ist eingebrochen. Er ging direkt zu Ihrem bisherigen Zimmer.« Kari wischte sich den Schweiß von der Stirn. Ihre Gedanken rasten. »Wenn ich Sie heute nicht umquartiert hätte, wären Sie jetzt tot.« Bea hob die Hand an den Mund und unterdrückte ein Stöhnen. Falls möglich, wurde ihre Mutter noch eine Spur blasser.

»Der Kerl hat gewusst, wo er sie findet. Entweder weil Sie so unvorsichtig waren, sich am Fenster zu zeigen.

Oder weil Sie bei einem Ihrer Telefonate über Ihren genauen Aufenthaltsort gesprochen haben.« Sandra schüttelte den Kopf. Ihre Augen waren vor Schreck geweitet. »Jetzt müssen wir uns um andere Dinge kümmern. Wir können nur hoffen, dass der Kerl allein war. Meine Kollegin ist hinter ihm her.« Marlies war eine exzellente Läuferin, Kari war selbst überrascht gewesen, wie schnell sie war. Wenn sie ihn erwischte, musste sie ihn niederringen. Oder anschießen. Sie betrachtete die Waffe des Eindringlings. Eine Beretta 92S mit aufgesetztem Schalldämpfer. Fingerabdrücke würde man wohl keine finden, der Kerl hatte mit Sicherheit Handschuhe getragen. Dennoch schob sie sie in eine Plastiktüte. Die KTU würde sich damit beschäftigen. Für Kari stand außer Frage, dass sie es mit einem von Gereon Leonhardt auf sie angesetzten Killer zu tun hatten. Was bedeutete, dass sie hier im Haus nicht mehr sicher waren.

»Packen Sie Ihre Sachen«, wies sie Sandra an. »Hier können wir nicht bleiben.«

»Warum ...?«, setzte Bea an. Sie zitterte.

»Das ist doch wohl offensichtlich«, schnitt Kari ihr das Wort ab. »Ein Killer ist hinter dir und deiner Mutter her. Wenn er uns gefunden hat, könnten noch mehr Leute von unserem Versteck wissen. Oder er wird bei nächster Gelegenheit zurückkommen und es erneut versuchen.«

»Wohin sollen wir jetzt gehen?« Sandra war blass bis auf die Lippen.

»Das muss ich klären. Wichtig ist, dass wir abmarschbereit sind, sobald ich eine neue Unterkunft für uns gefunden habe.«

Von der Treppe her war lautes Poltern zu hören. Alle drei fuhren herum. Beas Augen huschten verängstigt zwischen der Waffe in Karis Hand und der halb offenstehenden Zimmertür hin und her. Die Tür flog auf und Marlies taumelte herein. Haarsträhnen klebten an der schweißnassen Stirn. Sie keuchte, beugte sich nach vorn und stützte sich auf ihren Knien ab.

»Er ist mir entwischt«, erklärte sie dumpf.

»Mist!«, schimpfte Kari.

Marlies' Kopf pendelte hin und her. »Der Kerl ist wahnsinnig schnell. So etwas habe ich noch nicht erlebt.« Die Fassungslosigkeit stand ihr ins Gesicht geschrieben.

Karis Gedanken waren mit einem Schlag klar. »Wir müssen hier weg«, verkündete sie nun auch ihrer Kollegin. »Sofort.«

»Ich rufe Jo an. Er sollte wissen, wohin wir gehen können.«

»Hier auf der Insel?« Kari schüttelte den Kopf. Sie hatte zwei Dinge im Kopf: Entweder Sandras Telefonat hatte den Killer auf ihre Spur gebracht. Dieses Problem hatten sie gelöst. Sandra würde keine Möglichkeit mehr bekommen, ihr Handy zu nutzen. Oder aber der Maulwurf, von dem Jo gesprochen hatte und von dem Marlies keine Kenntnis hatte, hatte sie verraten. Was, wenn dieser Informant ganz nah bei Jo saß? Und weil Kari keine Lust hatte, Menschenleben zu riskieren, egal, wo sich das Leck befand, entschied sie, auf eigene Faust zu handeln.

»Wir machen das anders. Wir packen zusammen. Ich besorge uns eine Unterkunft und wir lassen hier alles so, wie es ist.« Was sie nicht sagte – sie würde eine Kamera installieren. Dieses Mal im Haus. Egal, wer es betrat, es würde eine Aufnahme davon geben.

»Aber Jo ...«

»Bis Jo uns ein anderes Haus zuweist, könnte der Killer, oder ein anderer, wiederkommen. Wir müssen das schneller hinkriegen. Danach informierst du ihn. Aber erst, wenn wir in Sicherheit sind.« Kari hatte die Worte mit Nachdruck gesprochen und sah Marlies ernst an. Ihr Gegenüber blickte zweifelnd zurück. Dann nickte sie.

»Okay. Dann verrate mir mal, wo du uns unterbringen willst.«

Kapitel 13

Der Mittwochmorgen war noch nicht richtig angebrochen, als Kari ihre Jugendfreundin Sesle Bracht aus dem Bett klingelte. Die Pfarrerin hatte einen Morgenmantel über ihren Pyjama gezogen, die dunklen Haare hingen zerstrubbelt um ihr Gesicht. Verwirrt blickte sie auf ihre unerwartete Besucherin.

»Du? So früh am Tag? Was ist denn los?«

Karis Blick fiel auf die sanfte Rundung von Sesles Bauch. Seit sie mit ihrem zweiten Kind schwanger war, ging ein Leuchten von ihr aus, das sich hauptsächlich in ihren braunen Augen zeigte und das ihre sanftmütige Art unterstrich.

»Tut mir leid. Es ist extrem wichtig. Kann ich Magnus sprechen?«

»Was willst du denn von meinem Mann?«

»Ihn um einen ungewöhnlichen Gefallen bitten. Es geht um Menschenleben.«

Sesle erbleichte. Ihr Mund öffnete und schloss sich wieder. Schließlich räusperte sie sich und bat Kari herein. Noch im Flur stehend legte sie ihrer Freundin die

Hand auf den Arm. »Hat es etwas mit deinem Beruf zu tun?«

Sesle war eine der wenigen Außenstehenden, mit denen Kari jemals ehrlich über ihre Arbeit gesprochen hatte. Sie wusste, dass sie nicht in der Verwaltung der Berliner Polizei tätig war, wie sie üblicherweise behauptete. Sondern bei BKA in einer Organisationseinheit, die sich um Zielfahndung und Zeugenschutz kümmerte.

»Ich dachte, du bist suspendiert«, fügte Sesle tonlos hinzu.

»Man hat mich gebeten, hier einen Auftrag anzunehmen. Ich kann nichts darüber sagen. Nur so viel: Ich brauche dringend ein Haus, in dem vier Erwachsene ein paar Tage leben können, ohne dass es jemandem auffällt.«

Sesles Augen wurden groß. Sie begriff sofort. Magnus Bracht führte eine Firma für Homestaging, das Herrichten von Immobilien für den Verkauf. Er würde wissen, ob es ein Haus gab, das Kari nutzen konnte.

»Sesle? Was ist?« Die Treppe des Pfarrhauses knarrte, als Magnus dort erschien. Auch er in Pyjama und Morgenmantel, mit verwuscheltem Haar. Auch er überrascht über den frühen Gast.

»Kommt mit«, bat Sesle beide und führte sie in ihr Arbeitszimmer. Dort schloss sie so nachdrücklich die Tür, als fürchte sie Lauscher im eigenen Haus. Mit wenigen Worten erklärte Kari Magnus, was sie brauchte. Der wechselte ein paar beunruhigte Blicke mit seiner Frau. Erst als diese ihm mit einem leichten Nicken zu verstehen gab, dass sie diese ungewöhnliche Bitte billigte, willigte er ein. Nicht ganz ohne Bauchschmerzen, wie er sagte. »Die Häuser, die ich aufhübsche, stehen zwar leer, aber sie gehören jemandem. Objekte, die schon von Maklerfirmen betreut werden, scheiden aus. Da haben zu viele Leute Zutritt, das kann ich nicht steuern. Beim Verkauf durch Privatpersonen könnte es wiederum jederzeit passieren, dass die Besitzer vorbeikommen, um nachzusehen, wie weit die Dinge fortgeschritten sind.« Damit meinte er, ob die Handwerker ordentlich gearbeitet hatten und wie Magnus die Räume hergerichtet hatte, um sie möglichen Interessenten attraktiv zu präsentieren. »Niemand will die Vergangenheit der Vorbesitzer mitkaufen«, hatte er ihr einmal erklärt. »Ich helfe den Käufern dabei, eine Vorstellung zu entwickeln, wie alles aussehen könnte.« Er biss sich auf die Unterlippe. »Lass mich kurz überlegen«, meinte er dann. Sesles Finger spielten nervös miteinander. Ihre Blicke huschten immer wieder zwischen ihrem Mann und Kari hin und her. Die wusste, dass sie es lediglich ihrer alten Freundschaft zu verdanken hatte, dass sie nicht gleich hochkant rausgeflogen war mit ihrem Ansinnen. Diese Freundschaft hatte erst vor Kurzem eine schmerzhafte Prüfung erfahren. Seitdem waren sich die beiden Frauen so nah wie nie zuvor. »Ich habe vielleicht etwas«, sagte Magnus in die Stille hinein. »Ein Haus in Nieblum. Liegt etwas abseits der Hauptstraße, Richtung Strand. Großes Anwesen, nicht gut einsehbar. Ist noch vollständig eingerichtet mit den Sachen der Vorbesitzer. Ich habe bisher lediglich den Wohnraum neu ausgestattet und es geht frühestens nächste Woche weiter. Wäre das was?« Kari schluckte und nickte.

»Und die Besitzer?«, fragte sie.

Magnus lächelte kurz. »Sind mit leichtem Gepäck nach Neuseeland ausgewandert. Ich habe den Auftrag, alles, was noch da ist, zu verkaufen oder zu spenden. Bisher bin ich nicht dazu gekommen. Eine Maklerfirma wurde noch nicht beauftragt. Der Einzige, der Schlüssel hat, bin ich.«

Kari wäre ihm am liebsten um den Hals gefallen.

»Magnus, Sesle, ihr habt bei mir was gut«, flüsterte sie und ergriff seine Hände.

»Na, na«, meinte er und wirkte verlegen.

»Doch«, bekräftigte sie. »Sag mir, wie schnell können wir dort einziehen?«

Magnus hob die Hände. »Sofort. Ich ziehe mich an und fahre mit euch ...«

»Nein«, unterbrach Kari ihn. »Das geht nicht.«

Die Verwirrung stand Magnus ins Gesicht geschrieben.

»Alles gut«, sagte seine Frau. Sie trat neben ihn und legte ihm die Hand auf den Oberarm. »Kari weiß, was sie tut.« Die beiden Freundinnen wechselten einen Blick. Sesle hatte verstanden, dass Kari Magnus nicht in Gefahr bringen wollte.

»Gib mir die Adresse und die Schlüssel. Ich fahre meine ... Gäste dann selbst dorthin.«

»Okay«, sagte Magnus gedehnt.

»Und ich brauche für kurze Zeit ein Auto.«

Magnus und Sesle sahen sich verblüfft an.

»Du kannst meinen Wagen haben«, meinte Magnus schließlich.

»Ich bringe ihn so schnell es geht zurück.«

Kari und Marlies hatten entschieden, vorsichtig zu sein. Zwar war das Schloss an dem Schuppen, der als

Garage diente, unversehrt gewesen. Dennoch war es ihnen sicherer erschienen, den Wagen zu wechseln, sobald das möglich war.

»Wo sind die anderen denn jetzt?«, wollte Sesle wissen.

Kari machte eine Kopfbewegung zum Fenster hin. »Drüben in der Kirche.«

Marlies, Sandra und Bea saßen, die Jacken eng um ihre Körper gezogen, dicht aneinandergedrängt in der vordersten Bank der Kirche St. Laurentii. Niemand verschwendete einen Gedanken an die kühle Luft im Inneren des Gebäudes, die zudem an diesem frühen Morgen feuchter wirkte, als sie war. Eine von ihnen hatte zwei Kerzen entzündet. Vielleicht aus Dankbarkeit dafür, in der Nacht mit dem Leben davongekommen zu sein. Die Flammen tanzten einsam und unruhig, als Kari die Kirche nach dem Gespräch mit Sesle betrat. Drei Köpfe wandten sich ihr mit hoffnungsvollen Blicken zu. Sie waren alle übernächtigt, zudem sah man ihnen den Schock über die Geschehnisse des frühen Morgens an. Karis Kollegin wirkte darüber hinaus bedrückt. Sie machte sich Vorwürfe, dass sie den Eindringling nicht gefasst hatte. Die Tatsache, dass man sie aufgespürt hatte, hatte es notwendig gemacht, das Haus an der Godelniederung noch in derselben Nacht zu verlassen. Bevor der Killer oder ein anderer die Chance hatte, ihnen dort erneut aufzulauern. Da sie mit leichtem Gepäck reisten, hatten sie schnell alles verstaut, was sie mitnehmen mussten. Marlies war mit dem SUV, mit Sandra und Bea auf dem Rücksitz und Karis Rad im Kofferraum, vorausgefahren. Kari war ihnen mit dem

Corsa gefolgt. Die Kirche in Süderende war verschlossen gewesen, aber Kari wusste, wo ihre Freundin Sesle den Schlüssel deponiert hatte. So hatten sie die Autos ein Stück die Straße runter abgestellt und sich ins Innere des Gotteshauses geflüchtet.

Als Kari nun aus dem nahegelegenen Pfarrhaus zurückkam, allein, aber mit der erfreulichen Neuigkeit, dass sie gleich jetzt in ein neues Domizil fahren würden, atmeten alle erleichtert auf. Sandra und Bea kletterten auf den Rücksitz von Magnus' BMW. Ihre eigenen Autos ließen sie stehen. Sie hatten nach dem Überfall nicht genügend Zeit gehabt, sie so sorgfältig, wie es nötig gewesen wäre, auf eventuelle Peilsender abzusuchen. Sie wollten kein Risiko eingehen und Magnus' Wagen war sicher. Kari fuhr, Marlies saß auf dem Beifahrersitz. Sie verließen Süderende auf der Hauptstraße, bogen vor Hedehusum auf die Rundföhrstraße ab, passierten Borgsum und erreichten das südöstlich von Nieblum gelegene Haus eine Viertelstunde später. Marlies sprang aus dem Wagen, öffnete das weiß gestrichene Schiebetor und schloss es sofort wieder, nachdem Kari hindurchgefahren war. Die stellte den Motor ab. Alle stiegen aus. Ruhe umgab sie. Gerade so, als ließe die dichte, fast mannshohe Hecke, die das Grundstück umschloss, keinerlei Geräusche durch. Der Rasen im Vorgarten war saftig und stand ein bisschen zu hoch. Weiße Lampen im Laternenlook und Hortensien, die den Zugang zur Haustür säumten, lockerten das Grün auf. Das Gebäude selbst war im Bungalowstil erbaut, das Dach mit dunkelgrauen Ziegeln gedeckt, vor einigen der Fenster waren schmiedeeiserne Gitter angebracht. Direkt ans Haus angebaut war eine Doppelgarage.

»Nehmen Sie Ihr Gepäck heraus«, sagte Kari zu den anderen, bevor sie mit dem Schlüsselbund in der Hand zur Tür schritt.

Das Innere des Hauses war geräumig. Zunächst betraten sie eine kleine Diele. Von dort aus gelangte man direkt in einen großen offenen Wohnraum mit Blick in den hinteren Garten. Zum Vorgarten hin lag auf der linken Seite die Küche. Daneben, an der Wand zum Anbau, befand sich eine fensterlose Kammer, die nichts weiter als ein Bügelbrett, ein leeres Regal und ein paar Umzugskartons enthielt. Ein für zwei Personen ausgelegter Schlafraum bot ebenfalls Aussicht auf den Garten. Ein zweites, kleineres Schlafzimmer lag rechts vom Flur mit Blick zum Vorgarten hinaus. Alle Betten waren bis auf die Matratze abgezogen. Neben dem größeren der beiden Zimmer lag ein Badezimmer, aus der Diele ging ein Gäste-WC ab. Sie stiegen in den Keller hinunter. Dieses Geschoss war durchgängig gefliest. Neben einem engen Wirtschaftsraum, in dem Waschmaschine und Trockner standen, gab es einen Vorratsraum mit deckenhohen verschließbaren Metallschränken, eine Art Partyraum mit einer Theke und einer Diskokugel an der Decke sowie eine Heimsauna mit Duschgelegenheit. Den Kellerausgang verschloss eine schwere Metalltür, die darüber hinaus mit einem Sicherheitsriegel versehen war.

»Okay. Das Haus ist groß genug, um es ein paar Tage hier auszuhalten. Marlies und ich teilen uns den Raum mit dem Einzelbett. Wir nutzen ihn sowieso nicht gleichzeitig. Sie beide nehmen den mit dem Doppelbett«, schlug Kari vor, als sie wieder zurück im Erdgeschoss waren. Was ein wütendes Prusten von Bea zur Folge hatte. Auf keinen Fall wolle sie mit ihrer Mutter den Schlafraum teilen, erklärte sie. Sie wehrte sich so vehement dagegen, dass die beiden in einen heftigen und lautstarken Streit gerieten. Bis Kari vorschlug, Bea könne das Bügelzimmer nehmen. »Wir schleppen eine Matratze rüber und eine Lampe wird sich auch noch finden.«

Nachdem sich die Gemüter wieder beruhigt hatten, machten sie sich daran, sich einzurichten. Bettwäsche fanden sie in den Umzugskartons, die darüber hinaus Geschirr, Besteck und Gläser enthielten. Marlies schaltete den Kühlschrank ein, der brummend zum Leben erwachte. Erwartungsgemäß gab es Strom und Wasser. Als Marlies und Kari die Räume checkten, fiel ihnen der Unterschied zwischen dem Wohnbereich, in dem Magnus bereits tätig gewesen war, und den übrigen Zimmern auf. Statt alt und abgewohnt sah es dort aus wie in einer Wohnzeitschrift. Die Wände hatte man in einem zarten Vanilleton gestrichen, die zwar spärliche, aber geschmackvolle Einrichtung war passend dazu gewählt.

»Da kann man mal sehen, was aus solch einem Raum rauszuholen ist«, murmelte Marlies, während sie sich in eine Chaiselongue fallen und ihre Finger über den matten Schirm einer danebenstehenden Bogenlampe gleiten ließ.

»Tja. Es kostet wohl einiges, aber die Arbeit von Magnus rentiert sich für diejenigen, die verkaufen«, ergänzte Kari. Dann ging sie hinaus, um den Wagen in die Garage zu fahren.

Während Sandra und Bea ihre Betten bezogen und sich in ihren jeweiligen Zimmern einrichteten, zogen sich die beiden Beamtinnen in die Küche zurück, um sich zu besprechen. Durch die hohe Hecke war das Haus weder von der Straße noch von den Nachbargrundstücken her wirklich einsehbar. Das Grundstück war wesentlich kleiner als das bisherige. Es verfügte über eine herkömmliche Alarmanlage, aber über keine Außenkameras und dergleichen. Die Untersuchung ihres früheren Unterschlupfs hatte gezeigt, dass die Kameras dort zwar noch intakt waren und man lediglich die Elektronik deaktiviert hatte, doch weder Marlies noch Kari waren in der Lage, diese speziellen Geräte dort abzubauen und am jetzigen Haus wieder anzubringen. Schon gar nicht in der Kürze der Zeit, die ihnen geblieben war. Die Innenkamera im Bauernhaus war einfach zu installieren gewesen. Kari checkte den Empfang auf Marlies' Mobiltelefon. Das Bild, das sich ihnen präsentierte, zeigte keinerlei Veränderung. Alles dort war genau so, wie sie es verlassen hatten.

»Die Schlagläden vor den Fenstern sind nur Zierde«, stellte Marlies fest, nachdem sie um das Haus herumgegangen war. »Das heißt, wir müssen bei Einbruch der Dämmerung sämtliche Rollläden und Jalousien schließen.«

»Sofern unsere beiden Schützlinge keine Schwierigkeiten machen, erwarte ich vorläufig keine Probleme.«

»Sehe ich ebenso. Mir scheint, hier sind wir erst einmal sicher«, murmelte Marlies.

Bea, die nicht nur eine Matratze, sondern zusätzlich eine Menge Kissen und zwei Lampen in den Verschlag geschleppt, dafür das Bügelbrett in die Gästetoilette verfrachtet hatte, kam zu ihnen in die Küche.

»Wie wäre es, wenn ich zur Feier des Tages etwas backe?«, fragte sie.

»Dir geht es wieder gut? Keine Krämpfe mehr?« Kari legte der jungen Frau die Hand auf den Arm.

»Ich bin okay. Das Schlimmste ist überstanden. Jetzt will ich nicht mehr rumliegen und mich langweilen.«

Sie hatten bei ihrem Umzug lediglich zwei Tüten mit Lebensmitteln mitgenommen, daher schüttelte Marlies bedauernd den Kopf.

»Tut mir leid, aber wir haben weder Mehl noch Backpulver noch Obst.«

»Doch, haben wir«, erklärte Bea vergnügt. »Der ganze Keller ist voll mit Vorräten.«

Zu dritt stiegen sie hinunter. Bea ging voraus. »Alles da«, strahlte sie und öffnete einen der hohen Schränke. Neben zwei Packungen Mehl, einigen Tütchen mit Backpulver und einer riesigen Tüte mit Nüssen gab es reichlich eingewecktes Obst und Gemüse. »Eier haben wir doch mitgenommen?«

Kari und Marlies bejahten beide gleichzeitig.

Kurze Zeit später staubte Bea in der Küche mit dem Mehl herum und öffnete ein Glas mit eingemachten Kirschen. In diesem Moment betrat Sandra den Raum.

»Nanu?«, fragte sie betont munter. »Was macht ihr denn da?« Gleich darauf beschloss sie, es ihrer Tochter gleichzutun. Mit dem Unterschied, dass sie keinen Kuchen, sondern eine Quiche zubereiten wollte. Während Mutter und Tochter selten einträchtig nebeneinander am Küchentisch zugange waren, zogen Kari und Marlies sich zurück. Beide in der Hoffnung, die gemeinsame Arbeit in der Küche würde die beiden Streithennen einander wieder näherbringen.

Kapitel 14

Durch das Haus zog der Duft nach frisch Gebackenem. Marlies und Kari hatten sich in ihren Schlafraum verzogen, um in Ruhe mit Jo Weinheimer telefonieren zu können. Beide lauschten mit halbem Ohr den Stimmen, die leise aus der Küche heraus zu ihnen herüberdrangen.

»Was denkst du. Nähern sie sich an?«

Marlies machte mit der flachen Hand eine Schaukelbewegung. »Sandra bemüht sich um Harmonie. Bea bemüht sich, bockig zu sein. Sie verzeiht ihrer Mutter nicht, dass sie sie in einer Nacht- und Nebelaktion aus ihrem Leben und den vermeintlich liebenden Armen ihres Vaters gerissen hat.«

Was den Vater betraf, erübrigte sich jeglicher Kommentar. Das andere aber musste geklärt werden.

»Hast du eine Ahnung, ob sie eine Beziehung hat? Wir sollten den- oder diejenige womöglich informieren.«

»Sie wollte bisher nicht darüber reden. Hat nur gesagt, sie will eine neue Frisur.« Marlies strich sich über ihr kurzes Haar.

»Sie bewundert dich.« Kari grinste ihre Kollegin an.

»Wohl eher meine Figur. Ob sie bereit ist, dafür morgens eine halbe Stunde Yoga mit mir zu machen, wird sich zeigen.« Marlies lächelte flüchtig.

Zunächst war sowieso das Telefonat dran.

»Ja, wir sind umgezogen. Das Haus passt«, sagte Marlies. Ihr Vorgesetzter wollte mehr wissen. »Kari kann das besser erklären«, meinte sie und reichte das Telefon weiter.

»Was ist das für ein Haus, in das du unsere Zeugin gebracht hast?« Jos Stimme bebte leicht bei diesen Worten.

»Wir mussten nach dem nächtlichen Überfall aus dem bisherigen Domizil raus. Ich habe eine Möglichkeit gefunden. Das Haus steht zurzeit leer, ist aber vollständig eingerichtet.«

»Was, wenn euch jemand gefolgt ist?«

Kari beruhigte ihn. »Wir haben den Wagen gewechselt.« Natürlich stand die Befürchtung im Raum, der Killer – denn dass es sich um einen solchen handelte, schien nach dem Überfall klar zu sein –, könnte sie erneut aufspüren.

»Er ist verletzt.« Leider hatte sie nicht auf eines der Beine, sondern die Schulter gezielt. Sonst wäre er Marlies garantiert nicht entkommen.

Aus der Küche drang Lärm. Etwas war dort scheppernd zu Boden gegangen. Marlies erhob sich geschmeidig und ging hinaus.

»Jo, warum weiß meine Kollegin nicht, dass der erste Zeuge, der gegen Leonhardt aussagen wollte, liquidiert wurde? Sie geht davon aus, dass er sich abgesetzt hat!

Und aus welchem Grund wurde der Termin verschoben? Ich muss es wissen! Schon allein, um absehen zu können, wie das alles hier weitergehen soll. Ich operiere immer noch ohne ...« Ohne offiziellen Auftrag, ohne Kommunikationsmittel, hatte sie sagen wollen, doch da öffnete sich die Tür wieder und Marlies kam zurück.

»Hört sie etwa mit?« Jos Stimme klang angespannt.

»Nein. Ja. Jetzt«, murmelte Kari und mied Marlies' Blick.

»Das muss warten«, antwortete Jo leise, um dann, etwas lauter, fortzufahren. »Wir haben zwar eine zweite konspirative Wohnung auf der Insel, aber die kann aufgrund eines Wasserschadens zurzeit nicht genutzt werden. Ihr bleibt also, wo ihr seid. Bis ich etwas anderes gefunden habe. Und bitte seht euch vor.«

»Wie konnte Leonhardt so schnell reagieren? Aus der U-Haft heraus jemanden schicken«, wollte Marlies wissen, als sie jetzt das Telefon wieder übernahm. Sie war aufgestanden und lief herum. Kari konnte nicht mehr mithören, was Jo antwortete. Dann nickte Marlies ein paarmal und beendete das Gespräch.

»Was hat er gesagt?«

Marlies atmete tief durch. »Sein Verteidiger kommt jeden Tag.«

Die beiden wechselten einen langen Blick.

»Dann wird er womöglich heute schon neue Anweisungen geben«, mutmaßte Kari. Sie schwiegen. Man wusste, wo sie waren. Föhr war eine kleine Insel. Sie hätten dringend Verstärkung gebraucht. Aber keine von ihnen sprach es aus.

»Das ist ja lecker!« Kari meinte, was sie sagte. Sandras Quiche, eine Komposition aus Mürbteig, Zwiebeln, Kartoffeln, Lauch, Kräutern und Quark, schmeckte hervorragend.

»Zu Hause hat sie nie gekocht«, pampte Bea, ließ es sich aber ebenfalls schmecken. Sie selbst hatte einen Tomatensalat beigesteuert. Der Kühlschrank war inzwischen fast leer. Am Abend wäre Schmalhans Küchenmeister.

Sandra schien ihrer Tochter heute nichts übelzunehmen. Sie strich Bea übers Haar, was die mit einer Grimasse und einer ausweichenden Bewegung quittierte.

»Es hat mich immer entspannt, in der Küche zu werkeln. Aber dort, wo ich bisher gelebt habe, gab es Angestellte«, sagte Sandra an Kari und Marlies gewandt. Als *Zuhause* wollte sie die Villa wohl nicht mehr bezeichnen. »Da habe ich vergessen, wie gern ich früher gekocht habe.«

»Sie waren sehr jung bei Ihrer Hochzeit«, gab Marlies zu bedenken.

»Das war ich.« Sandra spielte mit Messer und Gabel und sah versonnen auf den Tisch. Bea beäugte ihre Mutter misstrauisch. Kari und Marlies wechselten einen Blick. *Nicht unterbrechen. Reden lassen*, hieß das und beide hielten sich daran. Die meisten Menschen erzählten unwillkürlich mehr von sich, wenn man sie einfach ließ. Stille auszuhalten war nicht jedermanns Sache. Sandra verhielt sich anders. Sie lächelte fein und sah ihre Tochter an. »Und ein Jahr später hatte ich ein Kind.« Danach aß sie ruhig weiter. Bea sah ihre Mutter unsicher an. Dann ließ sie das Besteck auf den Teller sinken, lehnte sich zurück und verschränkte die Arme vor der Brust.

»Wolltest du mich nicht?«

Schockiert blickte Sandra auf. »Aber Schatz, wie kommst du denn darauf? Du bist das Beste, was diese verdammte Ehe hervorgebracht hat.« Ihre Stimme zitterte.

»Es hörte sich so an.« Bea starrte ihrer Mutter ins Gesicht. Als wolle sie dort die Wahrheit finden.

»Nein! Ich ... Du warst ein Wunschkind. Auch wenn man das heute kaum glauben mag. Dein Vater und ich, wir hatten eine Zeit, die man im Rückblick sogar durchaus als glücklich bezeichnen kann.« Etwas huschte über ihr Gesicht, verschwand aber zu schnell, als dass man es hätte fassen können. Der Abglanz eines Gefühls, das lange vergangen war. Kari fragte sich, ob Gereon Leonhardt seine Frau betrogen hatte. Sie misshandelt hatte. Etwas musste geschehen sein, das Sandra jetzt dazu veranlasste, gegen ihn auszusagen und ihn damit ins Gefängnis zu bringen.

»Ich habe dich geliebt. Vom ersten Moment an.« Sandras Stimme war weich geworden. Bea beugte sich nach vorn. Zögerlich legte sie ihre Hand auf die ihrer Mutter. Sandra, sichtlich überrascht über diese Geste, blinzelte bewegt. Doch schon die nächsten Worte ihrer Tochter machten das Gefühl zunichte.

»Wenn dir was an mir liegt, dann lass mich wieder zu ihm. Ich will lieber bei Papa leben als bei dir.« Bea zog ihre Hand zurück. Sandras Miene versteinerte. Marlies schaute betreten auf ihren Teller. Nur Kari sah, wie sich Sandras Hände unter dem Tisch zu Fäusten ballten. So fest, dass sich die Nägel tief ins Fleisch bohrten. So tief, dass ein roter Blutstropfen auf der weißen Haut erschien.

Nach dem Mittagessen verzog sich Bea in ihre Kammer. Sandra, sie hatte nach dem Disput am Esstisch kein Wort mehr gesagt, saß im Wohnzimmer. Die Beine übereinandergeschlagen, die Hände in den Schoß gelegt, starrte sie durch die geschlossenen Gardinen hindurch in den Garten hinaus. Ein Amselpaar hüpfte auf der Suche nach Würmern durchs Gras. Ein Dutzend Spatzen lärmte in der Hecke, bis alle wie auf ein geheimes Kommando aufstoben und davonflogen. Sandra nahm all das nicht wahr. Sie starrte einfach vor sich hin. Als Kari sie leicht an der Schulter berührte, blickte sie auf. Der tiefe Schmerz in ihren Augen ließ Kari nicht unberührt. Dennoch, sie musste sich auf ihre professionelle Schiene zurückziehen. Was immer sich zwischen Mutter und Tochter abspielte, es war nicht an ihr, die Vermittlerin oder Psychologin zu spielen. Sie hatte nur darauf zu achten, dass Bea keine Dummheiten machte. Genau das war es, was ihr Sorgen bereitete. Sie musste mit Sandra darüber sprechen. Um Bea, das hatten sie vereinbart, würde Marlies sich kümmern.

Sie ließ sich neben die andere auf das Sofa sinken.

»Geht es Ihnen gut?«

Sandra lachte lautlos auf. »Das fragen Sie nicht im Ernst, oder? Ich sitze hier in einer Art Gefängnis. Warte auf den Tag, an dem ich meine Aussage machen kann. Werde mich für den Rest meines Lebens verstecken müssen. Und meine Tochter erklärt mir, dass sie mich hasst.«

»So deutlich hat sie es nicht gesagt.«

»Pah!« Sandra hob die Hände. Kari konnte die Wunden sehen, die ihre Nägel in das weiche Fleisch der Ballen geschlagen hatten.

»Seit wann ist Ihr Verhältnis zu Bea gestört?«

Sandra schüttelte leicht den Kopf, als wolle sie eine Benommenheit abschütteln.

»Sie war immer ein Papakind. Gereon liebt Bea abgöttisch. Er hätte gerne ein zweites Kind gehabt. Einen Sohn. Aber das war uns nicht vergönnt.« Sie schnippte einen unsichtbaren Fussel vom eng sitzenden Rock ihres schwarzen Kleides. Kari betrachtete ihr Gegenüber mit neutralem Blick. Sandra wirkte fast schutzlos, wie sie da saß. Sie hatte keinerlei Schminke aufgelegt und sah wesentlich jünger aus als vierunddreißig. Sie und Bea hätten ein freundschaftliches Verhältnis haben können, wie so viele Mutter-Tochter-Gespanne, die altersmäßig nah beieinander waren. Stattdessen zankten sie sich auf eine Weise, die tiefe Risse offenbarte. Sandra warf das lange Haar nach hinten. »Die werde ich wohl demnächst kürzen müssen«, klagte sie zusammenhanglos in den Raum hinein.

»Auf keinen Fall vor dem Prozess. Eine optische Veränderung sollten Sie erst nach ihrer Aussage, wenn Sie wieder in Sicherheit sind, vornehmen.«

»Bea wollte sich heute früh die Haare abschneiden. Ich konnte sie im letzten Moment davon abhalten.« Kari ließ die andere reden. Sie hatte zwar keine Ahnung, wohin diese Gedanken führten. Aber im besten Fall dazu, dass sie Sandra besser einschätzen und damit effektiver schützen konnte. »Ich glaube, sie wäre am liebsten jemand anderes.« Sandra wandte Kari das Gesicht zu. Sie wirkte ratlos.

»Tja. Sie mag Marlies' Frisur«, entgegnete Kari.

»Ihre Kollegin ist so etwas wie Beas Idol.«

»Möglich«, antwortete Kari gedehnt.

»Ganz sicher. Sie ist das genaue Gegenteil von mir. Das reicht schon aus.« Sandras Worte klangen bitter. Was sie sagte, stimmte. Marlies war deutlich größer als Sandra, sie hatte einen athletischen Körperbau mit langen schlanken Muskeln. Dazu das kurze, hellblonde Haar.

»Wir überlegen immer noch, ob wir jemanden einbinden müssen. Ob Bea eine romantische Beziehung zu einer Person hat, die sie zurücklassen muss, aber nicht möchte. Dass sie sich aus diesem Grund so renitent verhält.«

»Das habe ich doch schon gesagt. Ich weiß davon nichts«, erklärte Sandra und fuhr sich mit einer müden Handbewegung über die Stirn.

»Wenn Sie etwas bemerken oder Bea sich Ihnen anvertraut, lassen Sie es mich wissen.« Kari erhob sich, berührte Sandra erneut an der Schulter und überraschenderweise legte die kurz ihre Fingerspitzen auf Karis.

»Danke«, sagte sie, bevor sie wieder in ihre Gedanken versank.

Das Handy, das Bent ihr besorgt hatte, lag tief unten in Karis Reisetasche. Sie nahm es heraus, steckte es in ihren Hosenbund und verzog sich ins Gästebad. Sie tippte die neue PIN ein und blickte auf drei Textnachrichten. Die erste stammte von gestern. Auf ihr »Danke« hatte Bent geschrieben

Melde dich, wenn du was brauchst.

Die zweite war vom heutigen späten Vormittag:

Ich muss mit dir reden. Dringend!

Die dritte schließlich war erst kürzlich abgeschickt worden.

Wo bist du?

Kari ließ das Gerät sinken und tippte sich damit gegen die Zähne. Bent musste mit ihr sprechen. Er war, das zeigte die dritte Nachricht, zum Haus bei der Godelniederung gefahren. Entgegen ihrer klaren Abmachung. Ohne triftigen Grund würde er so etwas nicht tun. Es musste etwas geschehen sein, das ihn zu diesem riskanten Schritt bewegt hatte. Sie wusste nicht, ob sie verärgert oder beunruhigt sein sollte. Jemand kam von draußen, die Tür zum Wohnbereich klappte. Gleich darauf hörte Kari das Wasser in der Leitung rauschen. Marlies kochte in der Küche Kaffee wie jeden Nachmittag.

»Was ist los?«, tippte Kari.

Bent musste das Gerät eingeschaltet bei sich tragen. Er antwortete sofort.

»Nicht hier!«

»Wo und wann?«

»1902«, lautete die Antwort. Sie verstand sofort.

»Asap«, folgte.

So schnell wie möglich.

Sie überlegte. Marlies war vor wenigen Minuten ins Haus gekommen, nachdem sie im Garten Yoga gemacht hatte. Bea hatte ein Radio gefunden und hörte in ihrer Kammer Musik. Sandra saß immer noch im Wohnzimmer. Inzwischen lief dort der Fernseher.

»60«, schrieb Kari. Bent würde es verstehen und in einer Stunde am Grab von Karis Vater auf dem Friedhof St. Laurentii auf sie warten.

»OK«, kam zurück.

Sie schaltete das Gerät aus und schlenderte in die Küche.

»Kaffee?« Marlies schob ihr eine Tasse zu, goss ein. Kari rührte einen Löffel Zucker in das Gebräu. Eher amerikanisch als italienisch.

»Kuchen? Bea hat das wirklich gut hingekriegt. Sie sollte ein Café eröffnen.« Marlies lächelte versonnen.

»Danke, nein. Ich muss gleich noch einmal weg. Den Wagen zurückbringen.«

»Und dann?«, fragte Marlies. Sie stand an die Spüle gelehnt, die Beine übereinander, die Linke unter der Tasse, die sie mit der Rechten hielt.

»Ich habe einen anderen fahrbaren Untersatz. Der wird andernorts nicht so dringend benötigt wie der, der in der Garage hier steht.«

Sie trank ihren Kaffee aus und verschwand, um sich umzuziehen.

Kapitel 15

Sesle schloss Kari auf eine Weise in ihre Arme, die ihr zeigte, wie besorgt ihre Freundin um sie war.

»Mach dir keine Gedanken. Es ist mein Job«, beruhigte sie sie und überreichte ihr die Schlüssel zum Wagen ihres Mannes.

»Bist du jetzt nicht mehr mobil?«

»Doch. Ich habe mein Fahrrad im Kofferraum und radle jetzt nach Utersum. Dort steht ein Wagen, den ich nutzen kann.«

»Gut«, antwortete Sesle schließlich. »Ich stehe hier Ängste aus ...«

»Bitte nicht. Ich hätte euch nie in die Sache mit hineingezogen, wenn es eine andere Möglichkeit geben würde. Sag Magnus, dass ich tief in seiner Schuld stehe.« Und das BKA Berlin gleich mit dazu, aber das sagte sie nicht.

Im Anschluss an das kurz gehaltene Gespräch mit ihrer Freundin hob Kari ihr Rad aus dem Kofferraum von Magnus' Wagen, winkte der an der Tür des Pfarrhauses stehenden Sesle noch einmal zu und radelte auf dem

Weg, der direkt durch die Wiesen führte, nach Utersum. Auch an diesem Tag war ihre Nachbarin nicht im Haus, sondern harkte in ihrem Garten ein Beet.

»Jette!«, rief Kari auf das Nachbargrundstück hinüber, nachdem sie ihr Rad in den Schuppen hinter ihrer eigenen Kate geschoben hatte. Die Angesprochene hielt inne und drehte sich zu ihr um.

»Na du?«, antwortete sie, begleitet von einem Winken.

Kari bedeutete ihr, sie käme gleich rüber, und erst als sie neben Jette angekommen war, sprach sie weiter.

»Ich bräuchte für ein paar Tage deinen Wagen. Weiß noch nicht genau, wann ich ihn zurückbringen kann. Geht das?«

Jette stützte sich auf den langen Stiel ihrer Harke. »Klar. Habe ich dir doch schon gesagt. Ich fahre so gut wie nie mit dem Ding.« Schon in den vergangenen Monaten hatte sich Kari sooft sie wollte den rostroten kleinen Volvo älteren Baujahrs ausgeliehen. Aber nie mehrere Tage am Stück.

»Danke dir.« Sie umarmte die Ältere. Die winkte verlegen ab.

»Was ist denn mit deinem Untermieter?«

Kari brauchte einen Moment, um zu verstehen, wen Jette meinte. Bent Sörensen hatte schon zu Hein Lürsens Lebzeiten die Garage gemietet. Kari hatte keinen Grund gesehen, das von ihrem Großvater getroffene Arrangement mit dem Kneipenwirt zu beenden. Im Gegensatz zu Jette wusste sie sogar, was für ein seltenes Schätzchen ihr Mieter dort geparkt hatte. Ein Lamborghini Espada, der nie ausgefahren wurde.

»War er hier?«

Jette nickte mit zusammengekniffenen Augen. »Er hat sich gestern und heute hier rumgetrieben. Hat beschäftigt getan in seiner Garage. Ich hatte den Eindruck, er wollte sich umschauen; wissen, ob du da bist.«

»Hat er dich gefragt?«

»Nö. War auch gut so. Der Mann hat was an sich, das mir nicht gefällt. Gleichzeitig frage ich mich, was du so treibst.«

Sie sahen sich in die Augen und die Zeit schien sich zu dehnen.

»Alles gut, ich bin zurzeit bei einer Freundin.« Kari ließ es leicht und unbeschwert klingen. Jette nickte nur. Dann wandte sie sich wieder ihrer Gartenarbeit zu.

Jemanden zu belügen war Kari zur zweiten Natur geworden, obwohl sie es verabscheute. Beruflich war es unabdingbar. Nach einer Reihe von Einsätzen im Zeugenschutz war sie vor mehr als zwei Jahren zur Zielfahndung gewechselt. Dabei hing die Frage, ob man aufflog, immer auch davon ab, wie gut man sich seinem Gegenüber in der jeweiligen Rolle präsentieren konnte. Und manchmal hingen sogar Leben davon ab. Beispielsweise, wenn man im Clan-Milieu oder im Bereich der Organisierten Kriminalität unterwegs war. So wie Kari bei ihrem letzten, sehr gefährlichen und so furchtbar schief gelaufenen Einsatz. Privat hatte sie viele Jahre lang gelogen, wenn sie gefragt wurde, wo sie tatsächlich arbeitete. In der Verwaltung bei der Polizei hörte sich unspektakulär an. Die Lüge gegenüber Jette war lebensnotwendig. Nicht nur für sie, Marlies und die beiden Leonhardt-Frauen. Auch für Jette selbst. Sie sollte und durfte nicht mehr erfahren. Denn manchmal bedeutete Wissen Gefahr. Dass sie als ehemalige Postbotin, die quasi jeden auf der Insel kannte, ihre Zweifel an Karis Behauptung von einem Besuch bei einer bislang noch nie in Erscheinung getretenen Freundin hatte, war nicht verwunderlich. Kari konnte nur hoffen, dass Jette, normalerweise die Verschwiegenheit in Person, auch über diese Situation keiner Menschenseele gegenüber ein Wort verlieren würde.

Zehn Minuten nach dem Gespräch mit ihrer Nachbarin stellte Kari den Wagen in der Nähe der Grundschule von Süderende ab und legte das Stück Weg nach St. Laurentii zu Fuß zurück. Dabei vergewisserte sie sich immer wieder, dass ihr niemand folgte. Auf dem Friedhof hielten sich ungefähr ein halbes Dutzend Menschen auf, um die letzten Ruhestätten ihrer Verstorbenen zu pflegen. Dazu kam eine Handvoll Touristen, die die berühmten sprechenden Grabsteine fotografierten. Obwohl Kari auf die Minute pünktlich war, sah sie Bent nirgendwo. Sie ging zum Grab ihres Vaters. Erst kürzlich hatte sie hier ein frisches Blumengesteck niedergelegt. Zum vermeintlichen Abschied, aber auch, weil in wenigen Tagen sein Todestag war. Sie blieb stehen, faltete die Hände und schickte einen kurzen Gruß zu seiner Seele hinauf. Ihr Vater war der emotionale Mittelpunkt der Familie gewesen. Mit Trine, ihrer Mutter, war Kari nie warm geworden. Mit ihrem Bruder Carl hatte sie sich zwar immer gut verstanden, doch lebte er inzwischen ein eigenes Leben, in dem es kaum noch Berührungspunkte mit dem seiner Schwester gab.

Ihr Mobiltelefon vibrierte, sie holte es aus der Innentasche ihrer Jacke.

»Innen«, stand dort. Sie warf einen Blick zur Kirche hinüber und setzte sich in Bewegung. Sie durchquerte den Vorraum, vorbei an der Bücherwand zur Rechten und der Confitentenlade zur Linken. Bent wartete direkt hinter dem Eingang zum Kirchenschiff. Mit einer Kopfbewegung bat er sie, ihm zu folgen. Karis Blick fiel auf die leeren grauen Bänke. Die Deckengemälde. Die Kanzel. Ihr wurde bewusst, dass sie, abgesehen von heute Vormittag, zum letzten Mal bei der Beerdigung einer Jugendfreundin hier gewesen war. Sie schluckte hart und konzentrierte sich gleich darauf auf den Mann, der sie in mehrerlei Hinsicht jedes Mal, wenn sie sich trafen, aufwühlte. So nervös wie heute hatte sie ihn bisher nie erlebt.

»Was ist los?«, fragte sie in gedämpftem Ton.

»Du bist in Gefahr«, antwortete er. Er hatte nach ihrem Ellenbogen gegriffen und führte sie mit sich durch den Mittelgang, hinein in die Nische des Querschiffs.

»Lass mich los!«, zischte sie und befreite sich aus seinem Klammergriff.

»Hör zu. Ich habe wenig Zeit. Jemand ist hinter euch her. Ich muss dir hoffentlich nicht sagen, wie gefährlich Sandrine Leonhardts Mann ist.«

Kari zog die Augen zusammen. »Was hast du mit ihr oder ihrem Mann zu tun?«

»Nichts«, antwortete er wie aus der Pistole geschossen. »Mir ist lediglich bekannt, wer sie ist. Die Frau hat nicht gerade ein Allerweltsgesicht. Nachdem ich euch beide gesehen habe, habe ich mich ein bisschen kundig gemacht.«

Die Außentür klappte und er verstummte. Schritte erklangen. Wer auch immer die Kirche betreten hatte, blieb stehen, bevor er sie erreicht hatte. Sie schwiegen und mit einem Mal wurde Kari bewusst, wie nah sie beieinanderstanden. Wie schnell ihr Herz schlug. Vor lauter Aufregung darüber, dass ausgerechnet Bent es war, der über ihre Zeugin Bescheid wusste. Es klickte, ein Blitz verlor sich im Raum. Dann wurde ein weiteres Foto geknipst, vermutlich vom Altar, und die Schritte bewegten sich wieder auf den Eingang zu. Wenig später fiel die Tür dort ins Schloss.

Kari atmete auf. Bent fuhr fort, als habe er sich nicht unterbrochen. »Gereon Leonhardt sitzt in U-Haft. Ihn erwartet ein Prozess, der ihn alles kosten könnte. Die Staatsanwaltschaft war sich ziemlich siegessicher. Dann verschwand der Kronzeuge. Wenn du mich fragst, liegt er mit einer Betonmanschette um die Beine in der Elbe. Das Verfahren drohte zu platzen. Bis eine neue Zeugin einsprang. Gereons Ehefrau.«

Kari blinzelte verwirrt. Sie wusste das meiste bereits. Aber wie konnte Bent in so kurzer Zeit so viele Informationen beschafft haben? Er wurde ihr immer unheimlicher.

»Leonhardt hat ein Kopfgeld auf die beiden ausgesetzt.«

»Er will nicht nur Sandra, sondern auch seine Tochter ermorden lassen?« Kari fuhr sich entsetzt mit der Hand an den Hals.

»Nur seine Frau. Beatrice soll kein Haar gekrümmt werden. Ich weiß natürlich nicht, was er plant. Aber wenn ich so skrupellos wie er wäre, würde ich die Mutter töten und die Tochter entführen und ins Ausland bringen lassen. Klappt der Plan, Sandrine zu töten, bevor sie aussagen kann, jedoch nicht, bleibt Bea bei ihrer

Mutter. Und die wird nur dann vor Gereons Rache sicher sein, wenn das Mädchen sich von seinem Vater lossagt. Er wird in diesem Fall alles daransetzen, dass Bea sich irgendwann bei ihm meldet, und Sandrine jagen lassen. Daran ändert auch ein Gefängnisaufenthalt nichts.«

»Bea steht auf der Seite ihres Vaters.« Karis Stimme war nur ein Hauch. »Er könnte über sie jederzeit erfahren, wo die beiden sich aufhalten.«

Bents Miene verfinsterte sich. »Traust du dem Mädchen das zu?« Ihre Mutter verraten? Nein, das traute Kari ihr nicht zu. Jedoch, wenn Gereon es irgendwie schaffen sollte, Druck auf sie auszuüben, wer wusste dann schon, was passieren würde. Dass Bent sogar den Namen von Gereons Tochter kannte, fiel ihr nur am Rande auf. »Jemand ist hier, auf Föhr. Hat eure Spur aufgenommen. Als du auf meine erste Nachricht nicht reagiert hast, bin ich zum Haus gefahren und habe es verlassen vorgefunden. Mein erster Gedanke war, dass er euch erwischt hat. Bis ich deine Mitteilung erhielt, bin ich fast verzweifelt.«

»Du bist eine Gefahr für mich. Kapierst du das nicht?«, zischte sie wütend.

»Dir ist niemand gefolgt. Ich habe dich gesehen, wie du die Straße entlanggekommen bist. Keiner war hinter dir. Auch nicht, als du am Grab deines Vaters standest. Wenn du zurückfährst, folge ich dir ein Stück, um sicherzustellen ...«

»Nein!« Sie stampfte wütend mit dem Fuß auf. »Halt dich raus!«

»Das werde ich nicht«, entgegnete er ruhig. Sie maßen sich mit Blicken, die vieles ausdrückten, was zwischen ihnen war. Die gegenseitige Anziehungskraft, die Vorsicht, das Misstrauen.

»Warum kannst du mich nicht einfach meinen Job machen lassen?«

»Weil ihr auf verlorenem Posten steht. Er hat euch aufgespürt, stimmts? Ihr seid umgezogen. Aber er wird euch wieder finden. Kari!« Er packte sie an beiden Oberarmen und hielt sie so fest, dass es wehtat. »Diese Leute, das sind ...« Er brach ab, suchte mit verzweifeltem Gesichtsausdruck nach Worten. » ... Ungeheuer!«, stieß er schließlich hervor. »Das sind keine Menschen. Gereon wird seine Frau kaltblütig ermorden lassen. Und alle, die sie beschützen, gleich mit.«

»Was liegt dir denn an dieser Familie? Lass sie unsere Sorge sein.« Ärgerlich zog Kari die Stirn in Falten. Bents Augen glänzten wie im Fieber.

»Hat dir dein Chef gesagt, dass beim letzten Einsatz, bei dem, der den ersten Zeugen das Leben gekostet hat, auch die beiden Personenschützer ums Leben gekommen sind?«

Entsetzt wollte Kari einen Schritt zurücktreten. Doch Bent zog sie nur dichter an sich heran. Jetzt waren sich ihre Gesichter ganz nah. Sie konnte seinen Atem auf ihrer Wange spüren und entdeckte winzige, violette Sprenkel in seinen schiefergrauen Augen, die wie hypnotisierend auf sie wirkten. Dann weitete sich sein Blick. Abrupt ließ er sie los, als habe er sich verbrannt.

»Woher weißt du das alles?« Sie rieb sich die schmerzenden Arme.

»Das kann ich dir nicht sagen.«

»Verdammt, Bent! Deine geheimen Quellen gehen mir langsam auf die Nerven. Du kannst doch nicht von mir verlangen, dass ich dir vertraue, ohne mir auch nur den geringsten Hinweis zu geben!«

Sie sah, wie es in ihm arbeitete. Dann schüttelte er sanft den Kopf.

»Das kann ich nicht.«

Kari atmete heftig aus. Die ganze Situation war so bizarr wie beängstigend. Jetzt sah Bent sie an, als wären sie Fremde.

»Kari. Sag mir, wo ihr untergekommen seid!«

Kapitel 16

Als Kari den Wagen in Nieblum in die Garage gefahren hatte, blieb sie erst eine Weile sitzen. Die Begegnung mit Bent hatte sie aufgewühlt. Er hatte sich benommen, als hinge sein Leben davon ab, dass die vier Frauen nicht gefunden wurden. Kari ahnte, warum. Er wollte sie schützen, in Sicherheit wissen. Leider hatte er ihr nicht verraten, woher er Leonhardt kannte und wie er an die Informationen bezüglich der Hintergründe zu dessen Prozess gekommen war. Wenn sie richtig darüber nachdachte, war Bent ein Buch mit sieben Siegeln für sie. Vom ersten Moment an hatte er offen mit ihr geflirtet. Sie hatte anfangs kaum Interesse an ihm gezeigt, obwohl er ihr gefiel. Dazu war er einer der wenigen Menschen, denen sie sich nach ihrem beruflichen Flop anvertraut hatte. Ohne ins Detail zu gehen. Trotzdem hatte er offensichtlich verstanden, worum es in ihrem Job ging. Auch er hatte ein Geheimnis. Das wusste sie, seit sie Besuch vom Verfassungsschutz bekommen hatte. Eine Jugendsünde, wie er sagte. Seither geisterte er als Phantom durch deren Akten. Eine Spur, die niemand verfolgen konnte, weil er sich seitdem nichts mehr hatte zu Schulden kommen lassen. Und dann diese Nacht, in der nicht das Geringste zwischen ihnen geschehen war und die dennoch eine Saite in ihr zum Klingen gebracht hatte. Etwas, wogegen sie sich innerlich vehement wehrte. Kari atmete heftig aus. Sie betrachtete das Mobiltelefon in ihrer Hand. Was, wenn es ein Ortungsprogramm enthielt? Nein, sagte sie sich gleich. Dann hätte er sie bereits aufgespürt. Er wollte ihr helfen, sie nicht verfolgen. Eine leise mahnende Stimme in ihrem Kopf riet ihr dennoch zur Vorsicht. Während der Rückfahrt hatte sie überlegt, ob sie das Handy nicht einfach wegwerfen sollte. Aber dann wäre sie ohne Chance, Kontakt nach außen aufzunehmen. Denn Jo hatte bisher entweder keine Möglichkeit gesehen, ihr ein abhörsicheres und nicht zu ortendes Gerät zu schicken – schließlich versendete man so ein Teil nicht einfach mit der Post. Oder er hatte sich aus ihr unbekannten Gründen dagegen entschieden. Mit einem Seufzen steckte sie das Handy weg.

Im Haus saß Sandra immer noch vor dem Fernseher. Sie schaute sich eine Nachrichtensendung an. Bea und Marlies befanden sich in der Küche. Karis Kollegin hatte dem Teenager einen Pferdeschwanz gebunden und diesen in mehrere dünne Zöpfchen geflochten. Die steckte sie sorgfältig mit Nadeln an Beas Hinterkopf fest.

»Sieht cool aus«, meinte die bei der Betrachtung des bienenkorbartigen Ergebnisses und schwenkte den Spiegel in der Hand. Dann sprang sie auf. »Davon muss ich sofort ein Selfie machen. Aber vorher schminke ich mich.«

Marlies und Kari wechselten einen Blick. Bea schien völlig vergessen zu haben, dass sie kein Handy zur Verfügung hatte.

»Ich mache ein Foto von dir«, erklärte Marlies lächelnd.

»Du bist toll«, antwortete Bea und rannte hinaus in ihre Kammer.

»Hat sie einen Fotoapparat?«, fragte Kari erstaunt.

Marlies grinste. »Ja. Hat ihr Vater ihr geschenkt.«

Die beiden Frauen blickten zur Tür.

Im selben Moment summte Marlies' Handy.

»Hallo Jo«, meldete sie sich, damit Kari wusste, wer anrief. Die stand zu weit weg, um auch nur ein Wort zu verstehen. Als Marlies den Kopf hob, sah Kari, wie blass ihre Kollegin geworden war. »Alles klar«, sagte sie gepresst. »Was sollen wir machen?« Wieder eine kleine Pause, während der Marlies sich nervös durchs Haar fuhr. »Verstanden.« Damit beendete sie das Gespräch. Ihre Augen waren groß und zeugten von ihrer Irritation.

»Was ist los?« Kari sprach leise. Auf keinen Fall sollten Bea oder ihre Mutter mitbekommen, was in der Küche ablief.

»Die Nummer in Sandras Handy. Sie gehört einem von uns.«

Beide sahen sich fassungslos an.

»Kein Irrtum möglich?«

Marlies schüttelte den Kopf bei Karis Frage. »Jo hat die Nummer ins System eingegeben und ist auf eine gesperrte Akte gestoßen. Gleichzeitig ist jemand nervös geworden. Es gab ein vertrauliches Vier-Augen-Gespräch hinter verschlossenen Türen. Irgendwas läuft da, aber Jo weiß nicht mehr und kann oder darf uns nicht mehr sagen. Nur, dass wir vorsichtig sein müssen.« Die Nummer gehörte also zu jemandem vom BKA.

»Den Namen kennt er nicht?«

»Hat er nicht herausbekommen. Oberste Geheimhaltungsstufe.« Marlies starrte nachdenklich auf das Gerät in ihrer Hand.

»Ich schätze, es geht um verdeckte Ermittlungen«, setzte sie kaum hörbar hinzu. Von draußen hörte man eine Tür. Bea kam zurück in die Küche wie ein Wirbelwind. In der Hand hielt sie eine sündhaft teure Kamera. Obwohl seine Tochter, wie alle Teenager, ihr Leben mit dem Smartphone dokumentierte, hatte ihr Vater ihr ein Modell eines der besten Hersteller geschenkt. Bea hatte sich in Schale geworfen. Geschminkt sah sie älter aus als fünfzehn. Ihre Wangen brannten und die Augen strahlten. Beklommen wurde sich Kari bewusst, dass die junge Frau ein Foto für einen bestimmten Menschen machen wollte. Und kam unweigerlich auf den Gedanken zurück, dass diese Person ein Risiko darstellen würde, sofern sie nicht herausfanden, wer es war. Eine der häufigsten Ursachen für geplatzte neue Identitäten lag darin, dass Menschen ihre Vergangenheit nie ganz loslassen konnten. Oder wollten.

»Ich spreche mit Sandra«, formte Kari lautlos mit den Lippen, begleitet von einer Kopfbewegung zur Tür. Marlies nickte kaum wahrnehmbar. Sie ließ sich von Bea die Kamera reichen und die Handhabung erklären. Die beiden würden eine Weile beschäftigt sein.

Der Wohnraum war verlassen. Kari klopfte an Sandras Tür. Erst beim dritten Mal kam eine Antwort in Form eines harschen »Ja!«

Sandra hockte auf dem Bett. Sie hatte die Arme um die angezogenen Beine gelegt. Auf dem Nachttisch standen eine Weinflasche und ein halb gefülltes Glas.

»Woher haben Sie das?«

»Keller«, antwortete Sandra mit düsterem Blick. »Wollen Sie auch eines?«

»Ich bin im Dienst und trinke keinen Alkohol. Und Sie sollten das ebenfalls nicht tun.«

Als Antwort darauf griff Sandra nach dem Glas und leerte es in einem Zug. Dann stellte sie es ab, wischte sich mit dem Finger über die Lippen und sah Kari herausfordernd an. Die ließ sich mit einem Seufzen auf einem etwas vom Bett entfernt stehenden Stuhl nieder.

»Frau Leonhardt. Wir kennen die Nummer, die Sie von ihrem geheimen Handy aus angerufen haben.«

Sandras Antwort bestand aus einem Hochziehen der Brauen.

»Es ist uns gelungen, ihr Gerät zu entsperren.«

»Pah. Sie bluffen.«

»Nein, das tue ich nicht.« Kari nannte Sandra die Nummer, indem sie langsam Ziffer für Ziffer aufzählte. »Sie haben Zeit, uns jetzt alles zu erzählen. Falls nicht, orten wir das Gerät und nehmen den Teilnehmer fest.«

Die Frau auf dem Bett wurde blass.

»Das dürfen Sie nicht«, flüsterte sie.

Kari verschränkte die Arme und lehnte sich zurück. Sandra schien nicht zu wissen, dass das angerufene Gerät eines der Sorte war, das sich nicht orten ließ. Und sie durfte zurzeit nicht erfahren, dass es sich aller

Wahrscheinlichkeit nach um einen verdeckten Ermittler des BKA handelte. Denn wenn sie es nicht längst wusste, würde es den Kollegen womöglich gefährden, wenn sie es jetzt erfuhr.

»Doch. Das dürfen wir nicht nur, das müssen wir sogar«, setzte sie das Gespräch fort.

Sandra kämpfte sichtlich mit sich. Sie sprang vom Bett, lief ein paar Schritte auf und ab, malträtierte ihre Unterlippe mit zwei Fingern. Schließlich griff sie nach der Weinflasche, goss ihr Glas voll und trank gierig ein paar Schlucke. Kari musste sich beherrschen, um nicht aufzustehen und ihr den Wein abzunehmen. Noch nicht. Erst einmal musste Sandra begreifen, in welcher Lage sie sich befand. Da war ein Nebenkriegsschauplatz nicht angesagt.

»Hören Sie. Das Leben dieser anderen Person hängt davon ab, dass niemand von unseren Telefonaten erfährt. Und meines ebenso.«

»Ihres hängt davon ab, dass Sie mit uns kooperieren.«

Jetzt wurde Sandras Blick fast mitleidig. »Sie wollen mich schützen? Sobald ich meine Aussage gemacht habe, bin ich Freiwild. Zeugenschutz hin oder her. Niemand interessiert sich mehr dafür, ob Gereons Häscher mich finden. Ob ich lebe oder tot bin. Ihre Justiz will meinen Mann hinter Gitter bringen und das will ich ebenfalls. Das ist aber auch schon alles an Gemeinsamkeit.« Sie verstummte abrupt, als hätte sie zu viel gesagt. Einen Moment lang starrte sie verwirrt vor sich hin. Dann nahm sie den Faden wieder auf. »Glauben Sie, ich weiß das nicht? Wenn mich jemand schützen kann, dann die Person, die Sie gerade ans Messer liefern wollen. Weil Sie nichts begreifen. Nichts verstehen. Sie kennen meinen Mann nicht. Sie haben gar keine Ahnung davon, wozu er fähig ist.« Sie hielt inne und rang die Hände. »Bitte«, fuhr sie fort. Wesentlich ruhiger. »Versprechen Sie mir, dass Sie nichts unternehmen. Lassen Sie mich aussagen. Mit Bea verschwinden. In ein neues Leben. Das ist alles, was ich will. Vergessen Sie diese Telefonnummer.« Die Verzweiflung hatte tiefe Furchen in Sandras Stirn gegraben. Die grünen Augen wirkten trüb wie Schlamm. Ob sie wollte oder nicht, Kari verspürte so etwas wie Mitgefühl mit der anderen. Wen schützte sie so verzweifelt? Wer mochte diese Person sein? Und stand sie wirklich auf Sandras Seite? Oder handelte es sich womöglich um denjenigen, der sie verfolgte? Jeder konnte die Seiten wechseln, das war leider so.

»Das habe ich nicht zu entscheiden«, antwortete Kari.

Sandra wirkte, als fiele sie in sich zusammen. Sie wandte den Blick ab und setzte sich auf das Bett. Griff abermals nach dem Wein. Dieses Mal war Kari schneller. Sie nahm der anderen Glas und Flasche ab.

»Kein Alkohol. Das hatten wir doch besprochen. Denken Sie nach, ich komme wieder und will dann eine Antwort.«

Sandra sah nicht so aus, als wollte sie ihr die geben.

Als Kari in die Küche zurückkehrte, sichtete eine begeisterte Bea gerade das Ergebnis ihrer Fotosession. Begleitet von Ausrufen wie »Cool« und »Mega« scrollte sie sich durch die Fotos auf der Kamera. Auf Marlies' unausgesprochene Frage hin schüttelte Kari leicht den Kopf.

»Lass uns mal ein bisschen frische Luft tanken«, schlug die daraufhin vor.

»Kann ich mitkommen?« Bea sah Marlies mit glühendem Gesicht an.

»Lieber nicht, für dich ist es hier drin sicherer.« Marlies schnippte der Jüngeren spielerisch gegen den Arm.

Im Garten roch es nach Blüten. Die Temperaturen waren etwas gefallen und Kari zog sich ihre Jacke enger um den Oberkörper.

»Sandra weigert sich, den Namen des Teilnehmers zu nennen. Sie ist in Panik. Glaubt, dass diese Person eine Sicherheitsgarantie für sie ist. Sie will ihn nicht gefährden.«

Marlies nagte an ihrer Unterlippe. »Wenn wir nur mehr wüssten.«

»Wie wird Jo vorgehen?«

Marlies hob die Achseln. »Er ist entsetzt, das habe ich an seiner Stimme gehört. Die ganze Sache droht aus dem Ruder zu laufen. Wir wissen nicht, warum der Prozessbeginn verschoben wurde. Wie lange wir hier festsitzen. Ob ein weiterer Umzug notwendig ist. Dazu all die Konflikte zwischen den beiden Frauen. Beas Abneigung gegen Sandras neue Liebe. Wir können nur hoffen, dass die neuen Identitäten dadurch nicht gefährdet werden.«

»Sandra scheint ihren geheimen Liebhaber, falls sie wirklich einen hat, nicht mitnehmen zu wollen«, gab Kari zu bedenken.

»Oder sie hat einen Weg an uns vorbei gefunden«, erwiderte Marlies dumpf.

»Okay. Wir machen es folgendermaßen: Du versuchst herauszubekommen, wer Beas Schwarm ist. Sie mag dich, vertraut dir. Und ich kümmere mich weiterhin um Sandra.«

»Einverstanden«, murmelte Marlies.

»Ach, und noch etwas: Im Keller gibt es irgendwo Wein und womöglich andere alkoholische Getränke. Diese Vorräte müssen wir unbedingt von dort verschwinden lassen. Sandra war vorhin gerade dabei, sich einen Schwips anzutrinken.«

Marlies verdrehte die Augen. Schweigend gingen sie ins Haus zurück.

Kapitel 17

Nach dem Abendessen – niemand hatte richtigen Hunger, daher gab es ein paar belegte Brote und eine Kanne Kräutertee zur Selbstbedienung – spielten Kari, Marlies und Bea einige Runden *Mensch ärgere dich nicht*. Trotz der Situation war die Stimmung ausgelassen. Kari fragte sich, ob Bea wirklich so unbeeindruckt von dem Überfall war oder ob sie ihre Ängste einfach von sich schob. Gegen zehn gähnte Marlies demonstrativ, kurz darauf waren sie und Bea in ihren Zimmern verschwunden. Kari löschte alle Lichter bis auf die Lampe in der Küche und stellte die Alarmanlage scharf. Danach schenkte sie sich eine Tasse Tee ein und setzte sich an den Tisch. Die ganze Situation war verfahren. Auf der Insel war ein Mörder unterwegs, der Sandra im Auftrag ihres Mannes ausschalten und Bea entführen sollte. Wenn es stimmte, was Bent ihr anvertraut hatte. Er hatte ihr nicht verraten, woher er von dem Killer wusste. Er hielt seine Quellen geheim. Das tat er immer. Sein Netzwerk musste groß und stets gut informiert sein. Und das, obwohl er selbst nicht von Föhr stammte, erst seit wenigen Jahren hier lebte. Sie hatte sich am Nachmittag regelrecht von ihm losreißen müssen. Erst nachdem sie ihm mehrfach und mit Nachdruck klargemacht hatte, dass sie ein Eingreifen seinerseits nicht tolerieren und den Kontakt komplett abbrechen würde, hatte er aufgegeben. Nicht, ohne sie erneut zu bitten, ihm Bescheid zu sagen, sollte sie Hilfe benötigen. Sie konnte noch nicht einmal ausschließen, dass es so weit kommen würde. Das Haus, in dem sie sich aufhielten, war insofern sicher, weil ein Maulwurf im BKA die Adresse nicht kennen konnte. Im Gegensatz zu der des zweiten offiziellen Schutzhauses, dem mit dem Wasserschaden, von dem Jo gesprochen hatte. Oder hatte er die Geschichte erfunden, damit sie blieben, wo sie waren? Aus welchem Grund auch immer? Es passte ihr gar nicht, dass sie Sesle und ihren Ehemann mit in die Angelegenheit hineingezogen hatte. Aber es war der einzige Ausweg gewesen, der sich ihr geboten hatte. Sie ärgerte sich daneben über die Ungewissheit, in der sie zurzeit agieren musste.

Ein Geräusch aus dem Flur veranlasste sie dazu, hochzublicken. Sandra stand an der Tür. Sie trug einen dunkelgrünen Baumwollpyjama und darüber einen weißen, knöchellangen Morgenmantel aus einem leicht glänzenden Material. Ihre Füße steckten in Filzpantoffeln, die ihre Schritte dämpften, als sie näherkam. Die beiden Frauen musterten sich gegenseitig, bis Sandra sich einen Stuhl genommen und sich darauf niedergelassen hatte. Jetzt, im Schein der Lampe, sah Kari, wie verweint die Augen der anderen aussahen. Sandra faltete die Hände auf dem Tisch und betrachtete ihr Gegenüber.

»Er ist mein Bodyguard.« Die Worte fielen regelrecht in das Schweigen. »Jemand, dem ich hundertprozentig vertraue. Er hat bisher mein Leben beschützt und wird es weiter tun. Mein Mann«, auch dieses Mal bemerkte Kari die winzige Pause vor dem letzten Wort, »ahnt nicht, dass wir miteinander in Verbindung stehen. Wenn er es herausfindet, wird er ihn töten.« Ihre Unterlippe zitterte mit einem Mal unkontrolliert und sie legte eine Hand über die Augen. »Damit wäre auch mein Leben zu Ende.«

Kari hatte unwillkürlich die Luft angehalten und atmete jetzt tief aus. »Bea sprach davon, dass der Mann Ihr Geliebter sei. Stimmt das?«

Sandras Kopf ruckte nach oben. »Macht das einen Unterschied?«

»Ja«, entgegnete Kari knapp.

Sandra erhob sich. Einen Moment lang fürchtete Kari, dass die andere den Raum verlassen würde, die Zeit der Offenheit vorbei sei. Doch sie holte sich eine Tasse aus dem Geschirrschrank, goss sich Tee ein und setzte sich wieder hin.

»Vermutlich gehöre ich nicht zu der romantischen Fraktion oder bin eine Spätzünderin«, nahm Sandra das Gespräch danach auf. »Mir hat meine Ehe, so wie wir sie anfangs geführt haben, durchaus genügt. Ich war von Haus aus nicht verwöhnt. Sie wissen sicherlich, dass marokkanischen weiblichen Teenagern nicht viele Freiheiten gestattet sind.« Ein schmerzvolles Lächeln unterstrich den Satz. »So ging ich in meiner neuen Rolle auf. Den Vorwurf der Oberflächlichkeit muss ich mir wohl gefallen lassen. Eines Tages, ich war Mitte zwanzig, lernte ich im Fitnessstudio jemanden kennen. Einen Studenten, der sich ein bisschen was dazuverdiente. Es knisterte zwischen uns, etwas, das ich gar nicht kannte. Wir hatten eine kurze und, so viel kann ich inzwischen sagen, relativ unschuldige Affäre. Es ging weniger um Sex als um das Gefühl, frei zu sein. Zu lachen. Dinge zu tun, die mich glücklich machten. Manchmal haben wir einfach nur geredet. Das war ganz neu für mich. Ein Mann, der sich mit mir unterhielt, als seien wir gleichberechtigt. Der etwas mir zuliebe tat. Sich freute, wenn es mir gut ging.« Mit einem kurzen Blick versicherte sich Sandra Karis Aufmerksamkeit. »Es dauerte nicht lange, da war der junge Mann verschwunden. Seinen Job hatte er gekündigt. Die Wohnung ebenfalls. Sein Studium abgebrochen.« Sie besah sich ihre Hände und Kari bemerkte, dass Sandras Finger zitterten.

»Hat Gereon, Ihr Mann, hat er ...«

Sandra unterbrach Kari mit einer leichten Handbewegung. »Dem jungen Mann ist nichts geschehen. Gereon hat mir seine Stärke demonstriert. Ich weiß bis heute nicht, wie er es gemacht hat. Ich vermute, er hat ihm Angst einflößen lassen. Es reichte ihm, ihn aus meinem Leben zu vertreiben. Nachdem die erste Wut verraucht war, begriff ich, dass ich seiner Meinung nach keinerlei Recht auf persönliche Freiheit besaß.« Sandra brach ab und trank in kleinen Schlucken von ihrem Tee.

»Zahlen Sie ihm das jetzt heim?«

»Aber nein. Das Ganze war nett, ich mochte den Mann, das Zusammensein mit ihm. Von Liebe hatte ich damals keine Ahnung.«

»Jetzt schon?«

»Erst geschah etwas, das schlimmer war als die Vertreibung eines Menschen aus meiner Nähe.« Sandras Blick wanderte auf dem Tisch herum. Blieb an der Zuckerdose hängen. »Sie wissen ja, womit mein Mann sein Geld verdient. Eines Tages, nicht lange nachdem der Student ohne ein Wort die Stadt verlassen hatte, rief Gereon mich in den Keller. Wir waren allein zu Hause. In einem kahlen Raum hockte ein verwahrloster Kerl, vielleicht neunzehn, zwanzig Jahre alt. Ein Kleindealer. Gereon erzählte mir, der Junge habe ihn betrogen. Ein bisschen was für sich abgezweigt. Dafür würde er jetzt bestraft. Nun muss man wissen, dass ein so kleiner Diebstahl immer wieder vorkam. Ein paar Gramm Haschisch mehr oder weniger machten in Gereons Geschäften sowieso nichts aus. Er war inzwischen auf lukrativere Stoffe wie Kokain umgestiegen, kontrollierte aber weiterhin auch den Straßenverkauf leichterer Drogen. Wenn ein Kleindealer Mist baute, kriegte er normalerweise eine Ansage und eine Abreibung. Gereon hielt dem Jungen jedoch eine Pistole an den Kopf und drohte, ihn zu erschießen. Der Kerl jammerte und weinte, er pinkelte sich vor Angst in die Hosen und bettelte um sein Leben. Ich wollte flüchten. Nichts damit zu tun haben. Aber Gereon ließ nicht zu, dass ich den Raum verließ. Eine halbe Stunde musste ich mitansehen, wie der Kerl hoffte und bangte. Am Ende richtete Gereon ihn regelrecht hin. Mit einem Genickschuss. *Überlege es dir gut, bevor du dich das nächste Mal mit jemandem einlässt,* sagte er danach zu mir. *Das nächste Mal kommt dein Lover nicht mit dem Leben davon.*«

Kari lief es kalt den Rücken hinunter. »Er hat einen Menschen vor Ihren Augen erschossen? Stellvertretend für einen anderen?«

»Einen, den im Gegensatz zu meinem kurzzeitigen Geliebten niemand vermisste. Es war eine Machtdemonstration, die mir endgültig klarmachte, was ich für meinen Mann bin – Besitz, über den er verfügen kann. Kein Mensch mit eigenen Ansprüchen. Einem eigenen Leben. Freiheit.«

»Warum haben Sie das nicht angezeigt?«

Sandra lachte rau auf. »Sind Sie so naiv? Das kann nicht sein.« Sie beugte sich vor und deutete mit dem Zeigefinger auf ihren Brustkorb. »Mein Großvater war ein Krimineller, mein Vater ebenso. Meine Mutter kommt aus einer Familie von Schmugglern und Dieben. Meine Brüder hatten diese DNA ebenfalls geerbt. Und ich kannte nichts anderes. Niemand aus meinem ganzen kriminellen Clan wäre jemals auch nur hundert Meter weit gekommen nach dem Besuch eines Polizeireviers, um andere zu verpfeifen.« Sie atmete heftig und ließ sich gegen die Stuhllehne fallen. »Nein. Ich habe nichts dergleichen getan. Der Junge wurde von keiner Menschenseele vermisst. Dass er nicht mehr lebte, haben vermutlich nur einige wenige ebenso heruntergekommene Gestalten überhaupt bemerkt. Die sind vom selben Schlag. Polizei, der Staat, das sind ihre Feinde. Mit denen kooperiert man nicht.« Sie hielt inne, um nach der Teekanne zu greifen. Sie war leer. Kari erhob sich, setzte Wasser auf und füllte Kräutertee in ein Sieb.

»Er hat den Toten im Garten begraben. Einen Rosenstock darauf setzen lassen. Solange er blühte, stand jeden Morgen eine Blume auf meinem Frühstückstisch. Als Warnung.«

Karis Magen krampfte sich zusammen. Konnte ein Mensch so grausam sein? Ja, beantwortete sie sich diese Frage selbst.

»Aber Gereon hat einen Fehler gemacht. Er mag ein Krimineller sein, mit Waffen hat er es nicht so. Obwohl er eine reichlich große Auswahl davon besitzt, kennt er sich nicht aus. Schießen kann er ebenfalls nicht besonders gut.« Ein fieses Lächeln teilte Sandras Lippen. »Das kam mir zugute. Nach dem Mord musste er die Leiche verschwinden lassen und ging nach draußen. Die Pistole lag im Kellerraum. Ich habe sie in Sicherheit gebracht und durch eine andere ausgetauscht. Er hat es nicht bemerkt.«

Aufmerksam sah sie Kari an.

»Sie wissen, wo die Leiche liegt, und haben die Tatwaffe mit seinen Fingerabdrücken darauf versteckt?«

»Ja.« Sandras Nicken wurde von einem grimmigen Gesichtsausdruck begleitet.

»Und damit wollen Sie ihn drankriegen? Das wäre ein neues Verfahren.«

Das Wasser kochte und Kari goss den Tee auf.

»Nein«, sagte Sandra. »Die Anklage bleibt so bestehen. Ich sage zur selben Sache aus, wie es der verschwundene Zeuge getan hätte. Als ich gehört habe, dass der Kronzeuge gegen Gereon ausgefallen ist, als ich begriffen habe, dass er aus der U-Haft entlassen wird, wieder nach Hause kommt, sein Leben aufnimmt, als wäre nichts gewesen, wusste ich, dass ich das nicht zulassen kann.«

»Deshalb sind sie als Zeugin eingesprungen?«

»Ja. Ich kann die Beweise, die die Staatsanwaltschaft braucht, um das Verfahren weiterzuführen, liefern. Ich kenne alles. Gereons Geschäftsmodell. Weiß alles über seine Drogengeschäfte, über den Schmuggel, den Transport der Ware. Über die Zwischenhändler. Außerdem habe ich Dokumente, die sein Firmennetzwerk aufdecken. Die Scheinfirmen, seine Partner. Alle, die er bei den Behörden schmiert. Zwar tauchen die lediglich mit Tarnnamen auf. Sie lassen sich aber mithilfe der Kontaktdaten ermitteln.«

Wenn es stimmte, was Sandra sagte, und Kari zweifelte keine Sekunde daran, wäre ihr Mann geliefert.

»Der Mord an dem Kleindealer, das wäre noch eins draufgesetzt. Für den Fall, dass die jetzige Anklage abgeschmettert wird. Aber wer weiß, womöglich wirft man mir dann Beihilfe zum Mord vor. Oder Vertuschung einer Straftat. Was auch immer. Mein Mann hat überall Leute sitzen, die er schmiert.«

»Bei der Staatsanwaltschaft?« Kari musste daran denken, dass der Prozessauftakt verschoben worden war. Bis man Sandra gefunden hatte?

»Nein«, antwortete Sandra energisch. »Niemanden dort. Nicht, dass er es nicht versucht hätte.«

»Warum erzählen Sie mir das alles?«

»Weil ich Ihnen vertraue. Weil Sie verstehen sollen, was ich tue. Weil Sie mir helfen sollen.«

Kari fragte nicht, wobei. Sie wusste es ja schon.

Sandra war nach dem Gespräch in ihr Zimmer zurückgekehrt und hatte eine nachdenkliche Kari in der

Küche zurückgelassen. Gereon Leonhardt war ein Schwerstkrimineller. Das, was er seiner Frau angetan hatte, schnürte ihr fast den Atem ab. Gleichzeitig wusste sie, dass sie genau das nutzen konnte, sogar musste, um der Sache mit dem Bodyguard auf den Grund zu gehen. Sandra hatte ihn lange nach dem Mord an dem Kleindealer kennengelernt. Sie hatte kaum etwas darüber gesagt, immer wieder darauf hingewiesen, wie lebenswichtig die Anonymität des Mannes war. Es war wichtig, dass Jo davon erfuhr. Ebenso von der Leiche in Leonhardts Garten. Mit Suchhunden wäre sie schnell gefunden. Sie würde ihren Vorgesetzten gleich am nächsten Morgen kontaktieren.

Kapitel 18

Das Erste, was Kari am nächsten Morgen sah, waren die Rückansichten von Bea und Marlies, die im Wohnbereich eine Yogastellung übten: Hände und Füße am Boden aufgestützt, die Körpermitte wie in einem umgedrehten V nach oben gestreckt.

»Lass den Atem ruhig fließen«, wies Marlies die Jüngere an. »Jetzt das rechte Knie beugen. Dann das linke. Den Oberkörper absinken lassen. So ist es gut.«

Kari überließ die beiden ihren Übungen. Es war erfreulich, dass Bea in Marlies eine Person gefunden hatte, die ihr Halt in dieser Situation gab. Nachdem sie geduscht hatte, nahm sie eine Tasse Kaffee zu sich, begleitet von einer Schüssel Cornflakes mit Milch.

Ihre Kollegin betrat die Küche. Ihre Wangen waren leicht gerötet, die Augen blitzten wach.

»Täte dir auch gut, ein paar Übungen am Morgen.«

»Du meinst, weil ich nicht joggen kann?« Sie waren übereingekommen, möglichst jede Situation zu vermeiden, in der eine von ihnen allein mit den beiden anderen Frauen blieb. »Hat Jo sich gemeldet?«, wollte sie dann wissen. Marlies schüttelte den Kopf. Sie stand an der Spüle, wo sie ein Glas mit Wasser volllaufen ließ, um es in großen Schlucken zu trinken. Ein heller Gong ertönte. Die beiden Beamtinnen sahen sich fragend an.

»Hoffentlich kein neugieriger Nachbar«, murmelte Marlies und spähte hinter der Gardine hervor zum Gartentor.

Kari hatte sich bereits in Bewegung gesetzt. Es gab keine Gegensprechanlage, also musste sie raus gehen.

»Hi. Du bist Marlies?« Der Mann am Tor war ungefähr in ihrem Alter. Groß, blond und attraktiv.

»Marlies?« Kari legte den Kopf schief. Das war kein Nachbar.

»Ich bin Arne. Jo schickt mich.« Der Blonde sah mit gerunzelter Stirn zum Haus hinüber. Seine Hände wanderten unter der leichten Jacke zum Rücken. Was wie eine lässige Haltung aussah, konnte allerdings auch bedeuten, dass sich dort eine Waffe verbarg.

»Jo?« Kari konnte ihre Überraschung nicht verbergen. Hinter ihr klappte die Tür, sie hörte eilige Schritte.

»Hi«, rief Marlies atemlos aus, noch bevor sie neben Kari anhielt. »Sorry, aber die Nachricht kam erst jetzt bei uns an.«

»Welche Nachricht?« Kari drehte sich nicht zu ihrer Kollegin um. Sie mustere immer noch den Mann am Tor.

»Arne Johannson. Willkommen auf Föhr.« Das stellte wohl Marlies' Begrüßung des Mannes dar.

»Kann mir mal jemand erklären, was los ist?«, forderte Kari.

»Ich bin eure Verstärkung.« Der Blonde lächelte gewinnend. Endlich nahm er die Hände hinter dem Rücken hervor. »Aber vielleicht sollten wir das drinnen klären.«

Er beugte sich nach unten und griff nach einer am Boden abgestellten Reisetasche. Marlies öffnete ihm das Tor und gemeinsam begaben sie sich ins Haus.

»Jo hat dich angekündigt«, setzte Marlies im Wohnraum das Gespräch fort. »Allerdings erst für heute Nachmittag.«

»Ich war schneller als geplant.« Arne sah sich im Haus um, checkte alles genau ab. Kari hatte sich etwas von den beiden entfernt. Sie begriff nicht, was vor sich ging. Hatte Jo nicht gesagt, er könne niemandem vertrauen? Wo kam dieser angebliche Kollege so plötzlich her? Bevor sie nachbohren konnte, kam Bea aus ihrer Kammer. Sie blieb mit einem Ruck stehen, als sie den Neuankömmling sah.

»Hej«, grüßte der gut gelaunt. Bea schaute unsicher zu Marlies.

»Das ist Arne, ein Kollege von uns.«
Beas Blick wanderte zu ihm zurück. Ein leichtes Erröten war nicht zu übersehen. Innerlich verdrehte Kari die Augen. Der Kerl war sehr attraktiv mit seinen blauen Augen und dem Kinnbärtchen. Aber gewiss kein Objekt, das angeschmachtet werden sollte. Noch eine Komplikation konnten sie sich nicht leisten.

»Wer sind Sie?« Sandra war ebenfalls aus ihrem Zimmer gekommen. Ihr Haar war ungekämmt, sie trug Pyjama und Morgenrock, ihre Augen waren verquollen, sie wirkte müde.

Marlies klärte sie auf.

»Sie sind jetzt zu dritt?« Sandras Blick triefte nur so vor Misstrauen und blieb an Kari hängen, als wolle sie sie auffordern, die Rechtmäßigkeit von Arnes Anwesenheit zu bestätigen.

»Nach den gestrigen Vorkommnissen kann ein weiterer Personenschützer nicht schaden.« Marlies war Sandras Anspannung nicht entgangen.

»Können Sie beide uns kurz allein lassen?«, fiel Kari ein. »Wir müssen etwas klären.«

Sandras Brauen hoben sich. Sie legte die Hände auf Beas Schultern und dirigierte ihre Tochter in ihr Schlafzimmer. Die wehrte sich erstaunlicherweise nicht. Die Tür fiel hinter ihnen ins Schloss.

Der von Jo angekündigte Kollege beugte sich nun zu seiner Tasche, holte einen dicken wattierten Umschlag hervor und hielt ihn Kari entgegen. »Hier, für dich.«

Sie öffnete das Päckchen. Heraus fiel ein in weiches Plastik vakuumiertes Mobiltelefon.

»Abhörsicher und nicht zu orten.« Arne lächelte nicht mehr. Er hatte verstanden, dass Kari ihm nicht so ohne Weiteres über den Weg traute.

»Woher kommst du?« Sie hatte den weichen Unterton bemerkt.

»Aus Kopenhagen. Mein Chef und Jo kennen sich.« Er sah Marlies und Kari abwechselnd an, während er weitersprach. »Ich weiß von seinem Problem. Er wollte niemanden von euren eigenen Leuten einsetzen. Die beiden haben etwas gedeichselt. Kann man im weitesten Sinne Amtshilfe nennen. Allerdings habe ich mich freiwillig für diesen Einsatz gemeldet. Ich bin vorrangig hier, um euch den Rücken zu decken.«

»Ach«, sagte Marlies. Ihre Verblüffung deutete Kari so, dass diese Information für sie neu war.

Kari wandte sich Marlies zu. »Kann ich mal Jos Anweisung diesbezüglich sehen?« Sie hörte selbst, wie schroff ihre Stimme klang. Obwohl sie mit Marlies inzwischen gut auskam, musste sie sich versichern, dass es mit Arnes Anwesenheit seine Richtigkeit hatte. Marlies tippte auf ihrem Handy herum und reichte es an Kari weiter.

Ihr bekommt Verstärkung. In Anbetracht der Situation hier schicke ich euch einen Kollegen aus Dänemark.

Es folgten Foto, Name und ein paar Eckdaten zu Größe und Aussehen. Als voraussichtliche Ankunftszeit war der Nachmittag angegeben. Es stimmte alles, soweit Kari das beurteilen konnte.

»Okay«, sagte sie und gab Marlies das Handy zurück.

»Ich bin gebrieft was eure Zeuginnen angeht. Zeigt ihr mir das Haus?«

»Ach herrje.« Marlies legte die Hand auf den Mund. »Wo sollst du denn schlafen?«

Arne hob fragend die Brauen. »Kein Platz mehr?«

»Marlies und ich teilen uns ein Zimmer. Bea lehnt es ab, bei ihrer Mutter zu schlafen. Sie nutzt lieber eine Abstellkammer. Mehr haben wir nicht zur Verfügung.« Während sie sprach, kam Kari eine Idee. »Aber im Keller gibt es eine Art Partyraum. Mit einer Couch. Und einer Nasszelle.«

»Nasszelle?« Arne lachte lautlos.

»Neben der Sauna. Dusche und Waschbecken.«, erinnerte sich jetzt Marlies.

»Okay, das reicht mir.«

Arne und Marlies verschwanden im Abgang zum Keller. Kari ging eilig in die Küche, um das Mobiltelefon aus seiner Hülle zu befreien. Es war bis auf ein Verschlüsselungsprogramm komplett leer. Sie richtete den Sperrcode ein, speicherte Jos Nummer und versuchte danach gleich, ihren Chef zu erreichen. Er meldete sich nicht, die Mobilbox war ausgeschaltet. Sie beschloss, es später erneut zu versuchen. Wenigstens war sie jetzt nicht mehr abgeschnitten von der offiziellen Kommunikation.

In den nachfolgenden Stunden gingen sie zu dritt alle relevanten Informationen durch. Da Jo sich weder im Hinblick auf den geheimnisvollen Gesprächspartner von Sandra noch mit Neuigkeiten zum Prozessbeginn gemeldet hatte, blieb ihnen nichts anderes übrig, als sich auf unbestimmte Zeit einzurichten. Arne erwies sich als erfreulich pragmatischer Kollege. Nach der internen Absprache mit seinen zwei Kolleginnen sprach er mit Bea und Sandra. Erstere war sichtlich hellauf begeistert von ihm. Letztere genauso spröde wie anfangs bei Kari. Die nutzte die Gelegenheit, um am späten Nachmittag eine Runde zu laufen. Sie brauchte frische Luft und Bewegung. Das Wetter an diesem Tag war unbeständig. Sonne und Wolken wechselten sich ab, aber die Temperatur bewegte sich bereits im mittleren zweistelligen Bereich. Kari verließ das Haus und lief über den Meetsweg in Richtung Strand. Von dort aus über den Bohlenweg weiter. Es war mild, aber es pfiff ein kräftiger Wind, der die Haare aller, die unterwegs waren, durcheinanderwirbelte. Auf den Bänken entlang des Weges hatten es sich Spaziergänger gemütlich gemacht. Kari lief, bis ihr Kopf frei war, dann kehrte sie um.

Als sie ins Haus kam, waren Bea, Marlies und Sandra im Wohnzimmer in eine hitzige Diskussion verstrickt.

»Auf keinen Fall, du bist viel zu jung«, hörte Kari Sandras aufgebrachte Stimme.

»Du hast keine Ahnung«, schleuderte ihre Tochter zurück.

Marlies erhob sich, als Kari in der Tür auftauchte. »Bea will die Pille«, flüsterte sie ihr zu.

»Weil sie einen festen Freund hat?« Kari schielte über Marlies' Schulter hinweg zu den beiden Streithennen.

»Nö. Ich glaube, es geht ihr mehr darum, sich gegen ihre Mutter durchzusetzen. Eine Machtprobe, mehr nicht.«

Der Streit endete abrupt, als Arne den Raum betrat. Bea starrte verbiestert zu Boden. Sandra musterte den Dänen mit kühlem Blick.

»Wer hilft mir, eine Einkaufsliste zu erstellen? Ich glaube, der Kühlschrank ist leer.« Lächelnd sah er Mutter und Tochter an, als habe er von deren Debatte nichts mitbekommen.

»Ich!« Bea sprang auf und rannte an Arne vorbei in die Küche. Marlies und Kari tauschten einen vielsagenden Blick.

»Bleib an ihr dran«, flüsterte Kari, bevor sie duschen ging. So schnell, wie sich Bea anderen Menschen anschloss, konnte das unter Umständen zu Schwierigkeiten führen. *Alle, nur nicht meine Mutter,* schien sie damit sagen zu wollen.

Nachdem sie geduscht und sich umgezogen hatte, fand Kari Arne allein in der Küche. Er schraubte an einer von zwei Überwachungskameras herum, die vor ihm lagen. Aus Beas Kammer drang Musik. Sandra war in ihrem Zimmer.

»Kari, das ist ein dänischer Name«, bemerkte Arne, ohne aufzusehen.

»Meine Mutter ist Dänin.«

»Dann verstehst du das auch, oder?«, sagte er auf Dänisch.

»Ein bisschen. Sie hat ab und zu mit mir in ihrer Muttersprache geredet«, antwortete sie ebenso. »Wo ist Marlies?«, fuhr sie dann fort.

»Sie wollte einkaufen gehen«, entgegnete Arne. Er blickte nur kurz auf.

»Ohne Einkaufszettel?« Kari hob das dicht beschriebene Blatt eines Notizblocks hoch.

»Was?« Jetzt hob der Däne den Kopf. Sah, was sie in der Hand hielt. »Den hat sie vergessen.« Er ließ das technische Gerät auf die Tischplatte sinken.

»Ist sie schon lange weg?«

Arne schüttelte den Kopf. »Eben erst zur Tür raus. Wollte zu Fuß gehen.«

Kari machte auf dem Absatz kehrt und lief vors Haus. Der kürzeste Weg nach Nieblum hinein führte über die Strandstraße. Kari schnappte sich ihr Rad und fuhr los. Gleich nachdem sie auf die Straße eingebogen war, sah sie weiter vorn den charakteristischen hellen Schopf ihrer Kollegin. Marlies ging zügig, doch dann bog sie von der Straße ab und verwand in Richtung des kleinen Parks der *An de Meere* lag.

Kari bremste ihr Rad kurz vor dem Punkt ab, an dem Marlies die Straße verlassen haben musste. Etwas an der Situation beunruhigte sie und riet ihr zur Vorsicht. Am Radparkplatz ließ sie ihren fahrbaren Untersatz stehen und ging zu Fuß weiter.

Als sie Marlies entdeckte, blieb ihr vor Schreck fast das Herz stehen. Ihre Kollegin stand dort, heftig gestikulierend. Was sie sagte, konnte Kari nicht verstehen, dafür war die Entfernung zu groß. Was sie schockte, war die Person, mit der die andere sprach. Sie erkannte ihn sofort. Kari spürte, wie ihr Hals trocken wurde. Es war ihrer beider Chef, Jo Weinheimer.

Kapitel 19

»Habe sie nicht mehr erreicht.« Kari zerknüllte den Einkaufszettel, als sie an Arne vorbei ins Haus ging. Der Däne war dabei, die Überwachungskamera vor dem Eingang anzubringen. Drinnen lief ihr als Erstes Sandra über den Weg.

»Gibt es etwas Neues?«, wollte sie wissen.

»Das müsste ich Sie fragen«, entgegnete Kari barsch. Sandra presste die Lippen zusammen, drehte ab und verschwand. Kari war total durcheinander von der Szene, die sie gesehen hatte. Was machte Jo auf der Insel? Und warum schickte er einen dänischen Kollegen, wenn er doch selbst vor Ort war? Marlies hatte keinen Ton verlauten lassen über ein geplantes Treffen mit ihrem Vorgesetzten.

Kari war froh, dass Arne mit den Überwachungskameras beschäftigt war. Unschlüssig lief sie im Wohnzimmer auf und ab. Hatte die Zusammenkunft der beiden etwas mit der Telefonnummer in Sandras Handy zu tun? Gab es Neuigkeiten von Gereon Leonhardt? Oder ging es um die undichte Stelle im BKA? Dann blieb Kari mit einem Ruck stehen. Was, wenn Marlies der Maulwurf war? Hatte Jo sie enttarnt, sie womöglich bereits diskret und ohne großes Tamtam abgezogen? War das der Grund für das Auftauchen ihrer Verstärkung?

Ihre Überlegungen wurden unterbrochen, als leises Weinen an ihr Ohr drang. Es kam aus Sandras Zimmer. Unschlüssig blieb Kari vor der Tür stehen. Dann hob sie die Hand und klopfte an.

»Lasst mich in Ruhe, ihr Idioten«, schrie Sandra, gefolgt von einem lauten Aufschluchzen. Kari beschloss, dass sie gerade keine Nerven für die Laune der anderen hatte. Sie ließ sich im Wohnraum auf das edle Sofa sinken und starrte vor sich hin. Erst eine Stunde später, als Marlies, zwei Tüten voller Lebensmittel in der Hand, zurückkam, erhob sich Kari.

»Warum hast du nichts gesagt? Ich wäre mitgekommen.« Kari lehnte an der Küchentür und sah Marlies zu, wie sie die Einkäufe im Kühlschrank verstaute.

»Ach was. Ich bin froh um jede Bewegung. Und du standest unter der Dusche.« Sie sah Kari nicht an, schien voll und ganz in ihrer Beschäftigung aufzugehen.

»Hat Jo sich gemeldet?«

Bei dieser Frage erhob sich Marlies aus ihrer leicht gebückten Haltung, schlug die Kühlschranktür zu und wandte sich Kari zu. »Die Nachricht hättest du ebenfalls erhalten. Du hast jetzt ein Handy. Schon vergessen?«

Kari zuckte mit den Schultern. »Hab nicht daran gedacht.« Sie stieß sich ab und schlenderte zum Küchentisch, wo sie einen Schraubenzieher hin und her schob.

»Kommt mir nur seltsam vor, dass wir nichts mehr hören und er nicht erreichbar ist.«

»Du hast ihn angerufen?« Marlies wurde blass.

»Ja, klar. Ich musste doch mein neues Gerät testen. Mitteilen, dass ich ab sofort auch direkt auf Empfang bin.« Kari lächelte nicht bei diesen Worten. Marlies schluckte und drehte ihrem Gegenüber den Rücken zu. Dann strich sie die Papiertüten glatt und legte sie zur Seite. Als sie sich umdrehte, sah sie Kari nicht in die Augen. Der fiel dennoch auf, dass die Lider der jüngeren Kollegin geschwollen waren. Als hätte sie geweint. Beide schwiegen und die Stille war bedrückend.

Kari verließ die Küche. Sie hatte keinen Bock mehr auf diese Eiertänze und Versteckspiele. Marlies war ihr gegenüber nicht ehrlich. Jo ebenso wenig. Arne konnte sie nicht einschätzen. Sie fühlte sich in die Ecke gedrängt und allein gelassen. Der Gedanke, womöglich nichts als eine Figur in einem ihr unbekannten Spiel zu sein, machte sie unruhig, weil es sie verunsicherte. Schon einmal hatte sie versagt. Es war Monate her, doch die Erinnerung kam immer wieder hoch und quälte sie.

Und jetzt konnte sie sich auf niemanden mehr verlassen. Frustriert kickte sie gegen ein Stuhlbein. Bea kam aus ihrer Kammer, ging an Kari vorbei, riss ein Kissen von der Couch, ließ sich darauf nieder, schaltete den Fernseher ein und zappte herum. Kari machte das nervös. Sie hatte sich bereits umgedreht, um den Raum zu verlassen, als die Jüngere sich für eine Sendung entschieden hatte. Lachen drang aus den Lautsprechern, das Zischen einer Espressomaschine und die Frage, die gerade ein einen Barkeeper spielender Schauspieler einer anderen Filmfigur stellte: »Schwarz oder mit Zucker?«

Kari atmete tief durch. Es gab jemanden, dem sie vertrauen konnte. Zumindest bisher. Auch wenn diese Person sich bei ihrem letzten Treffen unmöglich benommen hatte, beschloss sie, sie gleich am nächsten Tag aufzusuchen.

Kapitel 20

Die Kneipe *Zur blauen Möwe* war noch nicht geöffnet. Türen und Fenster standen jedoch zum Lüften offen. Der dicke Filzvorhang hinter dem Windfang war zurückgeschlagen, sodass man direkt vom Eingang aus fast das ganze Lokal überblicken konnte. Alles wurde durch dunkles Holz dominiert. Der Boden war reichlich abgetreten, die halbrunde Bar glänzend poliert. Direkt neben dem Eingang gab es drei Nischen, weiter hinten locker gestellte Tische. Die Hocker an der Theke waren mit dunkelrotem Samt bespannt. Vor einer Spiegelwand stand eine beachtliche Anzahl von Spirituosen aufgereiht.

Der Wirt, Bent Sörensen, war dabei, die Vorräte in den Kühlfächern unter dem Tresen aufzufüllen. Als er Kari durch die Tür kommen sah, entglitt ihm beinahe die Flasche, die er in der Hand hielt.

»Du hier?« Die Verblüffung stand ihm ins Gesicht geschrieben.

»Können wir reden?« Kari zeigte mit dem Kinn in den Teil rechts hinter der Bar. Bent nickte. Er schloss die

Vordertür und folgte ihr ins Halbdunkel des Nebenraums. Ein Billardtisch stand dort einsam in Nähe des Fensters. Gegenüber hatte man Stühle und zwei Tische an der Wand gestapelt.

»Ich muss wissen, woher du deine Informationen über Gereon Leonhardt hast.«

»Guten Morgen, Frau Lürsen. Schön, dich zu sehen.« Er stemmte die Fäuste in die Hüften und sah ihr direkt in die Augen.

»Bent, ich habe keine Zeit für Small Talk. Und auch sonst nicht. Bitte, hilf mir.«

Er trat ein paar Schritte von ihr weg, lehnte sich an den Tisch und kreuzte die Arme vor der Brust. »Ich habe dir alles gesagt, was ich weiß.«

»Du weißt, dass ein Killer auf Sandra Leonhardt angesetzt ist. Dass er sich auf Föhr aufhält. Woher? Das sind doch keine Informationen, die einem einfach so zufliegen!«

Er sagte nichts, musterte sie immer noch mit ernstem Blick.

»Was ist geschehen?«, fragte er nach einer Weile.

Kari hob die Hände in einer hilflosen Geste, ließ sie wieder fallen. »Ich kann nicht mit dir über einen Auftrag reden.«

»Er hat euch gefunden. Ihr seid umgezogen. So viel ist schon mal klar.« Er schüttelte den Kopf, als müsse er eine Benommenheit loswerden.

»Was weißt du über ihn?«

»Nichts weiter.« Er stieß sich vom Billardtisch ab und kam zu ihr herüber. Fasste sie bei den Oberarmen. Dieses Mal wesentlich sanfter als bei ihrer letzten Begegnung in der Kirche. »Glaub mir, wenn ich wüsste, wer es ist, würde ich ihn umbringen.« Die Worte, obwohl leise gesprochen, standen im Raum wie ein Donnerhall. Bents dunkelgraue Augen wirkten fast schwarz in diesem Licht, sein Kinn wie gemeißelt. Kari starrte ihn an. Sie musste gar nichts fragen. Der Mann meinte es ernst. Sie schluckte schwer, weil sie seine Beweggründe ahnte. So standen sie eine Weile stumm, dann ließ Bent sie los. »Du wolltest mir nicht sagen, wo ihr jetzt seid.«

Kari musste sich räuspern, bevor sie antworten konnte. »Das eine hat mit dem anderen nichts zu tun.«

»Doch, hat es. Wie soll ich dich unterstützen, dir helfen, wenn ich deinen Aufenthaltsort nicht kenne?«

Sie griff sich an die Stirn. Das Gespräch nahm nicht den gewünschten Verlauf. Was hätte sie ihm sagen sollen? Dass sie nicht wusste, ob sie ihrer Kollegin trauen konnte? Ihrem Vorgesetzten? Was ging da ab zwischen den beiden, auf die sie sich blind verlassen können musste? Sie entschied sich für eine weniger explizite Formulierung.

»Ich frage mich, wie weit Gereon Leonhardts Arm reicht. Bis ins BKA hinein? Bis zur Staatsanwaltschaft?«

Bents Kiefer verkrampfte sich noch mehr.

»Soweit ich weiß, hat er überall seine Leute sitzen. Bei der Hamburger Zollbehörde und der Polizei auf jeden Fall. Er muss ja sicherstellen, dass sein Kokain unbeschadet den Hafen verlassen kann; dass er vor Razzien rechtzeitig gewarnt wird. Die Staatsanwaltschaft konnte er bisher nicht unterwandern. Soweit ich weiß. Aber wer bin ich schon.« Jetzt war er es, der die Arme in die Luft hob.

Ja, wer war er? Diese Frage hätte auch Kari nicht beantworten können. »Da du einen konkreten Verdacht zu haben scheinst – nenne mir den Namen und ich zapfe meine Verbindungen an.«

Sie starrte ihn an. »Demzufolge hast du Verbindungen zu Leonhardt?«

Er schüttelte den Kopf. »Der Kerl ist mächtig. Aber er hat auch mächtige Feinde. Die wiederum sind gelegentlich sehr gut informiert.«

Sie verdaute seine Worte erst einmal. »Du kennst jemanden, der von einem Konkurrenten in seinen inneren Zirkel eingeschleust wurde?« Ihre Stimme trug kaum.

»So kann man es nennen. Ja.«

»Woher?«

»Kari, hör mal. Ich bin auf deiner Seite. Dennoch – ich kann dir bestimmte Dinge nicht offenlegen. Nur das: Ich habe einige Jahre in Hamburg gelebt. Viele Leute kennengelernt, die wiederum Leute kennen. Dass ich überhaupt so vieles erfahren habe, verdanke ich meiner Verschwiegenheit. Ganz besonders den Behörden und dabei noch mal ganz besonders den ... der Polizei gegenüber.«

Den *Bullen* hatte er sagen wollen.

»Aber wenn du mir einen Namen sagst, könnte ich diskret nachforschen. Wobei das im Moment extrem schwierig ist. Leonhardts Leute haben sämtliche Zugbrücken hochgezogen und schießen auf alles, was ihnen zu nahe kommt. Das meine ich nicht unbedingt im übertragenen, sondern erschreckenderweise im wörtlichen Sinn.«

Kari rieb sich die Stirn. Konnte sie Jos Namen weitergeben? Auf einen vagen Verdacht hin? Fest stand, dass sowohl er als auch Marlies ihr etwas verheimlichten.

Bent schien entgegen ihrer Hoffnung nichts über denjenigen zu wissen, der auf sie angesetzt war.

»Ich kenne den Namen nicht. Vermutlich gibt es ein Leck beim BKA. Jemand, der für Leonhardt arbeitet.«

Bents Miene verfinsterte sich.

»Man munkelt, dass Leonhardt seine Informanten gut bezahlt. Bitcoins, Off-Shore-Konten oder Bargeld. Aber das ist nicht alles.« Sein Blick nagelte Kari regelrecht fest. »Er hat eine Vorliebe für schnelle Autos. Die teilt er gerne.« Seine Brauen tanzten vielsagend nach oben. »Wenn ihr in euren eigenen Reihen sucht, könnte ein Blick in die Garage helfen.«

»Er verschenkt teure Autos?«

»Sehr treue Vasallen dürfen sich schon mal über eine Luxuskarosse freuen.«

»Okay«, sagte Kari gedehnt. »Was weißt du sonst über ihn? Ist er ein Waffennarr?« Sie musste einfach prüfen, ob Bent den Mann wirklich kannte oder nur so tat.

»Waffen? Seltsam, dass du fragst. Er wird einige besitzen, gehört aber wohl eher zu denjenigen, die den Gebrauch anderen überlassen.«

»Frauengeschichten?« Wer wusste schon, ob Sandra ihr die Wahrheit gesagt hatte.

»Keine, die an die Öffentlichkeit gekommen ist. Generell gilt er als emotionsarmer Typ.«

»Gibt es irgendeine Schwachstelle?«

»Man munkelt, dass seine Tochter, Beatrice, das Wichtigste in seinem Leben ist. Nach seinen Geschäften und seinen Machtgelüsten. Dass er sie verlieren wird, dürfte ihm ziemlich zusetzen.«

»Wo warst du?« Kari erschrak, als ihr neuer Kollege unvermittelt hinter einer Tür hervortrat.

»Habe ein paar Sachen besorgt«, sie deutete auf die Tüten aus der Bäckerei, bevor sie sich an ihm vorbei zur Küche begab. Arne folgte ihr.

»Das dauert so lang?« Die Skepsis in seinem Blick war nicht zu übersehen.

Kari drehte sich zu ihm um. Eine harsche Antwort lag ihr auf der Zunge. Sie schluckte sie hinunter. Er hatte recht. Nur ging ihr die gegenseitige Kontrolle gerade heftig gegen den Strich.

»Es hat länger gedauert, weil ich ein paar Schritte am Meer entlanggegangen bin. Musste meine Gedanken ordnen. Kommt nicht wieder vor.« Jetzt erst sah sie die benutzten Teller und Tassen auf dem Küchentisch. »Ihr habt schon gegessen?«

Arne nickte und schob die Hände in die Hosentaschen. »Marlies und ich holen unsere Autos. Wir denken, das ist besser, als mit einem Privatwagen herumzufahren. Wir werden sie an einer geeigneten Stelle unterwegs auf Peilsender untersuchen.«

»Okay«, antwortete Kari gedehnt. Der Mann plante voraus, das gefiel ihr. Sobald sie abmarschbereit sein mussten, würden sie Jettes Wagen nicht mehr nutzen können, zumal sie sowieso zwei fahrbare Untersätze benötigten. »Wo ist Marlies?«

»Draußen. Sie telefoniert.«

»Hast du heute schon mit Jo gesprochen?«

Er schüttelte den Kopf. »Ich habe keine direkte Verbindung zu ihm. Mein Dienstweg führt über meinen Vorgesetzten. Er hält den Kontakt zu eurem.«

»Verstehe«, murmelte Kari, der die Situation zunehmend mysteriös vorkam.

Arne hatte andere Sorgen. Er zog die Augen zu schmalen Schlitzen zusammen. »Ich hoffe, sie ist bald fertig. Wir müssen den Bus erwischen.«

»Ihr nehmt den Bus?«

Der Däne nickte. »Ja, klar. Anders geht es nicht. Du kannst uns ja schlecht chauffieren, weil eine Person bei den Zeuginnen bleiben muss. Marlies zeigt mir, wo die Autos stehen. Und für den Rückweg werden zwei Personen zum Fahren benötigt.« Die Tür klappte. Marlies erschien. Ihre Augen blitzten.

»Los gehts«, rief sie unternehmungslustig und rieb sich die Hände.

Arne griff nach einem kleinen Rucksack, nickte Kari zu und begab sich zur Tür. Marlies wollte ihm folgen. Kari hielt sie am Arm fest. »Gibt es was Neues von Jo?«

Ihre Kollegin schüttelte den Kopf. »Bisher nicht.« Dann befreite sie sich sanft und folgte dem Dänen.

Kaum waren die beiden verschwunden, versuchte Kari erneut, Jo zu erreichen. Mit demselben Ergebnis wie schon am Tag zuvor. Sie war irritiert. Wenn Marlies gerade eben noch mit ihm gesprochen hatte, warum ging er jetzt bei ihrem Anruf nicht dran? Wie am Vortag war die Mobilbox ausgeschaltet. Sie beschloss, im Büro anzurufen. Dort erlebte sie die nächste Überraschung. Herr Weinheimer sei bis auf Weiteres nicht zu erreichen. Das war die übliche Umschreibung dafür, dass jemand sich krankgemeldet hatte. Die Beklemmung in Kari wuchs. Seit sie für ihn arbeitete, hatte sie Jo nie krank erlebt. Es passte zudem definitiv nicht zu seiner Dienstauffassung, in einem laufenden Fall nicht erreichbar zu sein. Kurz überlegte sie, ihm eine E-Mail zu schicken, verwarf den Gedanken aber wieder. Digitale Spuren zu hinterlassen, während er alles dafür tat, alles unter der Decke zu halten – das ginge nicht. Sie bewegte sich nachdenklich durchs Haus. Bea kam aus ihrer Kammer. Sie hockte sich im Wohnraum vor den niedrigen Couchtisch und breitete eine Reihe bunter Garne aus.

»Was machst du damit?«, wollte Kari wissen.

»Das ist Perlgarn. Habe ich in einer der Kisten gefunden. Ich will Freundschaftsbändchen daraus flechten«, antwortete die Jüngere. Kari war es recht. Wenn Bea sich beschäftigte, war sie abgelenkt und vielleicht beruhigte sie die Handarbeit.

»Wo ist deine Mutter?«, fragte Kari etwas zerstreut, weil sie noch immer mit den Gedanken bei Jo Weinheimer war.

»Keine Ahnung. Ich glaube, sie ist in den Garten gegangen«, entgegnete Bea. Geschickt nahm sie die Fäden auf und legte sie sich zurecht.

»Wie bitte?« Kari rannte zum großen Fenster. Hinter dem Haus war niemand. Sie machte auf dem Absatz kehrt und riss die Tür zu Sandras Schlafzimmer auf. Es war leer. Wie auch jeder andere Raum. Sie sah sogar im Keller nach.

»Verdammt!« Wie konnte das sein? Sandra musste einen Moment abgewartet haben, in dem die drei Beamten abgelenkt gewesen waren, um das Haus zu verlassen. Ihr fiel nur eine Situation ein, in der das möglich gewesen wäre. Als Arne, Marlies und sie in der Küche gestanden hatten. Kari war wie vor den Kopf gestoßen. Wenn Sandra sich vom Acker gemacht hatte, konnte sie noch nicht weit sein. Sie musste jetzt rasend schnell eine Entscheidung treffen.

»Bea, komm, wir müssen deine Mutter suchen«, rief sie dem genervt dreinblickenden Teenager zu. Als die Angesprochene sich nicht rührte, rannte Kari ins Wohnzimmer, zog sie am Arm hoch, zerrte sie mit sich zur Haustür hinaus und bugsierte die wenig begeisterte junge Frau in Jettes Auto. Sie hatte nachgedacht. Sandra wollte sicher nicht fliehen. Sie wollte telefonieren. Sie würde keineswegs weit entfernt sein, vielmehr die nächstmögliche Gelegenheit nutzen. Kari überlegte fieberhaft, wo das sein könnte. Gab es eine Gaststätte oder ähnliches? Ihr fiel nichts ein und sie betete darum, Sandra zu finden, bevor sie es schaffte, ihren Geliebten anzurufen. Nun kam es darauf an, den richtigen Weg einzuschlagen. In welche Richtung würde *sie* gehen? Kari lenkte den Wagen aus der Einfahrt. Sandra kannte sich nicht aus auf der Insel. Sie würde sich auf gut Glück zur Ortsmitte begeben. Oder auf jemanden hoffen, der ihr sein eigenes Mobiltelefon zur Verfügung stellte.

»Was ist denn los?«, maulte Bea neben ihr.

»Deine Mutter ist dabei, eine große Dummheit zu begehen.«

»Erzähl mir was Neues.« Die Jüngere verschränkte die Arme vor der Brust.

Kari hatte keinen Nerv für die Mutter-Tochter-Geschichte. Ihre Blicke wanderten die Straße hoch und runter. »Halte Ausschau nach ihr«, wies sie das Mädchen an. »Sie ist in Lebensgefahr.«

Bea war nicht ganz so unbeteiligt, wie sie den Anschein erwecken wollte. Sie fing an, an einem Nagel zu kauen. Drehte dabei den Kopf hektisch hin und her.

»Da! Da ist sie«, rief sie schließlich aus und zeigte in eine Querstraße vor ihnen. Sandra hatte eine Spaziergängerin angehalten. Sie stand am Straßenrand, in einer Sporthose, die Kari noch nie an ihr gesehen hatte. Die Kapuze eines Hoodies sollte ihr Haar verbergen, hatte sich jedoch durch den Wind gelöst. Sandra hielt ein Handy am Ohr. Eine ältere Dame, die einen Dackel an der Leine führte, beäugte sie dabei aufmerksam. Vielleicht hatte sie Angst, die andere würde mit ihrem Mobiltelefon durchbrennen. Sandra hatte der Fremden den Rücken zugedreht, sich ein paar Schritte von der Frau entfernt und sprach mit angespanntem Gesicht ins Handy. Eine Hand hielt sie dabei vor den Mund, um zu vermeiden, dass ihre Worte mitgehört wurden. Als sie Kari und Bea im Wagen auf sich zurasen sah, Kari drückte das Gaspedal voller Wut durch, wurden Sandras Augen groß. Hektisch drehte sie sich um, stand jetzt der Passantin direkt gegenüber und rief sichtlich gehetzt ein paar weitere Worte ins Telefon, bevor sie das Gerät zurückgab. Als Kari aus dem Wagen sprang, starrte Sandra ihr mit einer Mischung aus Hochmut und Trotz entgegen.

Kari hatte Sandra mühsam beherrscht angewiesen, in den Wagen zu steigen. Von der sichtlich irritierten Passantin ließ sie sich das Telefon reichen. Sandra hatte es nicht geschafft, die Nummer aus dem Verbindungsprotokoll zu löschen. Kari erkannte sie sofort. Ohne nachzudenken, tippte sie sie erneut an. Es tutete zwei Dutzend Mal. Das Gespräch wurde nicht angenommen. Und plötzlich brach die Verbindung ab. Sandras Gesprächspartner hatte dafür gesorgt, dass er nicht mehr erreichbar war. Kari fluchte. Als sie den erschrockenen Gesichtsausdruck der Passantin sah, versuchte sie ein Lächeln, das ihr kaum gelang.

»Tut mir leid. Meine Freundin hat einen schweren Schicksalsschlag erlitten. Sie ist nicht ganz bei sich.« Da sie sich nicht als Beamtin ausweisen konnte, musste sie der Frau eine plausible Geschichte auftischen. Oder zumindest etwas, das man mit viel gutem Willen glauben konnte. Dabei möglichst unauffällig die Nummer aus dem Anrufprotokoll des Handys der Dackelbesitzerin löschen.

»Sie wird wohl gestalkt«, meinte die Frau mit einem mitfühlenden Blick auf die jetzt im Wagen sitzende Sandra. »Es gibt ja solche Männer. Schrecklich.«

»Auch das noch!«, erwiderte Kari. Sie musste in Erfahrung bringen, was die andere mitgehört hatte. Nicht viel, wie sie sogleich erfuhr.

»Es war ein sehr kurzes Gespräch. Sie sagte zu ihrem Gesprächspartner, dass er sich vorsehen müsse. Dass ihr Ex-Mann hinter ihr her sei und ihr das Telefon abgenommen habe. Dass er sich ruhig verhalten solle. Mehr habe ich nicht verstanden. Aber das spricht ja für sich selbst.« Der Dackel machte sich bemerkbar, indem er an seiner Leine zog. Doch sein Frauchen war noch nicht bereit, den Spaziergang fortzusetzen. »Wissen Sie, mein Ex wollte die Trennung ebenfalls nicht hinnehmen. Hat mich überallhin verfolgt.« Sie rollte mit den Augen. »Mir wird ganz anders, wenn ich daran denke. Daher habe ich gerne geholfen. Wir Frauen müssen doch zusammenhalten.«

Als Kari zum Auto zurückkehrte, schaute Sandra mit undurchdringlicher Miene starr geradeaus. Ohne ein Wort startete Kari den Motor, wendete den Wagen und brachte Mutter und Tochter zurück ins Haus. Während der kurzen Fahrt sprach niemand ein Wort, obwohl die Atmosphäre hochexplosiv war. Erst als alle drei wieder im Haus waren, stellte Kari Sandra lautstark zur Rede. Die gab sich erstaunlich ruhig.

»Ich konnte nicht zulassen, dass er gefährdet wird. Aber ich kann Sie beruhigen, er weiß nicht, wo wir sind.«

Kari schnaubte nur.

»Er muss lediglich die Nummer des Handys zurückverfolgen, von dem aus Sie angerufen haben. Sie haben nicht nur sich und Bea, sondern auch diese unschuldige Frau in Gefahr gebracht.« Vor Wut über Sandras Dummheit kribbelte Karis ganzer Körper.

»Beruhigen Sie sich. Mein Gesprächspartner hat keinerlei Interesse daran, uns aufzuspüren. Außerdem wird er die Nummer sofort aus seinem Protokoll löschen.«

Kari schüttelte den Kopf. Sie konnte nicht verstehen, warum Sandra Leonhardt sich derartig unvernünftig verhielt.

»Es war unumgänglich. Ich musste ihn über die Situation informieren. Nur so kann er sich schützen.« Sandra wirkte wie die Ruhe selbst.

»Gehen Sie in Ihr Zimmer. Ich muss nachfragen, wie es weitergehen soll«, wies Kari sie an. Doch leider blieb

Jos Mobiltelefon weiterhin unerreichbar. Daher entschied Kari sich, Jo eine Nachricht zu schreiben. Kurz und knapp.

Muss dich dringend sprechen. Kari.

Bis zur Rückkehr von Marlies und Arne war keine Antwort eingetroffen.

Nachdem Kari die anderen beiden nach ihrer Rückkehr ins Haus über die Situation unterrichtet hatte, beratschlagten sie, was zu tun war. Die Frage war, ob von der Passantin eine Gefahr ausging oder sie in einer solchen schwebte.

»Sandra ist ihr zufällig begegnet und hatte Glück, dass die Frau bereit war, ihr ihr Mobiltelefon zu leihen.« Kari war sich inzwischen sicher, dass sie mit ihrer Einschätzung richtiglag. »Die Anrufkennung des Handys war ausgeschaltet. So viel konnte ich erkennen.«

»Bleibt die Frage, ob diejenige Person, die angerufen wurde, jetzt weiß, wo wir sind, weil Sandra es ihr gesagt hat«, gab Marlies zu bedenken.

Kari wiegte den Kopf. »Sandra schwört, sie habe kein Wort darüber verloren, und die Frau mit dem Dackel hat ebenfalls nichts dergleichen gehört. Das Gespräch hat laut Verbindungsprotokoll zweiunddreißig Sekunden gedauert. Ausreichend für die kurze Information, es gehe ihr gut, man habe ihr das Handy abgenommen und der Angerufene solle in Deckung gehen.« Sie ging auf und ab. Arne saß still daneben und starrte schon eine Weile auf die Platte des Küchentischs vor ihm.

»Ich frage mich die ganze Zeit, was nach dem Überfall auf euch geschehen ist«, fiel er plötzlich in das Gespräch der beiden Frauen ein. »Und was ist mit den beiden Personen, die zuvor dort, bei eurem ersten Versteck, aufgetaucht sind? Haben sie euch ausgespäht? Wenn ja, ist zu befürchten, dass von ihnen weiterhin Gefahr ausgeht.«

Marlies und Kari wandten ihm die Köpfe zu.

»Einer der beiden Männer hat seine Visitenkarte hinterlassen. Sein Name ist Jens Thönishoff. Wir haben ihn überprüft. Scheint sauber zu sein«, informierte Marlies ihren dänischen Kollegen.

»Und der andere? Marlies sprach von zwei Männern.«

Auf Karis Brust legte sich ein schwerer Stein. Woher wusste Arne vom zweiten Besucher? Selbst Marlies blinzelte kurz verwirrt, bis ihre Erinnerung wieder einsetzte.

»War jemand, der sich verfahren hatte.« Kari hatte Mühe, ihre Stimme ruhig klingen zu lassen. Es fehlte jetzt gerade noch, dass Bent in die Sache hineingezogen würde.

»Was, wenn nicht?«, setzte Arne seine Überlegung fort. »Wir sollten herausfinden, ob nicht er der Killer ist. Oder mit ihm in Verbindung steht.« *Nein, das ist er nicht!*, wollte Kari richtigstellen. Das hätte jedoch dazu geführt, dass sie ihre Verbindung zu Bent Sörensen gestand. »Habt ihr sein Kennzeichen?«

»Ich habe ihn nicht einmal gesehen. Er war schon weg, als ich dazukam.« Marlies schaute hilfesuchend zu Kari.

Die zuckte mit den Schultern. »Nein«, sagte sie nur. Lieber ließ sie sich ein Versäumnis ankreiden, als Bent mit hineinzuziehen.

»Glaubt ihr, dass wir hier nicht mehr sicher sind?« Marlies ging ein paar Schritte auf und ab, als würde ihr das beim Nachdenken helfen. »Kari, was denkst du?«

Die lehnte sich jetzt an den Kühlschrank. Schaute von Arne, der immer noch die Ruhe selbst war, zu der nervös herumgehenden Marlies.

»Wir hatten zwei Besucher am Haus bei Witsum. Einen Naturschützer, der eine Ferienwohnung suchte und dessen Familie am Wochenende, also vermutlich am morgigen Samstag, nachkommen wird. Einen unbekannten Autofahrer, der von der Statur her nicht der Einbrecher gewesen sein kann. Dazu kommt der Killer selbst, der nun mit einer Schussverletzung der rechten Schulter außer Gefecht ist, uns aber definitiv aufgespürt hatte. Wir wissen natürlich nicht, wie schnell er seinen Auftraggeber darüber informiert hat, wo er uns gefunden hat. Das Haus selbst ist seit unserem Auszug nicht mehr betreten worden.« Bei dieser Aussage wechselte Arne mit Marlies einen Blick. Seine hochgezogenen Brauen zeigten, dass diese Information für ihn neu war.

»Kari hat eine Überwachungskamera angebracht. Der Bewegungsmelder hat nicht angeschlagen. Das hatte ich vergessen, zu erwähnen.«

»Dieses Haus hier ist keine konspirative Unterkunft des BKA. Außer uns fünfen weiß dort lediglich Jo davon. Niemand in Berlin kann sich auch nur zusammenreimen, wo wir uns aufhalten.«

»Diese Insel ist klein genug, dass man sie mit einer Handvoll Leuten durchkämmen kann«, gab Arne zu bedenken.

»Ich glaube, da liegst du zwar nicht gänzlich falsch, aber dabei spielt die Zeit eine wichtige Rolle. Dazu die Tatsache, dass hier die Saison bereits in vollem Gange ist. Die Gasthöfe, Hotels und Ferienwohnungen sind ausgebucht. Die Frage, ob jemand Unbekanntes nebenan wohnt, beantwortet praktisch jeder Einheimische derzeit mit Ja.« Marlies nickte, Arne blieb skeptisch. »Dazu kommt die Möglichkeit, dass wir die Insel verlassen haben und auf Amrum, Sylt oder dem Festland untergetaucht sein könnten.«

»Okay, Kari«, antwortete der Däne. »Bleibt also Sandra als Schwachstelle. Wenn derjenige, zu dem sie da so großes Vertrauen hat, sie hintergeht, dürfte die Lage hier weniger komfortabel sein als angenommen.«

»Mir fehlt im Moment eine Alternative. Ein erneuter Ortswechsel bringt Aufmerksamkeit mit sich. Fünf Leute nah beieinander unterzubringen wird nicht gerade einfach. Wie schon gesagt, freie Zimmer und Häuser sind knapp.«

»Jo könnte uns etwas auf dem Festland besorgen«, schlug Marlies vor.

»Wenn er sich mal melden würde, könnten wir ihn fragen«, entgegnete Kari spitz.

Auf Marlies’ erstaunten Blick hin winkte sie ab.

»Ich verschwinde mal kurz.« Mit diesen Worten erhob sich Arne. Für Kari sah es so aus, als wolle er sie beide allein lassen.

Kaum war er verschwunden, wandte sie sich ihrer Kollegin zu. »Meine Anrufe laufen seit gestern ins

Leere. Keine Mobilbox. Auf eine Textnachricht von vorhin kam keine Reaktion. Aber offensichtlich hast du ja mehr Glück bei unserem Boss.« Sie starrte Marlies so direkt an, dass die einen halben Schritt zurückwich.

»Was meinst du denn?«, fragte sie vorsichtig.

»Du hast heute früh mit ihm telefoniert«, schlug Kari vor. »Und dich gestern mit ihm getroffen.«

Marlies fuhr zurück, als habe man sie geschlagen. Hektisch sah sie um sich. Ging zur Tür und horchte ins Haus hinein. Arne war bei Sandra. Bea hockte im Wohnzimmer und knüpfte ihre Bänder. Die Fenster und Türen blieben seit Sandras Ausflug verschlossen. Marlies drückte die Küchentür zu und kam rasch ein paar Schritte auf Kari zu.

»Niemand darf wissen, dass er hier ist«, flüsterte sie. »Ich musste ihm hoch und heilig versprechen, selbst dir nichts zu verraten.«

»Ich bin deine Kollegin. Mit dir gemeinsam verantwortlich für diese Maßnahme.«

»Ja, ich weiß.« Marlies' Miene nahm einen gequälten Ausdruck an. »Er sagt, wir können nicht ausschließen, dass der bislang namentlich ihm noch nicht bekannte Kollege, dem Sandras Anrufe galten, die Seiten gewechselt hat.«

Kari starrte ihre Kollegin an. »Das sagt er dir und mir nicht? Warum?«

Marlies schüttelte den Kopf. »Ich weiß es nicht. Er war ziemlich durcheinander. So habe ich ihn bisher nie erlebt.«

»Lass uns doch mal in Ruhe nachdenken. Sandra vertraut dem Mann. Sie sagt, er war ihr Bodyguard. Wenn man davon ausgeht, dass er das Handy rechtmäßig nutzt, handelt es sich um einen verdeckten Ermittler, der vom BKA bei Leonhardt eingeschleust wurde. Sandra weiterhin schützen kann er momentan am besten, indem er dort bleibt. Direkt im Auge des Hurrikans.«

»Das würde erklären, warum sie um nichts in der Welt seine Identität aufdecken will.«

»Genau. Sie schützt ihn, damit er ihr aus dem inneren Zirkel weiterhin Informationen zukommen lässt, die wiederum sie schützen.«

»Von dem Killer wusste er offensichtlich nichts.«

»Da hast du recht«, murmelte Kari. »Was aber nichts heißen muss. Es steht ja außer Frage, dass Gereon Leonhardt ihn aus der U-Haft heraus hat anheuern lassen. Von seinem Anwalt, mutmaßlich.«

»Glaubst du ihr also, oder was willst du damit sagen?« Marlies biss nervös auf ihrem Daumennagel herum.

»Ich glaube ihr, dass sie dem Mann vertraut. Ob wir ihr auch in anderen Dingen glauben können, ob wir unserem dort eingeschleusten Kollegen vertrauen können – noch vertrauen können –, das ist die große Frage.«

»Wir müssten herausfinden, wer seine Verbindungsperson beim BKA ist.«

»Jo wird dran sein. Hat er dir nichts darüber gesagt?«

Marlies schüttelte den Kopf. »Er ist ziemlich schweigsam in dieser Angelegenheit.«

»Wie kommuniziert ihr beide eigentlich?«, wollte Kari wissen. »Meine Anrufe nimmt er nicht an.«

»Meine schon. Ich habe seine private Nummer.« Marlies hatte bereits ihr Handy gezückt und die Kurzwahltaste gedrückt.

»Kari weiß Bescheid«, waren die ersten Worte, die sie sagte. Danach hörte sie längere Zeit zu, nickte schließlich und bekräftigte dieses Nicken mit einem »Verstanden.« Kari, die erwartet hatte, dass Marlies ihr das Telefon reichte, sah erstaunt zu, wie die das Gespräch beendete und das Gerät wegsteckte.

»Er will dich treffen. In einer Stunde am Leuchtturm.«

Kapitel 21

Der Leuchtturm von Nieblum war ein Kuriosum. Im Gegensatz zu anderen seiner Art befand er sich nicht am Strand, noch nicht einmal in der Nähe des Wassers. Sondern fast einen halben Kilometer davon landeinwärts. Als Ortskundige wusste Kari, wie sie dorthin kam. Sie nahm das Rad, strampelte erst in Richtung Ortskern, um dann zum Strand hin weiterzufahren. Auf halber Strecke zum Meer tauchte der elf Meter hohe Turm vor ihr auf einem eingezäunten Gelände auf. Sie ließ das Rad ausrollen, stieg ab und sah sich um. Weit und breit war niemand zu sehen und sie fragte sich, ob Jo sich wohl verspätet hatte. Da trat er hinter dem rotbraunen Flachdachgebäude, das sich ebenfalls auf dem Betriebsgelände befand, hervor. Obwohl an diesem Tag kein starker Wind ging und die Temperaturen angenehm waren, hatte er den Kragen seines dunklen Trenchcoats hochgeschlagen. Eine Mütze verbarg die beginnende Glatze, eine Sonnenbrille seine Augen. Hätte Kari den Mann nicht schon seit Jahren gekannt, sie hätte zweimal hinsehen müssen.

»Lass uns ein Stück gehen«, schlug er vor.

Sie liefen den Weg Richtung Strand. Er mit gesenktem Kopf und tief in den Taschen vergrabenen Händen. Sie schob ihr Rad neben ihm her. Eine Weile sagte er nichts. Kari spürte, wie schwer es ihm fiel, überhaupt etwas zu sagen, weil er zweimal ansetzte und sofort wieder abbrach. Am Strand angekommen ließen sie sich in einem freien Strandkorb nieder. Hinter ihnen wogte das Dünengras. Vor ihnen lag das Wattenmeer. Seevögel schwebten heran und landeten, um etwas aus dem feuchten Sand zu picken. Am Himmel wechselten sich Sonne und Wolken ab.

»Ich bin das erste Mal auf dieser Insel«, sagte Jo irgendwann. Das Schweigen war belastend geworden. Kari hatte es nicht brechen wollen, weil sie sicher war, dass ihr Chef den richtigen Moment suchte, um das Gespräch zu beginnen. »Schön hier. Wenn man davon absieht, was mich herführt.«

»Was geht da ab, mit Leonhardt?«

Er seufzte und Kari bemerkte irritiert, dass seine Hände leicht zitterten. Er trug keine Handschuhe, die blasse Haut war trocken.

»Es gelang schon vor über einem Jahr, jemanden bei ihm einzuschleusen. Es sei einer der besten Beamten, sagte man mir.« Er hob die Hand, um Karis unausgesprochener Frage zuvorzukommen. »Ich kenne den Mann nicht. Seine Verbindungsbeamtin wurde vor wenigen Wochen aus dem Verkehr gezogen.«

»Was heißt das?« Kari stockte der Atem.

»Sie wurde bei ihrer abendlichen Joggingrunde überfallen. Auf brutalste Weise zusammengeschlagen. Die Täter, es waren zwei, müssen geglaubt haben, sie sei tot.

Sie hat es überlebt, weil sie das Glück hatte, rechtzeitig gefunden zu werden.«

»Hat sie ...«

»Etwas über den verdeckten Einsatz gesagt? Nein. Es war nicht der Grund für den Überfall. Sie ist jemand anderem auf die Füße getreten. Clan-Milieu.« Er winkte mit einer Grimasse des Unbehagens ab. »Dennoch, der V-Mann hat sich danach abgesetzt. War nicht mehr erreichbar. Es kamen weder Lebenszeichen noch Berichte. Du weißt ja, wie das abläuft. Wir können in solchen Fällen nicht einfach mal anrufen. Oder hingehen und fragen. Oberstes Gebot ist es, unsere Leute zu schützen. Wir haben uns also ruhig verhalten. Bis heute wissen wir nicht, ob der Mann abgetaucht ist oder unauffällig bleiben muss, weil er in Gefahr geraten ist. Oder ob er die Seiten gewechselt hat.«

»Seine Vertrauensfrau konnte keinen Kontakt mehr aufbauen?«

Jo schüttelte betrübt den Kopf. »Sie liegt immer noch im Krankenhaus. Kann sich kaum rühren.«

»Und der Ersatz?«

Jo hob die Schultern und ließ sie wieder fallen. »Ich bin nicht wirklich eingeweiht in den Vorgang. Man sagt mir nur so viel, wie unbedingt nötig. Dass die Telefonnummer bei meinen Ermittlungen aufgetaucht ist, hat jedoch für einen gehörigen Schrecken gesorgt.«

»Ich glaube, der Mann ist weiterhin in Leonhardts Organisation aktiv. Er hat, mit heute früh, viermal mit Sandra telefoniert. Ist demzufolge nicht kaltgestellt.«

»Tja«, Jo betrachtete seine Hände. »Er könnte dennoch die Seiten gewechselt haben.«

»Eine andere Möglichkeit ist, dass er Kenntnis von etwas hat, das jemandem aus unserer Organisation schaden könnte.«

Jos Kinn verspannte sich bei Karis Worten. »Du meinst, er könnte den Maulwurf enttarnt haben?«

»Wenn er es nicht selbst ist.«

»Wie meinst du das? Er hat seinen Auftrag. Ansonsten ist er außen vor, hat keinen Zugang zu Interna, zu unseren Ermittlungen.«

»Von seinem Techtelmechtel mit Sandra habt andererseits ihr nichts mitbekommen.«

»Selbst wenn. Wer könnte denn schon sagen, was echt ist und was der Rolle geschuldet. Weißt du doch genauso gut wie ich.« Sein kurzer Seitenblick brachte ihr Gesicht zum Brennen. Jo blickte seufzend zu Boden. »Man kann einem Menschen nicht hinter die Stirn schauen.«

»Warum bist du hier? Wo in Berlin oder Hamburg doch so die Kacke am Dampfen ist.«

»Offiziell bin ich krankgeschrieben«, entgegnete er, ohne ihre Frage zu beantworten.

»Warum bist du hier?«, wiederholte sie.

Er hob den Kopf.

»Ich wollte euch nicht allein lassen. Darf gleichzeitig nicht in Erscheinung treten.«

»Bei Marlies wohl schon.« Kari konnte nicht verhindern, dass ihre Stimme verschnupft klang. »Ausgerechnet ihr gegenüber. Sie bemüht sich, aber sie ist nicht besonders erfahren.«

»Darum habe ich euch Arne geschickt. Sein Job ist es, vorrangig dich und Marlies zu schützen.«

»Das erklärt nicht dein Vertrauen zu meiner Kollegin.«

Jo wandte den Kopf ab und blickte den Strand entlang. Zwei Teenager spielten Badminton. Ein älteres Paar lief mit hochgekrempelten Hosenbeinen im Watt herum. Immer wieder kamen Badegäste dicht an ihnen vorbei und sie mussten ihr Gespräch kurzzeitig unterbrechen.

»Ich vertraue ihr so, wie ich mir selbst vertraue«, sagte er schließlich. Er wandte sich zu ihr um und nahm die Sonnenbrille ab. »Mehr kann ich dir im Moment nicht sagen.« Sie blickten sich stumm in die Augen. Kari senkte als Erste den Blick.

»Okay. Aber wenn ich weiterhin mit an Bord bleiben soll, muss ich ebenfalls alle Informationen bekommen. Und du musst für mich erreichbar sein. Über dein Diensttelefon.«

»In Ordnung.« Er hatte die Sonnenbrille wieder aufgesetzt und blickte zum Horizont.

»Und jetzt bitte deinen Bericht.«

»Meinen ... Bericht?«

»Du hast mir geschrieben, es sei dringend.«

Das hatte sie selbst fast vergessen. Sie räusperte sich und begann.

Kapitel 22

Jo hatte ihr versichert, sich um alles zu kümmern. Er würde Fahrzeugzulassungen von Kollegen, die in diesem Fall Insiderwissen besaßen, auf Nobelkarossen prüfen lassen. Den Garten von Leonhardts Villa mit Spürhunden auf Leichen untersuchen. Wenn Sandra ihr die Wahrheit gesagt hatte, würde man die sterblichen Überreste eines Menschen, den nie jemand vermisst zu haben schien, unter einem der Rosenbüsche finden.

»Sie hat die Tatwaffe in Sicherheit gebracht, mir aber nicht verraten, wo sie ist. Sie wird dazu nur aussagen, wenn sie selbst nichts zu befürchten hat.«

Jo brummte etwas Unverständliches, das Kari mal als Zustimmung nahm.

Schwieriger war die Frage, was aus dem Killer geworden war.

»Ich schätze, der hockt mit Antibiotika vollgepumpt in einer Unterkunft. Schießen kann er nicht mehr mit der verletzten Schulter«, lautete Jos Meinung.

»Wenn wir Pech haben, ist der Nächste bereits im Anmarsch. Ich bin im Übrigen sicher, dass Leonhardts Verteidiger derjenige ist, der die Befehle seines Klienten in dessen Organisation weiterträgt.«

Letzteres vermutete Jo ebenfalls, konnte aber nichts dagegen tun. »Was euren Aufenthaltsort betrifft – ich habe vor meiner Krankmeldung veranlasst, dass es so aussieht, als wärt ihr zurück auf dem Festland.«

»Eine Falle für den Maulwurf?«

»Genau. Hier auf Föhr sollte euch hoffentlich niemand mehr suchen.«

Kari wusste, dass Jo innerhalb der Behörde viele langjährige Vertraute sitzen hatte. Sie hoffte, dass es keiner von ihnen war, die die Aktion verraten hatten.

»Sandra hat mir erzählt, dass ihr Mann eine ganze Reihe von Leuten schmiert«, gab Kari zu bedenken.

»Wir werden sie alle enttarnen. Das schwöre ich dir.«

Er selbst wolle am Montag bereits wieder an seinem Schreibtisch in Berlin sitzen.

Sie hatten sich nach über einer Stunde voneinander verabschiedet. Jo schlug den Weg in Richtung Wyk ein, Kari radelte zurück nach Nieblum. So offen Jo ihr gegenüber auch gewirkt hatte, es blieben zwei große Fragen: Warum vertraute er Marlies mehr als ihr? Und warum war er überhaupt hier auf der Insel, wenn er davon ausgehen konnte, dass man die beiden Zeuginnen inzwischen wieder auf dem Festland vermutete?

Sie war so in Gedanken versunken, dass sie an einer Kreuzung fast einem Wagen die Vorfahrt genommen hätte. Sie konnte gerade noch rechtzeitig abbremsen und radelte danach mit hoher Konzentration weiter.

Im Haus herrschte rege Betriebsamkeit. Sandra hatte beschlossen, eine Maschine Wäsche zu waschen. Sie hatte das Bügelbrett in ihr Zimmer geholt und bügelte dort, bei offener Tür. Trotz der schmiedeeisernen, geschwungenen Gitter vor dem Fenster hatte man sich nach ihrem morgendlichen Ausflug darauf geeinigt, sie tagsüber im Auge zu behalten. Nachts würde die Alarmanlage anschlagen, sobald jemand eine der Türen oder Fenster öffnete. Marlies zeigte Bea in der Mitte des zu diesem Zweck freigeräumten Wohnraumes ein paar Selbstverteidigungsübungen.

»Was ist das, was die beiden da machen?«, fragte Sandra durch die offene Tür, als sie Kari sah.

»Das ist Krav Maga.«

»Nie gehört. Ob das was bringt? Ich meine, man muss doch Jahre trainieren, um sich wirklich selbst schützen zu können.«

»Nicht unbedingt. Es kommt auf die Technik an. Krav Maga kann man in jedem Alter lernen. Es ist Selbstverteidigung für den Ernstfall und auf maximale Wirkung ausgerichtet. Dabei folgt man keinen traditionellen Bewegungsabläufen oder sportlichen Wettkampfregeln wie bei herkömmlichen Kampfsportarten, sondern trainiert reinen Selbstschutz. Es geht dabei um den unbedingten Willen.« Kari lehnte sich gegen den Türpfosten. Marlies erklärte Bea gerade das Wesentliche.

»Wenn du angegriffen wirst, musst du nicht nur dich selbst verteidigen, also deinen Raum, sondern gleichzeitig in den Raum des Angreifers eindringen. Angstfrei. Und damit meine ich auch die Angst davor, jemanden zu verletzen.« Bea hörte mit konzentrierter Miene zu.

»Ist so wie mit einer Waffe, oder?« Sandra hatte das Bügeleisen ausgestellt, nahm ihre Bluse vom Bügelbrett und hängte sie auf einen Kleiderbügel.

»Sie meinen, wenn man eine in der Hand hält, muss man bereit sein, sie zu benutzen?«

»Genau.«

»Können Sie schießen?«

Sandra kam mit einem undeutbaren Lächeln näher. »Natürlich. Es war eines der ersten Dinge, die mein Vater mir beigebracht hat.«

»Ach ja?«

»Mit einer Flinte konnte ich zumindest mal umgehen.« Sandra lachte dunkel auf.

»Warum erheitert Sie das?« Kari wandte sich fragend zu der anderen um.

»Weil ich vermutlich inzwischen die Einzige bin, die sich nicht selbst schützen kann. Schauen Sie sich meine Tochter an.« Sandras Kinn zeigte in Richtung Wohnraum. »Wie sie zuschlägt. Keine Spur von Angst.« Tatsächlich zeigte sich Bea von einer bislang verborgenen Seite. Ihre Schläge und Tritte waren so kraftvoll, dass Marlies Mühe hatte, sie abzufangen.

»Sie macht, was meine Kollegin ihr geraten hat. Zuschlagen, ohne sich um die andere Person zu scheren. Im Ernstfall kann das Leben retten.« Frauen, das wusste Kari auch, waren oft zu zimperlich. Hatten Angst, jemanden zu verletzen.

»Frauen haben mehr Bedenken, aggressiv zu erscheinen, und zögernd deshalb oft, sich selbst zu schützen«, murmelte Sandra.

»Das zeigt die Erfahrung. Gleichzeitig verändert sich das gerade in atemberaubender Geschwindigkeit.«

Marlies und Bea waren am Ende ihrer Übung angekommen. Sie klatschten jetzt lachend ihre Hände zusammen. Kari stieß sich vom Türpfosten ab und ging in
die Küche. Marlies folgte ihr. Während Kari sich einen
Kaffee einschenkte, ließ Marlies Wasser in ein Glas laufen.

»Wir beide sollten auch mal so eine Session einlegen.
Damit wir nicht einrosten.« Marlies trank in großen
Schlucken.

»Gerne«, erwiderte Kari. »Können wir gleich heute
Abend machen.«

»Wie war euer Treffen?«, setzte Marlies an, wurde jedoch von einem doppelten Summen unterbrochen.
Ihre beiden Handys hatten gleichzeitig eine Nachricht
empfangen.

*Gerade erfahren. Prozess geht am Dienstagvormittag los.
Nähere Infos folgen.*

Sie sahen sich an. Es war Freitag. Sie mussten nur
noch das Wochenende überstehen, am Montag Bea
und Sandra nach Hamburg bringen. Danach wären sie
raus. Ein anderes Team würde übernehmen und Kari
hoffte sehr, dass Jo Leute fand, denen er ebenso vertraute wie ihr und Marlies.

Kapitel 23

War der Nachmittag angenehm entspannt verlaufen, brauten sich gegen Abend bereits die nächsten Wolken am Horizont zusammen. Arne und Sandra hatten gekocht und sich dabei bestens unterhalten. Ihr gelegentliches Lachen war durch das ganze Haus zu hören gewesen. Bea, zunächst beschäftigt mit dem Knüpfen ihrer Freundschaftsbänder, hatte irgendwann die Garne vom Tisch gefegt und es sich auf dem Sofa bequem gemacht. Im Fernsehen lief ein Bericht über Schiffsreisen. Kari konnte sich angesichts der düsteren Miene des Teenagers den Gedanken nicht verkneifen, dass Bea sich nicht wirklich dafür interessierte, was auf der Mattscheibe vor sich ging.

Am Abend schließlich entlud sich die angespannte Stimmung am Esstisch.

»Was ist das?«, fragte Bea misstrauisch, als sie die Schüssel mit dem Eintopf inspizierte.

»Alles gute Sachen«, antwortete Arne munter. »Kartoffeln, Karotten, grüne Bohnen, Sellerie. Dazu Würstchen.«

»Ich mag kein totes Tier«, verkündete Bea. Sie lehnte sich auf ihrem Stuhl zurück und verschränkte die Arme vor der Brust.

»Für dich haben wir die vegetarische Variante, mein Schatz«, erklärte Sandra ihrer missmutigen Tochter. Doch die suchte einen neuen Vorwand, um Streit vom Zaun zu brechen, und mäkelte an den Tofuwürstchen herum. Es seien nicht die, die sie normalerweise esse. Und überhaupt würde Sandra sie nicht die Bohne kennen und hätte keine Ahnung von den Vorlieben und Ernährungsgewohnheiten ihrer Tochter. Was bei der Mutter zu der Bemerkung führte, Bea solle den Eintopf dann eben ohne Würstchen essen.

Arne verließ die Küche. Er wollte die Runde ums Haus machen. Marlies folgte ihm und Kari blieb nichts anderes übrig, als mit den beiden Streithennen zurückzubleiben. Deren Auseinandersetzung nahm nun erneut Fahrt auf. Während Sandra anfangs spürbar bemüht war, das Gespräch nicht eskalieren zu lassen, hatte Bea genau das Gegenteil im Sinn. Nichts, was Kari einwarf, brachte die beiden dazu, sich auch nur ein bisschen zu beruhigen.

»Bea, bitte! Es geht nur noch um zwei Tage. Am Montag bringen wir euch nach Hamburg.« Wenn sie gedacht hatte, das würde die Jüngere entspannen, hatte sie sich getäuscht.

»Ich will nicht. Nicht nach Hamburg. Nicht in dieses Zeugenschutzprogramm. Und schon gar nicht mit ihr. Wer weiß, wen sie mir demnächst als Stiefvater präsentiert. Warum versteht mich denn niemand!?« Vor lauter Frust warf sie ihren Löffel in den fast noch vollen Teller, der vor ihr stand. Die Suppe spritzte bis zu

Sandra, die ihr gegenübersaß. Flecken zierten jetzt die helle Bluse. Einen Moment lang sahen sich die beiden an. Bea wirkte erschrocken. Sandra legte ihren Löffel ab. Kari erhob sich, um ein Küchentuch zu holen. Die andere nahm es ihr aus der Hand, ohne sie anzusehen. Ihr Blick ruhte immer noch auf Bea.

»Ganz sicher werde ich mir nicht vorschreiben lassen, ob und mit wem ich zukünftig mein Leben teile«, sagte sie ruhig. Dabei tupfte sie die Eintopfspritzer von ihrer frisch gewaschenen und gebügelten Kleidung.

»Und ich werde nicht bei einer Hure bleiben, die sich mit jedem ins Bett legt!« Beas Stimme triefte vor Hass. Kari fuhr von ihrem Stuhl hoch.

»Bea!«, rief sie entsetzt aus. Doch die war noch nicht fertig.

»Du kannst dir nur mit einem sicher sein. Sobald ich kann, werde ich meinen Vater bitten, mich zu holen. Egal, wo wir sind!«

Diese Drohung war zu viel. Sowohl für Kari, die diese Befürchtung bereits eine ganze Weile hegte, als auch für Sandra. Sämtliche Farbe wich aus ihrem Gesicht. Ihre Lippen sahen grau aus und Kari befürchtete, sie würde vom Stuhl kippen. Dann schlug Sandra mit der flachen Hand auf den Tisch. So fest, dass es knallte. Sie sprang auf und funkelte ihre auf einmal starr dasitzende Tochter auf eine Weise an, die selbst Kari Angst machte.

»Dann bleib doch hier!«, schrie Sandra. »Dann kannst du deinen Vater in den nächsten zwanzig Jahren im Knast besuchen! Mir egal. Ich will dich nicht mehr. Du bist ein bösartiges Kind, du hast es nicht verdient ...«

»Frau Leonhardt!« Kari musste ebenfalls die Stimme erheben, um sich Gehör zu verschaffen. In diesem Moment kam Marlies angelaufen und blieb mit schreckgeweiteten Augen in der Tür stehen.

»Es ist gut. Hören Sie auf, bevor Sie etwas Unverzeihliches sagen«, versuchte Kari, die Situation zu entschärfen.

»Was?« Sandra drehte sich zu ihr um. Ihr Gesicht war wutverzerrt. »Was glauben Sie denn, warum ich so lange mit diesem Ungeheuer Gereon verheiratet geblieben bin? Nicht gleich gegangen bin, als mir klar wurde, was für ein Mensch er wirklich ist? Bei ihm geblieben wäre, bis meine Tochter achtzehn und damit volljährig ist? Sicher nicht, um meiner selbst willen. Sie ...« Beim letzten Wort drehte sie sich zu der stumm dasitzenden Bea und zeigte mit dem Finger auf sie. »... war es doch, um die es immer ging. Wegen ihr bin ich geblieben. Habe all das Schreckliche ertragen, das ich wusste, ahnte und nicht ändern konnte.« Sie holte tief Luft und fuhr dann mit deutlich gesenkter Stimme fort. »Weiß denn jemand von Ihnen, wie das ist? Mit einem Mann zu leben, dessen jegliche Handlung nur von Gier und Grausamkeit gelenkt wird? Der Menschen umbringen lässt? Der keinerlei Skrupel kennt, wenn es darum geht, Konkurrenten auszuschalten? Der harte Drogen an Schulen verkaufen lässt.« Bea gab einen empörten Laut von sich. Sandra stützte die Hände auf den Tisch und beugte sich zu ihr nach vorn. Ihr Gesicht verzerrte sich zu einem fratzenhaften Lächeln. »Natürlich nicht dort, wo du unterrichtet wurdest, mein Schatz.« Sie richtete sich kerzengerade auf und sah der Reihe nach alle an. Auch Arne, der hinter Marlies aufgetaucht war, sichtlich irritiert. »Meine Tochter besuchte nämlich ein nobles Internat. Sehr edel. Sehr teuer. Im Gegensatz zu ihren Altersgenossinnen aus ärmeren Elternhäusern hat sie nie die Niederungen des staatlichen Schulsystems kennengelernt. Wo auf den Schulhöfen gedealt wird und sich schon Teenager die Birne mit Ecstasy und Crystal Meth wegknallen.« Sie stemmte die Fäuste in die Hüften. »Das Zeug, das dein Vater …« Erneut stach ihr Zeigefinger in die Luft, direkt in Beas Richtung. »… unter die Leute bringt. Um dir den Luxus zu ermöglichen, den du offensichtlich so vermisst, dass du die Augen verschließt vor dem, was ist.«

Es war ungerecht. Bea hatte, zumindest auf Kari, nie den Eindruck gemacht, um des Geldes und eines bequemen Lebens willen zurück zu ihrem Vater zu wollen. Dass Sandra so in Rage war, schrieb sie deren Verletztheit zu. Bea hatte ihre eigene Mutter als Hure bezeichnet. Das war der Tropfen gewesen, der das Fass zum Überlaufen gebracht hatte.

Jetzt strich sich Sandra die Haare aus dem erhitzten Gesicht. Mit völlig ruhiger Miene verkündete sie ihre Entscheidung. »Ich gehe allein in den Zeugenschutz. Sie bringen meine Tochter am Montag nach Hamburg und übergeben sie Gereons Haushälterin. Sie ist ihm treu ergeben. Sie wird wissen, was zu tun ist.«

»Frau Leonhardt, so geht das nicht.« Marlies trat in die Küche. Noch immer geschockt von der Wendung, die die Auseinandersetzung genommen hatte. »Sie können Bea nicht einfach zurücklassen.«

»Ach nein?« Auf einmal verwandelte sich Sandras Miene erneut. Hochmütig zog sie die Brauen hoch und schaffte es, die deutlich größere Marlies dennoch von oben herab anzusehen. »Was wollen Sie denn machen? Meine Anwältin wird alles in die Wege leiten. Ich beantrage Zeugenschutz. Für mich allein.« Sie sah ihre Tochter nicht einmal mehr an bei diesen Worten. »Falls mir das nicht gewährt wird, können Sie meine Aussage knicken.«

»Wenn Sie nicht aussagen, können wir nichts mehr für Sie tun«, gab Kari zu bedenken.

Sandra wandte sich zu ihr um. Ihr Blick flackerte, aber ihre Stimme blieb ruhig.

»Das ist mir egal. Ich werde von hier aus in ein neues Leben starten. Ob mit Ihrer Behörde oder ohne sie. Zu meinem Noch-Ehemann gehe ich nicht zurück. Dieses Kapitel ist endgültig beendet.«

Bea schob bei diesen Worten mit einem lauten Krachen ihren Stuhl nach hinten und sprang auf. »Gut, dass ihr euch scheiden lasst!«, schrie sie. »Dann bekommt Paps das alleinige Sorgerecht und du kannst rumvögeln, mit wem du willst!« Als sie aus der Küche stürmte, rannte sie fast in Arne hinein. Der sah Marlies fragend an.

»Lass sie, ich pass auf, dass sie keine Dummheiten macht«, murmelte die und lief Bea hinterher.

Kari wandte sich wieder Sandra zu. »Frau Leonhardt, ich bitte Sie, sich zu beruhigen. Es wurden eben zu viele Dinge gesagt, die verletzend waren. Für Sie. Für Bea. Dennoch – das, was Sie eben gesagt haben, kann doch nicht Ihr Ernst sein! Ihre Tochter ist fünfzehn. Sie können unmöglich wollen, dass sie zu ihrem Vater zurückkehrt. Ihren Mann erwartet eine lange Haftstrafe.«

»Nennen Sie ihn nicht meinen Mann«, entgegnete Sandra dumpf.

»Wie soll ich ihn denn sonst nennen.«

»Egal. Ich werde sofort nach meiner Aussage die Scheidung einreichen.«

»Es geht jetzt um Bea«, brachte Kari das Gespräch wieder in die richtige Richtung.

»Ja. Ich liebe sie. Aber sie liebt mich nicht. Wir hatten immer Probleme. Nur so ... so hasserfüllt ... so aggressiv war sie mir gegenüber bisher nie. Sie haben ja gehört, wie sie mich beschimpft hat.« Sie ließ sich zurück auf ihren Stuhl fallen. Kari setzte sich. Sie griff nach Sandras Arm. »Das hat sie einfach nur so gesagt. Sie meint das nicht so. Sie ist verwirrt, durcheinander. Hin- und hergerissen.«

Sandra biss sich auf die Lippe und starrte auf den Tisch und den Teller mit der kalten Suppe. Als sie wieder sprach, klang ihre Stimme völlig ruhig.

»Ich kann sie nicht mitnehmen. Das wissen Sie ebenso gut wie ich.« Arne trat von einem Fuß auf den anderen und blickte Kari fragend an.

»Aber warum denn nicht?«, entgegnete die munterer, als sie sich fühlte. Sie wusste schon, was kam.

»Sie ist ein Risiko. Für mich. Für den Mann, den ich liebe und heiraten werde.« Sie hob den Kopf und sah Kari direkt in die Augen. Sehr selbstbewusst. Fast ein bisschen trotzig. »Denn das habe ich vor. Ich bin vierunddreißig. Ich habe noch ein Leben vor mir.« Sie schluckte und ihr Blick wanderte weg, wurde unstet. »Natürlich hatte ich mir gewünscht, dass es eines zusammen mit meiner Tochter wäre. Heute hat mir leider gezeigt, dass so ein Leben nicht möglich sein wird. Sie wird dafür sorgen, dass ihr Vater erfährt, wo wir sind.

Ich brauche Ihnen nicht zu erklären, was dann geschehen wird.« Wieder wurde ihr Blick hart. Ihre ganze
Miene verriet, dass sie nicht mehr abrücken würde von
ihrer Meinung. »Es gibt nur einen Weg. Den werde ich
allein gehen. Bringen Sie Bea zurück zu Gereon.« Mit
diesen Worten erhob sie sich und stolzierte hinaus.
Eine starke und gleichzeitig gebrochene Frau.

Kapitel 24

Marlies und Kari hatten schweigend den Tisch abgedeckt. Seit Bea und Sandra in ihren jeweiligen Zimmern verschwunden waren, herrschte Ruhe im Haus. Eine angespannte Ruhe. Die Situation hatte sich nach Sandras Entscheidung grundlegend verändert. Wenn sie darauf bestand, allein in den Zeugenschutz zu gehen, mussten sie Bea zurückbringen.

»Hast du so etwas schon einmal erlebt?«, wollte Marlies irgendwann wissen.

Kari schüttelte den Kopf. »Ich habe keine Ahnung, was wir jetzt machen sollen.«

»Einfach alle eine Nacht drüber schlafen.« Arne hatte das Haus gesichert und kam nun zu ihnen. Er warf die Hausschlüssel auf den Tisch und ließ sich auf einem der Stühle nieder. »Was ist los mit den beiden?« Marlies brachte ihn kurz auf den Stand der Dinge. Auch er kannte eine solche Situation nicht. Wobei weder Marlies noch Kari wussten, was genau er normalerweise tat. Über seine Aufgaben und sein Einsatzgebiet hatte der Däne bisher geschwiegen. Ihnen nur verraten, dass gelegentliche Auslandseinsätze dazugehörten. »Darum hat mein Boss mich ausgewählt, nachdem euer Boss angefragt hat.«

Kari verstaute den letzten Teller und schaltete die Spülmaschine ein. »Jetzt bräuchte ich einen Schnaps«, sagte sie und stemmte sich die Fäuste ins schmerzende Kreuz.

»Da würde ich ebenfalls nicht nein sagen. Aber wir sind ja im Dienst.« Marlies schwenkte stattdessen die Teekanne.

»Unbedingt. Kräutermischung *Innere Ruhe* wäre nicht schlecht.«

»Was machen wir mit den Frauen?« Arne legte die Unterarme auf den Tisch.

»Ausdampfen lassen«, murmelte Marlies.

»Aus ... was?«

Kari lachte auf. »Wir warten, bis sich die Hitzeschwaden der Auseinandersetzung gelegt haben, bevor wir ein klärendes Gespräch mit Sandra führen.«

»Und mit Bea«, warf Marlies ein. »Sie darf auf keinen Fall das Gefühl haben, übergangen zu werden. Sie scheint momentan sowieso wütend auf die ganze Welt zu sein.«

»Mit fünfzehn bist du mittendrin in allem. Das Leben steht kopf, die eigene Unsicherheit brodelt. Dann noch so ein kalter Schnitt. Weg von Freundinnen, der Schule. Dabei noch die Mutter sehen, die sich neu orientiert.« Kari unterstrich ihre Worte mit einer vielsagenden Handbewegung.

»Sandra hat recht«, sagte Arne nachdenklich. »Sie wird nie sicher sein können. Die eigene Tochter bedeutet für sie Lebensgefahr.« Sie schwiegen, bis das Wasser kochte. »Ich lege mich aufs Ohr.« Mit diesen Worten erhob der Däne sich. »Ich übernehme die zweite Schicht. Wer weckt mich?«

Kari hob den Finger. Er nickte und verschwand.

»Wie war das Gespräch mit Jo?«, wollte Marlies wissen, kaum dass der Däne außer Hörweite war.

»Erhellend. Ich denke, ich verstehe jetzt einiges besser. Ein paar Dinge bleiben mir aber weiterhin schleierhaft.« Dass Jo Marlies so viel Vertrauen entgegenbrachte, zum Beispiel. Und warum er persönlich hier angereist war. Aber das sagte Kari nicht, denn Marlies würde es entweder auch nicht wissen oder nicht beantworten wollen.

»Wir brechen jetzt nichts übers Knie. Redest du morgen mit Bea?« Marlies nickte. »Gut, dann übernehme ich Sandra. Danach informieren wir Jo. Falls es dann noch nötig ist.«

Marlies wiegte zweifelnd den Kopf.

»Sie wird ihre Meinung nicht ändern. Keine von beiden wird das tun. Bea will zurück zum Vater. Sie ist komplett blind was seine kriminelle Ader betrifft. Sandra kann es sich nicht leisten, den Rest ihres Lebens in Angst davor verbringen zu müssen, von der eigenen Tochter verraten zu werden.«

»Es geht nicht nur um sie«, setzte Kari nachdenklich hinzu. »Sie liebt diesen Mann, mit dem sie in Verbindung steht. Heute hatte ich den Eindruck, sie macht sich mehr Sorgen um ihn als um sich selbst.«

»Seit sie telefoniert und ihn gewarnt hat, ist sie spürbar ruhiger geworden.«

Kurz danach verschwand Marlies, um sich aufs Ohr zu legen. Kari drehte eine letzte Runde im Haus, klappte den Laptop auf, der mit der Sicherheitskamera am Eingang verbunden war, und hing ihren Gedanken nach. Egal, wie die Stimmung morgen zwischen Sandra und ihrer Tochter sein würde, sie würde Jettes Wagen nach Utersum zurückbringen. Danach mussten sie die Abreise planen. Ob zusammen oder getrennt. Im Falle eines Falles würde Marlies Bea begleiten, sie selbst Sandra. Und Arne? Er hatte nur den Auftrag, sie im Schutzhaus zu unterstützen. Es war also davon auszugehen, dass sie auf dem Festland von einem weiteren kleinen Team erwartet wurden. Adrenalin strömte durch ihre Adern und machte sie so kribbelig, dass sie aufstand und hin und her lief. Sie würden Sandra nach Hamburg bringen. In ein Hotel, das nur das Festland-Team kannte. Dort würde sie dann am Dienstagmorgen abgeholt und zum Gerichtsgebäude gebracht werden. An der Stelle endete der Auftrag von Kari und Marlies. Andere Personenschützer oder –schützerinnen würden übernehmen. Sie erlaubte sich weiterzudenken. An Berlin. An ihre Rückkehr ins BKA. Sie zählte auf Jos Wort. Sie hatte sich bewährt, würde ihren Dienst wieder aufnehmen. Wenn nichts dazwischenkam. Sie schüttelte den Gedanken ab. Es durfte nichts dazwischenkommen. Alles würde gut gehen. Sie ließ einfach keine andere Vorstellung zu.

Kapitel 25

Insgeheim hatten alle drei gehofft, dass sich die angespannte Lage über Nacht beruhigt hätte. Doch als Kari am Samstagmorgen den Kopf von ihrem provisorischen Nachtlager hob – sie hatte auf der Couch im Wohnbereich geschlafen –, war das Erste, was sie sah, Beas verkniffene Miene, als sie aus dem Badezimmer zurück in ihre Kammer schlappte. Seufzend erhob sich Kari. Sie rekelte und streckte sich, machte ein paar Dehnübungen und lief drei Minuten lang so schnell sie konnte auf der Stelle, um ihren Kreislauf zu pushen.

»Hej«, erklang Arnes Stimme. »Willst du Kaffee?«

Kari bejahte, zog sich ein Sweatshirt über ihre Schlafbekleidung – eine ausgeleierte Jogginghose und ein altes T-Shirt – und tappte barfuß in die Küche. Marlies saß dort, sie hatte die letzte Schicht übernommen und schaute ein bisschen müde aus der Wäsche.

»Die beiden Streithennen haben sich nicht angenähert. Ich schlage vor, wir sprechen getrennt voneinander mit Sandra und Bea. Danach müssen wir entscheiden, was geschehen soll.« Marlies fuhr sich mit der

Hand müde über die Augen. Sie wirkte ratlos. Arne stand an den Fenstersims gelehnt.

»Ich kann euch übermorgen nicht begleiten«, seine Stimme klang bedauernd. »Mein Auftrag lautet, euch bis zur Abreise hier im Haus Rückendeckung zu geben.«

Kari und Marlies nickten beide. Sie hatten noch das Wochenende zu überstehen. Karis Blick fiel auf eine der Zeitschriften, die sie vor ein paar Tagen mitgebracht hatte. Am morgigen Sonntag war der 15. Mai. Sie schluckte.

»Leute, ich werde heute den Privatwagen zurückbringen. Und morgen ...« Sie hielt kurz inne. »... muss ich erneut zum Friedhof.«

Arne und Marlies blickten sie fragend an. »Ihr wisst ja inzwischen, dass meine Familie hier von der Insel kommt.« Marlies nickte, Arne zog erstaunt die Brauen nach oben. »Mein Vater ist dort begraben. Es ist sein Todestag.«

»Oh«, sagte Marlies. Arne legte den Kopf schief.

»Aber nur, wenn das okay für euch ist.«

Die beiden sahen sich an und bejahten.

»Danke«, murmelte Kari. Sie würde jedes Mal höchstens eine knappe Stunde unterwegs sein. Das war überschaubar und Marlies und Arne bildeten bereits ein eingespieltes Team. Blieb nur die Frage, wie es mit Mutter und Tochter Leonhardt weitergehen sollte.

»Ich bleibe bei meiner Entscheidung.« Sandra wirkte komplett ruhig. Sie saß auf dem Bett, die Hände in den Schoß gelegt, die Beine nebeneinandergestellt. Eine Haltung, die elegant und selbstsicher aussah. »Sie verstehen das hoffentlich. Ich liebe Bea. Aber wenn ich ihr nicht vertrauen kann, ist mein Leben nichts mehr wert.«

»Wie soll es denn mit Ihrer Tochter weitergehen?«

Sandra sah Kari mit leichtem Erstaunen im Blick an. »Wie bisher auch. Bea kehrt auf ihr Internat zurück. In drei Jahren ist sie volljährig. Dann kann sie tun und lassen, was sie möchte. Geld hat sie genug. Über ihren Vater kann man sagen, was man will. Vorgesorgt hat er für sie. Von meiner Seite bekommt sie die Villa als vorgezogenes Erbe. Sie kann sie verkaufen oder behalten, ganz wie sie möchte.« Sie hielt kurz inne und betrachtete ihre Hände. Kari fiel auf, dass die Nagelhaut an den Daumen stark strapaziert war. Also ging der Streit mit Bea keinesfalls spurlos an Sandra vorbei. »Natürlich hoffe ich, dass sie innerhalb dieser drei Jahre zur Vernunft kommt.«

»Was nichts mehr nützen wird. Sie dürfen keinen Kontakt zu ihr aufnehmen. Ihr Mann wird sich nicht auf freiem Fuß befinden, aber er wird nicht ruhen, bis er Sie gefunden hat. Ihre Worte, als Sie um Zeugenschutz baten.« Kari sah die andere aufmerksam an.

»Ja.« Sandra nickte bedächtig. »Ich weiß, was ich gesagt habe. Es war genau so gemeint. Das heißt, ich werde meine Tochter nach diesem Montag nie mehr wiedersehen.« Ihr Blick glitt zum Fenster und kehrte wieder zurück. »Jedenfalls nicht, solange mein Mann am Leben ist.«

»Sie wollen nicht doch versuchen, sie jetzt …«

Sandra unterbrach Kari mit einer heftigen Handbewegung. »Verstehen Sie endlich. Ich kann nichts mehr tun. Bea hasst mich, sie macht mich verantwortlich dafür, dass meine Ehe gescheitert ist. Solange sie nicht begreift, zu welchen Dingen ihr Vater imstande ist, wird sich daran nichts ändern. Sie sieht in mir die Ursache für das Übel, das kürzlich über sie hereingebrochen ist.«

»Ihr Mann sitzt schon seit geraumer Zeit in Untersuchungshaft. Hat sie sich nie Gedanken darüber gemacht, warum?«

»Ach!« Sandra senkte den Kopf. »Sie glaubt, das alles sei ein großer Irrtum. Dabei hat sie den Schlüssel zur Aufdeckung zumindest einer seiner Schandtaten selbst in der Hand. Sie weiß es nur noch nicht.«

»Was meinen Sie?«

»Die Pistole, mit der Gereon den Kleindealer erschossen hat. Sie liegt in einem Schließfach, zu dem nur ich und neuerdings auch sie Zugang haben. Dazu ein notariell beglaubigtes Dokument von mir, in dem alles steht. Ich habe das damals aus zweierlei Gründen gemacht: Einmal, um zu verhindern, dass Gereon die Waffe im Haus findet. Und damit Bea, wenn sie denn wollte, etwas gegen ihren Vater in der Hand hat, sollte ich nicht mehr dazu in der Lage sein, das Material zu verwenden.«

Marlies war mit Bea ebenfalls nicht weitergekommen.

»Sie befürchtet, in Zukunft keine Rolle mehr im Leben ihrer Mutter zu spielen. Die beiden haben schon seit längerer Zeit Probleme. Pubertät, wenn du mich fragst. Bea ist in einen Jungen auf ihrer Schule verknallt.«

»Oh weia. Haben die beiden was miteinander?«

»Nö. Er ahnt vermutlich nicht einmal, dass sie ihn anhimmelt.«

»Bea scheint leicht zu begeistern zu sein.« Karis Brauen zuckten vielsagend. »Sie macht keinen Hehl aus ihrer Bewunderung für dich. Und ihr glühender Blick auf Arne spricht ebenfalls Bände.«

»Das ist in der Tat auffallend.« Marlies schmunzelte. »Aber die Trennung von ihrem Schwarm, dass sie sich nicht einmal von ihm verabschieden konnte, praktisch über Nacht aus ihrem Leben gerissen wurde, das wirft sie ihrer Mutter vor.«

»Sandra hatte keine Wahl.«

»Habe ich ihr auch gesagt. Leider ist Bea ziemlich bockig. Ich glaube, sie hat noch nicht verstanden, was das alles heißt. Sie könnte ihre Mutter womöglich nie wieder sehen.«

»Was für eine verfahrene Situation.« Kari blies die Backen auf und atmete langsam aus.

»Dabei sehe ich durchaus die Möglichkeit, sie zum Nachdenken und Einlenken zu bewegen. Bea ist einfach aufgebracht. Verwirrt. Verängstigt, was die Zukunft bringt. Sie glaubt, ihre Mutter sieht sie nicht, hat kein Verständnis für sie und ihre Bedürfnisse. Ein solcher Entschluss ist dennoch heftig. Wir bräuchten mehr Zeit. Aber so ...« Marlies schüttelte bekümmert den Kopf.

Im Anschluss an diese ernüchternden Gespräche übernahm es Marlies, Jo zu informieren und um eine Entscheidung zu bitten, wie man weiterhin verfahren solle. Kari verschwand, um sich eine Jacke überzuziehen. Sie überlegte kurz, nahm dann das Prepaid-Handy von Bent aus ihrer Reisetasche und steckte es ebenfalls ein. Sie brauchte es nicht mehr und würde es in der Kate lassen. Danach packte sie ihr Rad in Jettes Volvo und machte sich auf den Weg nach Utersum.

Kapitel 26

Kari stellte den Wagen ab, kletterte heraus und ging zur Tür ihrer Nachbarin Jette Beckum. Sie war angelehnt. »Jette?«, rief sie ins Innere. Niemand antwortete. Sicherlich war die Ältere in ihrem Garten. Kari ging um das Gebäude herum. Jettes Kater kam ihr entgegen. Er miaute klagend, ließ sich aber nicht streicheln, sondern bewegte sich mit großen Sprüngen in Richtung Komposthaufen, wo er unter einem Holunderstrauch verschwand. Jette war nirgendwo zu sehen. Erfahrungsgemäß konnte sie nicht weit sein. Verschenkte vielleicht gerade selbstgezogenes Obst oder Gemüse an eine ihrer vielen Bekannten im Ort. Kari hob ihr Rad aus dem Kofferraum des Volvos, lehnte es an den Zaun ihres eigenen Grundstücks und ging zum Haus. Die Tür war zugezogen, aber nicht abgeschlossen. Irritiert starrte sie auf das Schloss. Wann war sie zuletzt hier gewesen? Sollte sie vergessen haben abzuschließen? Jette besaß einen Schlüssel, weil sie sich in Karis Abwesenheit um alles kümmerte. War sie drinnen? Kari öffnete die Tür. Innen war es kühl. Doch das war es nicht, was Kari frösteln ließ. Ein fremder Geruch lag in der Luft. Etwas, das sie mit etwas Unangenehmem assoziierte und das in ihr sofort einen Fluchtreflex auslöste. Vorsichtig trat sie in den kurzen Flur, der direkt in die Küche mit dem Essbereich mündete. Auf dem Esstisch lagen ein paar Umschläge. Jette musste sie aus dem Briefkasten gefischt und dorthin gelegt haben. Aber warum waren sie geöffnet? Das hatte Jette noch nie gemacht. Kari konnte von ihrem Standpunkt aus in die langgestreckte Küche sehen. Sie war leer. Die Hintertür zum Garten hinaus geschlossen.

»Jette?«, rief Kari. Sie bewegte sich zum Durchgang, der ins Wohnzimmer führte. Das Halbdunkel, das drinnen herrschte, irritierte sie. Zwar waren die Fenster klein, aber dazu waren jetzt die Vorhänge zugezogen. Das hatte sie selbst bestimmt nicht gemacht. Und warum sollte ihre Nachbarin so etwas tun? Kari betrat den niedrigen Wohnraum. Der vertraute Duft nach kaltem Feuerholz aus dem Kamin streifte ihre Nase. Sie hatte die Mitte des Zimmers fast erreicht, als sie wie von einer unsichtbaren Faust gestoppt stehenblieb. Etwas Dunkles, Kaltes hatte sich in die Atmosphäre geschlichen. Die Luft um sie herum schien schlagartig abzukühlen.

»Frau Lürsen, nehme ich an«, hörte sie eine männliche Stimme sagen. Langsam drehte sie sich um. Ein Mann war aus dem Schatten des ausladenden Holzschranks hervorgetreten, in dem Karis Großvater Hein die Andenken aus seiner Seefahrerzeit aufbewahrt hatte. Er war größer als sie. Muskulös. Das breite Gesicht wurde beherrscht von buschigen Brauen, die über der Nase zusammengewachsen waren. In seiner Rechten hielt er eine Waffe, die direkt auf sie gerichtet war. Schaudernd erkannte sie dasselbe Fabrikat, wie es bereits der Eindringling im Schutzhaus bei Witsum benutzt hatte. Aber dieser Mann, der ihr hier in ihrem eigenen Heim gegenüberstand, war nicht verletzt. Er war zudem größer und schwerer als der andere. Dennoch stellte sich für Kari nicht die Frage, wer ihn geschickt hatte. Ihr Blick umfasste den Raum. Sämtliche Schubladen waren herausgezogen, die Inhalte lagen auf dem Boden verstreut. Die Schränke standen offen. Der Kerl hatte etwas gesucht.

»Handy und Waffe.« Er unterstrich seine Worte mit einer entsprechenden Bewegung seiner linken Hand. Kari schluckte hart. Seine kalte Ruhe machte sie nervös.

»Los jetzt.« Er hob die Stimme nur minimal, doch seine Augen zeigten den grausam-unbeteiligten Schimmer, den sie häufig bei Menschen gesehen hatte, denen andere völlig egal waren.

»Okay«, murmelte sie. Unter seinen aufmerksamen Blicken holte sie ihre Waffe aus dem Holster, fasste sie lediglich mit den Fingerspitzen an und legte sie auf dem Esstisch ab.

»Handy«, schnarrte er.

Sie zögerte kurz. Griff in ihre Jackentasche. Holte das Prepaid-Gerät heraus und legte es neben die Waffe. Aufmerksam beobachtete sie ihn. Er schien sich nicht dafür zu interessieren. Wenn sie Glück hatte, würde sie an ihrem Diensthandy die Alarmtaste drücken können.

»Hände in die Luft.«

Sie befolgte seine Anweisung, hob die Arme, die Handflächen ihm zugewandt. Er checkte sie mit Blicken ab. »Zieh deine Hosenbeine nach oben«, forderte er sie auf. Verblüfft tat sie, was er wollte, und zeigte ihm, dass sie dort kein Messer bei sich trug. »Gut«, sagte er. »Und jetzt sag mir, wo sie sind.«

Trotz der beängstigenden Situation gelang es ihr, eine fragende Miene aufzusetzen.

»Sind wir schon beim *Du?*«, bemerkte sie spitz.

»Du bist bald im Jenseits, wenn du nicht antwortest.« Er unterstrich seine Worte, indem er ihr hart und schnell ins Gesicht schlug. Ihr Kopf flog zur Seite, ihre Wange brannte. Gleichzeitig setzte ein Klingeln in ihrem Ohr ein.

Er nahm sofort seinen bisherigen Standpunkt ein. Sie trat unauffällig etwas vom Tisch zurück, brachte mehr Entfernung zwischen sich und ihn.

»Noch einmal: Wo sind sie?«

»Wo ist wer?« Zeit schinden. Überlegen, wie sie die Situation drehen konnte. Ihr Blick erfasste den Raum hinter dem Mann. Ausschlaggebend war, dass sie nicht an ihm vorbei zur Tür kommen würde. Der Mann schwenkte die Waffe und schoss. Kein ohrenbetäubender Knall, denn er hatte einen Schalldämpfer auf seine Pistole aufgeschraubt. Entsetzt schaute Kari zu Boden. Die Kugel war in das alte Holz der Dielen eingeschlagen, hatte es an einer Stelle zersplittert. Direkt vor Karis rechtem Fuß.

»Falls du dich fragst – ich habe absichtlich einen Zentimeter daneben gezielt.«

Sie erkannte, dass es stimmte. Ein Zentimeter, mehr fehlte nicht.

»Was wollen Sie?«, schleuderte sie dem Mann entgegen. Würde es ihr gelingen, ihn zu überwältigen, wenn sie sich auf ihn warf? Als er sie geschlagen hatte, war er einen Schritt nähergekommen. So schnell und so überraschend, dass sie den Umstand nicht hatte für sich nutzen können. Wenn sie ihn erneut provozierte ...

»Wer sind Sie und wer schickt Sie?« Kari stemmte ihre Fäuste in die Hüften und funkelte den Fremden wütend an. Der ließ sich nicht noch einmal zu einem Schlag hinreißen. Seine Antwort bestand erneut aus einem Schuss. Dieses Mal schlug die Kugel direkt neben Karis linkem Fuß ein. Sie sprang zur Seite, in Richtung Kamin.

»Die Adresse!«, bellte er.

Karis Gedanken rasten. Ohne Waffe und auf die Entfernung hatte sie keine Chance gegen ihn. Gleichzeitig war ihr klar: Sobald er die Information hatte, die er wollte, wäre sie so gut wie tot. Ob er sie am Leben lassen würde, bis er ihre Angaben verifiziert hatte?

»Ich führe Sie hin«, sagte sie und ließ es so klingen, als fiele ihr das Sprechen schwer.

»Nicht nötig.« Er sah sie mit einem Ausdruck in den Augen an, der ihr Gänsehaut bereitete. Sie starrten sich an. Er trat einen Schritt zur Seite, hob die Waffe. »Dieses Mal schieße ich dir direkt ins Knie. Erst rechts. Dann links. Nach deinen Knien sind die Ellbogen dran.« Es klang, als ob er einen Einkaufszettel vorlas. Kari schauderte.

»Sie sind unterhalb von Witsum. In der Nähe der Godelmündung«, stieß sie hervor.

Er starrte sie an, brach in ein bellendes Lachen aus. Er wusste, dass sie dieses Haus bereits verlassen hatten. Er gehörte definitiv zu dem Eindringling, der sie dort aufgestöbert hatte.

»Und jetzt die Wahrheit!« Plötzlich brüllte er. Erschrocken trat Kari einen Schritt zurück. Ihre Gedanken rasten. Was sollte sie tun? Der Kerl hatte offensichtlich genug.

»Hinsetzen!«, bellte er, griff nach einem der Holzstühle, die am Wohnzimmertisch standen, und schob ihn ihr zu. Sie wusste, was gleich kommen würde, als er mit der Linken einen Kabelbinder aus der Hosentasche zog. Zuerst würde sie sich selbst damit die Knöchel zusammenbinden müssen. Danach die Arme hinter der Lehne so fest es ging. Den Rest konnte er dann selbst machen. Dann würde er sie foltern. Sie wusste, dass er keiner war, der auch nur das geringste Mitgefühl für sein Opfer zeigen würde. Früher oder später würde sie mit der Wahrheit rausrücken. Er hatte Zeit. Bis Marlies und Arne den Braten rochen, ihre Adresse ausfindig gemacht und hergefunden hatten, wäre sie vermutlich schon halb oder ganz tot. Sie wusste, sie durfte es nicht so weit kommen lassen. Sie griff nach dem Stuhl und warf ihn in seine Richtung. Sein Schuss durchschlug die Sitzfläche, aber er strauchelte und taumelte rückwärts. Der Weg zur Haustür war ihr durch ihn versperrt, also drehte sie sich um, öffnete eines der Fenster und sprang hinaus. Er kam ihr direkt hinterher. Eine Schar Spatzen flog krakelend aus einem der Obstbäume auf. Kari wollte in den Schuppen im hinteren Teil des Gartens flüchten. Dort waren ein paar Gartengeräte verstaut. Alt und rostig, aber sie konnte sie wenigstens zu ihrer Verteidigung einsetzen. Ihren ungebetenen Besucher niederschlagen. Den Alarmknopf ihres Handys drücken. Doch so weit kam sie nicht. Ihr Verfolger schloss schnell auf. Sie spürte bereits seinen Atem in ihrem Nacken und wusste, dass sie es nicht zur Scheune schaffen würde. Töten konnte er sie nicht, weil er Antworten von ihr brauchte. Aber Kerle wie dieser hatten keine Skrupel, jemandem in den Rücken zu schießen oder anderweitig schwer zu verletzen. Aus dem Sprint heraus ließ sie sich daher, zusammengekrümmt wie eine Kugel, zu Boden fallen. Er konnte nicht mehr rechtzeitig bremsen, stolperte über sie und geriet ins Taumeln. Kari, nun in seinem Rücken, trat kräftig von hinten gegen sein linkes Bein. Er knickte ein und sie schlug so fest sie konnte mit beiden Fäusten auf seinen Kopf ein. Doch der Kerl war hart im Nehmen, ließ das Schießeisen nicht los und drehte sich am Boden liegend auf den Rücken. Ein weiterer Schuss sirrte dicht an Karis Kopf vorbei. Im nächsten Moment tauchte am Rand ihres Sichtfeldes eine Gestalt auf.

»Weg«, wollte sie schreien, aber Jettes weißer Schopf war sowieso bereits wieder hinter der Ecke von Karis Haus verschwunden. Dieser Augenblick hatte dem Eindringling genügt, um wieder auf die Beine zu kommen. Gleich darauf explodierte ihr Kopf vor Schmerz. Der Killer hatte ihr heftig mit dem Pistolenkolben gegen den Kopf geschlagen. Sie fiel auf die Knie. Sein Fuß traf schmerzhaft auf ihre Schulter. Kari stöhnte. Sie rollte sich über das Gras, hob die Arme, um ihr Gesicht zu schützen. Er kam ihr nach und packte sie an den Haaren. Kari schrie auf, zog die Beine an und trat ihm gegen die Knöchel. Er fluchte und schlug erneut mit der Waffe nach ihr, traf aber statt des Kopfes ihre Schulter.

Trotz ihrer Schmerzen versuchte sie, auf allen vieren davonzukriechen. Er trat ihr brutal in den Rücken. Ihr blieb die Luft weg. Sie dachte, sie könnte nie wieder aufstehen. In dem Moment ertönte ein Schrei. Kari wandte den Kopf.

»Nein!«, wollte sie rufen. »Bleib weg!« Aber Jette dachte gar nicht daran. Nur mit einer dreizinkigen Mistgabel bewaffnet, die sie vor ihrem Körper hielt wie eine Lanze, stürmte sie auf Karis Peiniger zu. Der hob die Waffe. Kari versuchte, den Arm zu bewegen. Ihm gegen das Bein zu treten. Irgendetwas zu tun, damit er nicht zielen, nicht treffen konnte. Doch sie war durch den Tritt in den Rücken wie gelähmt. Kari schloss die Augen. Als sie den Schuss hörte, riss sie sie sofort wieder auf. Jette war noch da. Sie lebte. Sie hatte mitten im Lauf gestoppt, die Hände über den Kopf erhoben. Die Mistgabel war ihr aus der Hand geglitten und über den Rasen gerutscht. Der Mann lag auf den Knien. Es war, als wolle er Jette um Verzeihung bitten. Doch aus seinem Mund kam nur ein blubberndes Geräusch. Dann kippte er langsam vornüber. Jettes Augen wurden riesig. Sie presste die Faust gegen die Lippen.

Kari nahm die Arme vom Kopf und richtete sich verwirrt auf. Der Kerl rührte sich nicht mehr. Blut strömte aus einer Wunde an seinem Hals. Das Grün des Grases wurde dunkel. Ihr Blick glitt nach oben und zum Haus. Erfasste eine Person, die sie, weil sie sich halb im Inneren befand, im Gegenlicht schwer ausmachen konnte. Es dauerte daher einen Moment, bis sie erkannte, wer dort stand.

»Du?«, stammelte sie und erhob sich schwankend.

»Ja, ich«, antwortete ihre Mutter und ließ die Waffe
sinken.

Kapitel 27

Nachdem Trine Lürsen die Waffe hatte sinken lassen, waren Jette und Kari zu dem Mann auf dem Rasen gestürzt. Fassungslos starrte Kari auf die Wunde, die die Mistgabel in seinen Hals gerissen hatte. Das Blut floss jetzt nur noch spärlich. Der Auftragskiller war tot.

»Der Kerl ist bei mir eingebrochen«, informierte Kari die beiden anderen. Ihr war kalt.

»Mit einem Schießeisen? Was für ein übler Zeitgenosse.« Jette blickte angeekelt auf den Toten. Kari sagte nichts. Auch Trine schwieg. Sie hockte sich neben den Unbekannten am Boden und filzte ihn.

»Was machst du hier? Wie kommt es, dass du schießen kannst?« Kari hatte ihre Mutter niemals vorher mit einer Waffe in der Hand gesehen.

»Erste Frage: Ich bin hier, weil ich jedes Jahr am 15. Mai hier bin. Warum, brauche ich dir hoffentlich nicht zu erklären.« Kari starrte Trine an, als sei sie eine Fremde. Die Frau, die sie stets als kühl und beherrscht wahrgenommen hatte, kam jedes Jahr zum Todestag ihres verstorbenen Mannes aus Dänemark nach Föhr. Kari hätte alles Mögliche vermutet, aber das nicht.

»Ich habe Jette angerufen, die weiß Bescheid darüber«, fuhr Trine fort. »Sie hat mir bisher immer das Gästezimmer in Heins Kate hergerichtet. Pardon, es ist ja jetzt dein Haus. Ich war überrascht zu erfahren, dass du inzwischen hier lebst. Du hast seit Monaten nichts von dir hören lassen.« Trines helle blaue Augen musterten ihre Tochter fragend. »Zweite Frage: Ich habe bereits in meiner Jugend schießen gelernt. Mein Vater hat mich oft zur Jagd mitgenommen. Er hat es mir beigebracht.« Sie erhob sich, rieb sich den Nacken und starrte auf den Toten hinunter. »Die Haustür war offen. Im Wohnzimmer habe ich das Offensichtliche erkannt. Dann habe ich euch beide im Garten gesehen. Diese Brutalität, mit der der Kerl dich behandelt hat. Ich habe die Waffe genommen, um ihn zu stoppen. Nicht, um ihn zu töten.« Der Schuss hatte ihn dennoch mitten in die Brust getroffen. Karis Dienstwaffe, die ja die Dienstwaffe des erkrankten Kollegen war, lag jetzt auf dem Grasboden neben dem Toten. Es würde zu einer Menge Verwicklungen kommen. Bei einem tödlichen Schuss gab es interne Ermittlungen. Das Prozedere sah vor, dass die Waffe einem Vorgesetzten übergeben und die Geschehnisse untersucht wurden. Nur, dass das in diesem Fall alles etwas anders ablaufen würde.

»Ich muss meinen Boss anrufen«, murmelte Kari.

»Warum?«, wollte Trine zu deren Verwunderung wissen.

»Der Mann.« Kari zeigte mit der Hand auf den Mann am Boden. »Die Waffe.« Sie zeigte auf die Pistole. »Die ganzen Umstände.« Sie wedelte mit der Hand in der

Luft zwischen sich und ihrer Mutter herum. »Ich bin offiziell gar nicht … ich dürfte gar nicht. Es ist nicht einmal meine Waffe …« Sie brach ab, fuhr sich mit der Hand über die Stirn. »Egal. Du musst aussagen. Es war Nothilfe. Wir …«

Jette schaute grimmig zu dem Daliegenden hinunter.

»Er ist nicht tot, weil Trine ihn erschossen hat. Er ist tot, weil er mit dem Hals in den Zinken meiner Mistgabel gefallen ist.«

»Das ändert nichts daran, dass ich verpflichtet bin …«

»Wir lassen das.« Trines Stimme klang erstaunlich ruhig, als sie ihre Tochter unterbrach. Sie wirkte fast ein wenig belustigt.

»Wie bitte?«

»Wir lassen das. Der Mann war ein Killer. Du erzählst mir jetzt, was hier los ist.«

»Das kann ich nicht.«

»Aha. Und warum nicht? Ich bin deine Mutter.«

Das fällt dir spät ein, lag es Kari auf der Zunge.

»Es ist etwas Berufliches.«

»Du arbeitest in Berlin bei der Polizei. In der Verwaltung. Welchen Grund sollte jemand haben, dich hier auf Föhr mit einer Waffe zu bedrohen?« Trines Stimme zeigte deutlich, dass sie die Lügen ihrer Tochter nie geglaubt hatte. Oder hatte Carl, Karis Bruder, ihrer Mutter Bescheid gesagt? Und was genau wusste sie? »Ich vermute mal, dass du aktiv bist. In welcher polizeilichen Behörde auch immer. Und dieser Kerl«, sie nickte zu dem Toten, »wollte etwas von dir wissen. Sonst hätte er dich nicht nur malträtiert, sondern gleich erschossen. Außerdem habe ich das hier im Wohnzimmer gefunden. Ich denke, wir alle wissen, wie das geendet hätte.« Sie hielt den Kabelbinder in die Luft. Kari fuhr sich mit der Hand durchs Haar und ließ sich auf einen der Gartenstühle sinken, die locker auf dem Rasen verteilt standen. Auf einen Schlag war sie todmüde. Ausgerechnet jetzt vibrierte ihr Diensthandy.

»Meine Kollegin«, murmelte sie nach einem Blick auf das Display.

»Sag ihr, du bist aufgehalten worden. Wir müssen klären, wie das hier weitergeht.«

Kari starrte ihre Mutter an. Eine sehr schlanke Frau mit einem schmalen, hellen Gesicht. Das einstmals blonde Haar von Weiß durchsetzt. Aber weder das noch die Fältchen um Mund und Augen schmälerten ihre kühle nordische Schönheit. Trine sah ihre Tochter mitfühlend an. Sie beugte sich nach vorn und legte ihre Hand auf Karis. »Sag ihr, du brauchst noch etwas Zeit. Lass dir was einfallen.«

Mutter und Tochter sahen sich in die Augen. Kari schien es, als habe sie die Nähe ihrer Mutter niemals vorher so stark gespürt.

»In Ordnung«, sagte sie und nahm das Gespräch an.

Kapitel 28

»Meine Nachbarin. Sie war im Garten gestürzt und brauchte Hilfe.«

Über eine Stunde nach dem Überfall auf sie war Kari wieder zurück in Nieblum. Ihre Hände hatten gezittert, als sie das Rad neben der Garage abgestellt hatte. Sie verstand überhaupt nicht, was geschehen war. Wie hatte Trine so ruhig bleiben können beim Anblick des Toten? Sie hatte alles, was er bei sich getragen hatte, an sich genommen. Kari gebeten, ein Leintuch aus dem Haus zu holen. Die drei Frauen hatten den Mann darin eingewickelt und ans Grundstücksende gezerrt, ihn dort neben dem Schuppen liegen lassen. Kari war aufgefallen, dass Jette und Trine dabei einen beredten Blick getauscht hatten. Sie war ausgeschlossen von dem, was zwischen den beiden verabredet wurde.

Danach war Jette in ihr Haus gegangen und mit ein paar Flaschen voll geheimnisvoller Kräutertinkturen, Mullbinden und Pflastern zurückgekommen, um ihre jüngere Nachbarin zu versorgen. Kari hatte schmerzhafte Prellungen am Rücken und an den Hüften. Ihre

Rippen taten höllisch weh. Ihr Kopf ebenfalls. Nur mit Hilfe von starken Schmerzmitteln war es ihr überhaupt möglich gewesen, den Rückweg nach Nieblum anzutreten. Ihre Mutter hatte sie nämlich einfach weggeschickt. Sie solle sich, so deren Worte, keine Gedanken machen.

Jetzt stand Kari wieder hier. Es kam ihr vor, als wäre sie tagelang weg gewesen und würde in ein fremdes Land kommen. Im Haus roch es nach frisch gebackenem Brot. Arne und Sandra saßen in der Küche und tranken Kaffee. Marlies und Bea übten eine Yogastellung im Wohnbereich. Kari grüßte kurz und ging in den Garten hinaus. Dort atmete sie mehrfach tief durch, bevor sie ihren Chef anrief.

»Bist du noch auf der Insel?«, fragte sie ihn zu Beginn des Gesprächs. Nein, sagte er. Er sei bereits in Hamburg, um Sandras und Beas Ankunft vorzubereiten. »Sollen sie zusammen reisen? Trotz allem?«

»Unbedingt«, meinte er. »Das weitere Vorgehen klären wir, sobald ihr hier seid.«

»Jemand hat mich aufgespürt«, begann sie den schwierigen Part ihres Telefonats.

»Dich? Was meinst du damit?« Danach hörte Jo zu, ohne sie zu unterbrechen.

»Verstehe ich das richtig. Leonhardt weiß, dass ihr noch auf der Insel seid. Obwohl ich bei uns im BKA deutlich gestreut habe, dass wir die Zeugin aufs Festland haben bringen lassen. Er kennt euren Aufenthaltsort nicht. Aber er hat deinen Namen in Erfahrung gebracht und weiß, dass du eine der Personenschützerinnen bist?«

»Genau so. Der Auftragsmörder hat nicht lange gefackelt. Wollte sofort wissen, wo Sandra ist. Wusste, dass wir das Haus an der Godel verlassen haben, das ich ihm als Adresse genannt habe.« Sie konnte fast schon hören, wie er nachdachte. »Jo, wer weiß denn überhaupt, dass ich in diesem Einsatz dabei bin?«

»Ich. Du. Marlies.«

»Arne«, ergänzte sie.

»Hm. Er dürfte nicht wissen, dass du auf Föhr aufgewachsen bist.«

Kari biss sich auf die Lippen. Seit sie über das Grab ihres Vaters gesprochen hatte, wusste auch Arne darüber Bescheid.

»Aber das ist sowieso unerheblich«, fuhr Jo fort. »Denn wir alle vier wissen, wo sich Sandra aufhält. Kein Mensch würde einen Killer in dein Haus in Utersum schicken, wenn ihm diese Tatsache bekannt wäre.«

»Jemand in Berlin?«, mutmaßte Kari.

»Hm. Deine Meldeadresse ist dort. Dass du zurzeit auf Föhr bist, weiß niemand. Mir gegenüber hast du es mal beiläufig in einem Telefonat erwähnt. Hast sonst noch mit jemandem aus der Abteilung telefoniert?«

»Nein.« Da war sie sich sicher.

Er hielt kurz inne. »Selbst wenn. Die reine Tatsache bringt dich nicht in Verbindung mit Sandra Leonhardt und ihrem Aufenthaltsort. Offiziell bist du sowieso noch suspendiert.« Kari rieb sich die Stirn. Wer konnte Informationen über sie persönlich haben, wissen, dass sie als Personenschützerin von Sandra Leonhardt eingesetzt war, gleichzeitig aber keine Kenntnis von deren Aufenthaltsort haben? Das machte alles keinen Sinn!

»Du konntest ihn nicht befragen?«

»Jo, der Kerl wollte *mich* befragen. Er war derjenige mit der Waffe in der Hand. Als es mir gelang, ihn zu entwaffnen und nach meiner Dienstwaffe zu greifen, ist er geflüchtet.« Ob Jo ihr diese Geschichte glaubte oder nicht, war egal. Er konnte schließlich nicht das Gegenteil beweisen. »In mein Haus kann ich aus diesem Grund erst wieder zurück, wenn der Einsatz beendet ist.«

»Gibt es dort irgendwelche Hinweise auf deinen jetzigen Aufenthaltsort? Tankquittungen, Supermarktrechnungen oder Ähnliches?«

»Nichts dergleichen. Das Haus ist so sauber, dass man vermutlich nicht einmal feststellen könnte, wem es gehört.«

»Ist Lürsen auf der Insel ein seltener Name?«, wollte er noch wissen.

»Allerdings. Wer meinen Namen kennt, braucht nicht lange, um mich ausfindig zu machen.«

Wieder folgte eine lange Pause. Kari hörte ihren Vorgesetzten tief ausatmen, bevor sie verabredeten, dass Kari weder mit Marlies noch mit Arne über die Begegnung mit dem gedungenen Mörder reden sollte.

»Auf keinen Fall, ich wiederhole mich«, sagte Jo nachdrücklich. Sie versprach es leichten Herzens. Als sie ins Haus zurückkehrte, fühlte sie sich ein klein wenig erleichtert. Sie hatte nicht mehr das Gefühl, diese Last allein zu tragen.

Nach der ganzen Aufregung hatte sich Kari eine Stunde aufs Ohr gelegt. Sandra und Marlies bereiteten ein frühes und einfaches Abendessen zu. Kari über-

nahm die erste Nachtschicht. Als überall Ruhe einge-
kehrt war, setzte sie sich in die Küche und legte den
Kopf in die Hände. Trine mit der Waffe in der Hand.
Jette mit der Mistgabel. Das Blut, das über den grünen
Rasen floss, erst kräftig pulsierend, dann nur noch ein
Rinnsal. Der kühle Pragmatismus ihrer Mutter. Die Bli-
cke zwischen ihr und Jette. Unwillkürlich stöhnte Kari
auf.

»Hi.« Sie schreckte hoch. Marlies war durch die Tür
getreten und setzte sich zu ihr an den Tisch. »Was ist
los?«

»Ach nichts. Ich bin nicht so gut drauf heute.«

»Hattest du früher schon mal einen so vergurkten
Einsatz?«

»Würde ich so nicht nennen. Es gibt immer mal Situationen, in denen jemand überfordert ist. Bisher habe
ich Einzelpersonen oder Paare begleitet. Manchmal
muss das sehr schnell gehen. Da kommt die Seele nicht
so rasch mit. Beim Briefing für das weitere Leben gab
es durchaus mal große Augen. Menschen sind Gewohn-
heitstiere, für manche ist es ein echter Kampf, eine
neue Identität anzunehmen.«

»Ich weiß nicht, ob ich es könnte. Alles zurücklassen.«

»Für Sandra ist es kein Problem. Wenn ich es richtig
sehe, hat sie sich schon vor Jahren innerlich gelöst. Ein
neues Leben ist für sie die Rettung.«

»Für Bea eher nicht.« Marlies spielte mit einem bun-
ten Band an ihrem linken Arm.

»Was ist das?« Kari beugte sich nach vorne, um es besser sehen zu können.

»Ein Freundschaftsband. Das hat Bea mir geflochten.
Zum Andenken an sie, wie sie sagt.« Eine Weile hingen

sie beide schweigend ihren Gedanken nach. Bis Marlies wieder das Wort ergriff. »Arne und ich haben noch mal geredet. Über diesen Vogelkundler. Und den anderen.« Auch das noch. Kari musste ein Stöhnen unterdrücken. »Dieser Thönishoff ist überhaupt nicht verdächtig. Der andere aber schon. Arne hat Sandra gefragt, ob sie sich an etwas erinnern kann. Autokennzeichen oder so. Damit wir gegebenenfalls nachforschen können.«

»Und, konnte sie?«, fragte Kari müde.

»Ja«, erklärte Marlies zu ihrem Erstaunen. Sie zog einen zweimal gefalteten Zettel aus ihrer Hosentasche und hielt ihn Kari hin. »Sie wusste nicht mehr alles, aber das hier schon.«

»NF, das ist wohl kaum erstaunlich. Und die letzte Zahl, als ob wir damit was anfangen können«, meinte Kari. Ihr fiel in diesem Moment ein Stein vom Herzen. Wenn das alles war ...

»Hm. Wie man es nimmt. Sie erinnert sich an das Fabrikat und die Farbe. Es war ein roter Audi. Aber das ist nicht das Entscheidende. Denn du sagtest ja, es sei jemand gewesen, der nach dem Weg fragte. Ein Einheimischer sollte das auf einer so kleinen Insel nicht tun müssen.« Marlies sah ihr aufmerksam ins Gesicht.

Kari barg erneut den Kopf in den Händen. Sollte sie ihrer Kollegin die Wahrheit sagen? Warum eigentlich nicht. Sie hatte nichts Verbotenes getan. War sich sicher, dass Bent Sörensen kein von Gereon Leonhardt bezahlter Killer war. Gut, er hatte Sandra als dessen Ehefrau erkannt. Aber sie ganz bestimmt nicht verraten. Das jedenfalls hoffte sie.

»Hör zu«, begann Kari. »Ich kenne den Mann. Sein Name ist Bent Sörensen und von ihm geht keine Gefahr für Sandra und Bea aus.«

»Woher willst du das so genau wissen?«

»Er ist ein harmloser Kneipenwirt aus Utersum.« Sie sah ihre Kollegin beschwörend an. »Er war zum falschen Moment am falschen Ort. Aber ich würde die Hand für ihn ins Feuer legen«, setzte sie hinzu. Senkte dabei die Augen. Würde sie das? War sie sich sicher?

Ein Geräusch, das aus dem Flur hereindrang, veranlasste beide, die Köpfe zu drehen. Marlies sprang auf und riss die einen Spaltbreit offenstehende Tür ganz auf. »Niemand da.« Sie setzte sich und strich sich mit der Hand über das kurze Haar.

»Warum hast du das nicht gleich gesagt?« Marlies musterte sie streng. Sie hatte recht. Kari hätte diese Begegnung nicht herunterspielen dürfen. Sie hatte es aus zweierlei Gründen getan: Erstens, um Bent nicht in diese Sache mit hineinzuziehen. Gleichzeitig wollte sie selbst nicht von diesem Fall abgezogen werden. Einen weiteren Flop, der ihr die in Aussicht gestellte Rückkehr in den aktiven Dienst vermasseln könnte, konnte sie sich nicht leisten. Gut, dass Marlies bereits weitersprach. »Na ja, er war es jedenfalls nicht, der uns überfallen hat. Größe und Statur passen nicht.«

Als Marlies sich schlafen gelegt hatte, blieb Kari in der Küche sitzen. Tausend Gedanken stoben durch ihr Hirn wie Schneeflocken bei heftigem Wind. Mit ihrer Mutter hatte sie sich nie besonders gut verstanden. Trine war ihr zu wenig herzlich, fürsorglich gewesen. Nach dem Tod ihres geliebten Vaters hatte sich Kari noch weiter von ihr entfernt. Der Verkauf des Familienhauses und ihr Wegzug nach Dänemark, ihrem Herkunftsland, hatten ein Übriges getan. Seit Monaten herrschte totale Funkstille. Dass sie auf einmal vor ihr gestanden hatte, war schon überraschend genug gewesen. Dass sie schießen konnte, ebenfalls. Kari überlegte krampfhaft. War ihre Mutter jemals Mitglied in einem Schützenverein gewesen? Hatte sie eine Waffe besessen? Nein. Karis Erinnerung zeigte nichts dergleichen. Noch etwas wurmte sie. Jette und Trine hatten sie weggeschickt. *Wir regeln das*, hatte es geheißen. Kari hatte das zugelassen, wohl wissend, dass das, was die beiden vorhatten, keineswegs mit Recht und Gesetz zu vereinbaren war. Die Polizei zu benachrichtigen kam nicht infrage, so viel stand fest. Kari fühlte sich hin- und hergerissen. Der Mann war ein bezahlter Killer gewesen. Er hatte den Auftrag gehabt, Sandra Leonhardt zu finden und zu liquidieren. Er hätte auch sie, Kari, getötet. Jette wäre ohne Trines Eingreifen tot. Dass der Mann unglücklich gestürzt und verblutet war, tat nichts zur Sache. Ein Polizeieinsatz hätte Aufmerksamkeit erregt. Genau das, was Jo vermeiden wollte. Die Frage, wer mit der Dienstwaffe eines BKA-Beamten geschossen hatte und warum, hätte die Diskussion beherrscht. Eine Rückkehr Karis zum Schutzhaus wäre in einer solchen Situation undenkbar gewesen. Jo hatte die Ausrede geschluckt. Kari rieb sich heftig die Stirn. Der Mann hatte nicht viel bei sich getragen. Einen Führerschein und die Papiere eines Leihwagens vom Festland. Zwei Messer, am Knöchel in einem Holster befestigt. Munition für seine Waffe. Kein Handy. Sie würden es womöglich im

Wagen finden. Den zu suchen, hatte sich Trine aufge-
macht.

»Er kann nicht weit entfernt stehen. Ich werde ihn
ausfindig machen.« Dann hatte sie Kari weggeschickt.
Sie sollte gar nicht mitbekommen, was jetzt geschah.
Sie fügte sich. Obwohl sie sich wie ein Kind behandelt
fühlte. Sie sprang auf und tigerte unruhig durch die
dunkle Wohnung. Alle schliefen. Es war so ruhig, dass
es fast schon unheimlich war. Der morgige Sonntag
würde hoffentlich schnell vorübergehen. Der Montag
mit dem Packen und dem Saubermachen des Hauses
sowieso. In Hamburg übernahm ein neues Team. Kari
hoffte, dass sie Jo dort antreffen und die Gelegenheit zu
einem Gespräch haben würde.

Kapitel 29

Am Sonntagmorgen erwachte Kari beim ersten Tageslicht. Sie nickte Arne zu, der im Wohnzimmer saß und las. Dann duschte sie, befühlte vorsichtig die schmerzende Beule unter ihrem Haar und betupfte die in allen Farben schillernden Blutergüsse am Körper mit Jettes Tinktur. Danach bereitete sie in der Küche eine frische Kanne Kaffee. Sie wäre gerne nach draußen gegangen, zu einer langen Joggingrunde aufgebrochen. Aber das konnte sie in ihrem Zustand knicken. Da sie aber später sowieso noch zum Friedhof wollte und Marlies und Arne allein lassen musste, verzichtete sie auch auf einen Spaziergang.

»Versuch das Brot. Es ist lecker.« Der Däne tauchte in der Küche auf. Er bediente sich am Kaffee und zeigte auf ein Kastenbrot, das verführerisch duftete.

»Du bist gut beim Kochen und Backen«, stellte Kari fest. Er nickte lächelnd. Als er die Tasse hob, fiel ihr Blick auf das Freundschaftsband an seinem Arm. »Von Bea?«

»Jepp. Sie meinte, es solle ein Andenken sein.«

Kari rührte etwas Zucker in ihren Kaffee und trank in kleinen Schlucken. »Wie geht es weiter bei dir?«

»Du meinst morgen?« Er lehnte sich entspannt gegen den Türrahmen. »Sobald ihr die Insel sicher verlassen habt, geht es für mich erst nach Kopenhagen, danach in den Urlaub.«

»Und wohin, wenn ich fragen darf?«

Er lachte. »Wir Dänen lieben es in den Ferien sonnig. Inselhopping in Griechenland.«

Kari, die gar nicht mehr wusste, wann sie zuletzt Urlaub gemacht hatte, mit Ausnahme des zwangsweisen Aufenthalts auf Föhr, nickte versonnen.

»Stelle ich mir schön vor.«

»Segelst du?«

»Oh. Nein. Das nicht.« Sie winkte lachend ab. »Alle in meiner Familie sind Wasserratten. Ich schlage da aus der Art und halte mich lieber an Land auf.«

Ihr Handy vibrierte und mit einem entschuldigenden Blick verließ sie die Küche.

»Wir haben Sandra Leonhardts Behauptung überprüft«, begann Jo ohne jede Anrede. Ein Zeichen dafür, dass das, was er gleich sagen würde, wichtig war. »Das gesamte Grundstück der Leonhardts wurde mit Spürhunden abgesucht. Nichts. Nada. Niente. Kein Toter unter einem Busch oder anderswo. Die einzigen sterblichen Überreste stammten von Kaninchen und Meerschweinchen.«

»Habt ihr überall gesucht?« Was hatte Sandra ihr erzählt?

Er hat den Toten im Garten begraben. Einen Rosenstock darauf setzen lassen. Solange er blühte, stand jeden Morgen eine Blume auf meinem Frühstückstisch.

Leonhardts Imperium war groß. Er besaß neben der Hamburger Villa noch andere Immobilien. Aber davon hatte Sandra nicht gesprochen. Es war klar gewesen, sie meinte die Villa, in der die Familie lebte.

»Seid ihr sicher, dass nichts übersehen wurde?«

»Kari, bitte!«

»Es berührt das Kernthema des Prozesses ja nicht«, sagte sie lahm.

»Das nicht. Aber ich frage mich, wie verlässlich diese Zeugin überhaupt ist.«

Diese Zeugin zog es an diesem Morgen vor, lange zu schlafen. Während Arne Bea Kartenkunststücke beibrachte und Marlies joggen ging, lief Kari nervös im Haus herum. Sie konnte sich auf nichts konzentrieren. Wäre am liebsten nach Utersum zurückgefahren. Bis sie sich eingestand, dass sie gar nicht wissen wollte, wie alles weitergegangen war. Mit halbem Ohr hörte sie zu, was der dänische Kollege mit Bea sprach. Bis plötzlich ein paar Worte sie dazu brachten, die Ohren zu spitzen.

»Ich bin es gewohnt, auf mich aufzupassen«, sagte Bea. »Außerdem hatten wir alle Bodyguards. Mein Vater, weil er ein erfolgreicher Unternehmer ist. Ich, weil ich seine Tochter bin.« Sie erläuterte, dass sowohl ihre Nanny als auch ihr Chauffeur über eine entsprechende Ausbildung verfügten. »Du könntest mein neuer Beschützer sein«, lockte sie. Arne lachte.

»Ich bringe dir lieber noch ein bisschen was über Selbstverteidigung bei.« Bea schmollte, konnte dem charmanten Kerl aber nicht böse sein. Wenige Minuten später lachten sie schon wieder zusammen. Als Arne aufstand, um kurz rauszugehen, bewegte sich Kari auf Bea zu.

»Hatten du und deine Mutter auch Bodyguards?« Bea sah mit einem gelangweilten Blick auf. »Sage ich doch. Meine Mutter aber immer Frauen. Die sind weniger aufgefallen, wenn sie sie bei ihren Shopping-Exzessen begleitet haben.«

Kari wandte sich ab, als Arne zurückkehrte. Er klatschte in die Hände und fragte Bea, ob sie Lust habe, sich mit ihm in der Küche zu betätigen. Begeistert sprang sie auf und folgte ihm. Auf Kari machte sie den Eindruck, als genieße sie es durchaus, im Mittelpunkt zu stehen, gesehen zu werden. Etwas, das ihre Mutter ihr nicht gab oder nicht geben konnte. Beas Äußerung war verwirrend. Wenn Sandras Bodyguard eine Frau war, hatte sie dann gelogen mit ihrer Aussage über den Gesprächspartner? Befand sie sich in einer lesbischen Liebesbeziehung? Zusammen mit dem, was Jo ihr am Telefon erzählt hatte, ergab das kein ehrliches Bild. Nun tauchte eine Erinnerung auf. Sandra, die kürzlich vor dem Fernseher gesessen hatte. Ein alter Schwarz-weißfilm mit Marlene Dietrich im Programm. Marokko. Gleichzeitig musste Kari an einen anderen Film der Diva denken. Ein Gerichtsdrama. Es ging darum, dass eine Frau gegen ihren ehemaligen Liebhaber aussagte. Als diese Aussage sich als falsch entpuppte, war er ein freier Mann. Er konnte nicht mehr für dieses Verbrechen angeklagt werden. Wie sich herausstellte, war alles eine abgekartete Sache und genau so geplant gewesen. Kari wurde kalt. Was, wenn Sandra sie alle belog? Nicht nur mit der Geschichte über das Mordopfer im Garten. Mit der Beziehung zu einem oder einer Bodyguard. Sondern darüber hinaus mit dem, was sie angeblich über Gereon Leonhardt in der Hand hielt. Nur, um ihren Mann offiziell mit Aussagen zu belasten, die im Prozess widerlegt werden konnten? Dann wäre das Verfahren geplatzt, Leonhardt würde das Gericht als freier Mann verlassen. Sie und alle anderen stünden wieder am Anfang. Hinter ihrer Stirn pochte es. In diesem Fall wäre auch der Überfall fingiert gewesen. Und klar, dass Sandra die Tippgeberin über ihren Aufenthaltsort gewesen war. Sie musste Jo einen dahingehenden Hinweis geben, falls er selbst bisher nicht darauf gekommen war. Aber erst wollte sie Sandra auf den Zahn fühlen.

Die geruhte an diesem Tag erst spät aus ihrem Zimmer zu kommen. Sie sah schlimm aus. Alle konnten sehen, dass sie geweint hatte. Ohne ein Wort mit jemandem zu wechseln, verschwand sie im Badezimmer. Das Wasser rauschte lange. Danach hörte man den Föhn. Erst geraume Zeit später tauchte sie wieder auf.

»Ich muss mit Ihnen reden.« Marlies, inzwischen zurück von ihrer Joggingrunde, kam Kari zuvor. Sie wirkte ernst und Kari fragte sich, ob auch sie einen Anruf von Jo erhalten hatte. Die beiden verschwanden in Sandras Zimmer. Sie musste sich gedulden. Beas Kichern drang aus der Küche in den Wohnbereich. Wenigstens eine, die an diesem Tag gute Laune verbreitete. Eine gute halbe Stunde nachdem Sandra und Marlies sich zurückgezogen hatten, kam Karis Kollegin aus dem Zimmer.

»Was ist los?«, fragte Kari sie.

Die Antwort bestand aus einer Kopfbewegung hin zu dem Raum, den die beiden Beamtinnen abwechselnd als Schlafzimmer nutzten.

»In einem von Leonhardts Autos wurden Hinweise auf einen unserer Beamten gefunden.«

»Was denn?«

»Blutspuren. Anhand der DNA konnten sie zugeordnet werden.«

Kari spürte, wie das Blut aus ihrem Gesicht wich. »Was hat das denn zu bedeuten?«

»Frag nicht mich. Jo rief vorhin an. Sie sind mit Leichenspürhunden auf dem Gelände unterwegs gewesen. Einer hat so heftig angeschlagen, dass sie glaubten, etwas gefunden zu haben. Aber da lag kein Toter begraben. Dafür haben sie diese Blutspuren in einem Geländewagen entdeckt.«

»Waren sie ... frisch?«

»Nein. Mit bloßem Auge nicht zu erkennen. Die KTU musste kommen.«

»Keine Leiche?«

Marlies schüttelte bedächtig den Kopf.

»Die Identität des Kollegen steht dadurch also fest?«

»Jo gegenüber hält man sich diesbezüglich immer noch bedeckt. Was wir dennoch wissen: Es handelt sich bei dem Blut um das des verdeckten Ermittlers, der bei Leonhardt eingeschleust wurde.«

Kari schaute mit gerunzelter Stirn vor sich hin.

»Okay, wir kennen also den Namen des Mannes nicht. Lass uns dennoch mal rekapitulieren, was wir wissen. Sandra sagte, sie habe mit ihrem bisherigen Bodyguard telefoniert. Einem Mann, dem sie blind vertraut. Der ihr Geliebter ist, wie wir von Bea wissen. Dieser Mann nutzt das uns bekannte Handy des verdeckten Ermittlers. Es handelt sich also höchstwahrscheinlich um dieselbe Person. Was bedeutet, dass der verdeckte Ermittler eine Affäre mit der Ehefrau seiner Zielperson angefangen hat. Ob echt oder gefakt. Seine Blutspuren haben wir jetzt in einem Wagen aus Leonhardts Fuhrpark gefunden. Das bedeutet, dass es sich um keine tödliche Verletzung handelt, der Mann noch lebt, denn sonst könnte er nicht mit Sandra telefonieren.« Sie hielt kurz inne, bevor sie fortfuhr. »Oder man hat ihn bereits vor einiger Zeit enttarnt und getötet. Derjenige, der das Handy weiterhin nutzt ist Sandras Lover und ahnt vielleicht nicht, dass wir das Mobilgerät zuordnen können.«

»Letzteres wirkt auf mich nicht überzeugend. Zu viele Wenn und Abers.«

»Ich tendiere ebenfalls zu Version eins. Wie auch immer seine Blutspuren ins Auto kamen.«

»Gibt es noch mehr Hinweise auf ihn? Was ist mit der Villa? Hat man sie ein weiteres Mal durchsucht?«

»Bisher nicht. Das Haus gehört ja Sandra. Offiziell steht es derzeit leer. Sämtliche Bewohner sitzen im Knast oder in Schutzhaft. Die Haushälterin ist die Einzige, die dort ausharrt und nach dem Rechten sieht.«

»Ich muss mit Sandra reden«, befand Kari.

»Besser nicht.« Marlies legte ihrer Kollegin die Hand auf den Arm. »Jo möchte, dass wir uns jetzt auf unser Kernthema konzentrieren. Die beiden zu schützen. In Hamburg wird Sandra von einer speziell geschulten Kollegin befragt werden. Ich glaube, die Staatsanwaltschaft will sichergehen, dass sie kein faules Ei ist.«

So wie es aussah, hatte Jo dieselbe Befürchtung wie sie. Kari nickte. Schweren Herzens. Sie hätte gerne von Sandra wissen wollen, was von ihren Behauptungen gelogen und was wahr war. Womöglich würde sie es aber nie erfahren.

Kapitel 30

Kari dachte weiter über das Gespräch nach, als sie zum Friedhof fuhr. Sie hatte den Corsa genommen, das kleinere der beiden Dienstfahrzeuge. Der Tag war ungewöhnlich windstill, am Himmel wechselten sich Sonne und Wolken ab. Rudel von bunt gekleideten und gut gelaunten Fahrradtouristen bahnten sich ihre Wege durch die Marschwiesen und entlang der Straßen. In Süderende stellte Kari den Wagen ab. Als Erstes ging sie zum Pfarrhaus. Der Gottesdienst war bereits vorbei und Sesle stand mit ihrem Sohn, dem dreijährigen Lars, an der Hand vor dem Haus. Die beiden beobachteten eine Raupe, die sich über das saftige Gras des Rasens bewegte.

»Daraus wird dann mal ein schöner Schmetterling«, hörte Kari ihre Freundin sagen, bevor sie sie bemerkte.

»Hallo du!«, rief sie und winkte. Als Antwort schloss Kari ihre Arme um Sesle und hielt sie einige Augenblicke fest. Beim Loslassen trafen sich ihre Blicke. Die

Pfarrerin rückte ihre Brille zurecht und sah Kari nachdenklich an. »Alles gut gegangen bis jetzt?« Kari nickte und schluckte den Kloß im Hals hinunter.

»Wir verlassen das Haus morgen. Genaue Uhrzeit weiß ich bisher nicht. Wir räumen alles auf. Sollte Magnus aber zusätzlich durch uns Auslagen haben, soll er sich gerne an mich wenden.«

»Er ist unterwegs. Magst du warten?«

Kari schüttelte den Kopf. »Ich gehe nur kurz rüber zum Grab meines Vaters und dann zurück.«

Sesle nickte verstehend.

»Wir sehen uns, sobald mein Auftrag beendet ist. Dann sage ich Magnus selbst, wie dankbar ich für seine Hilfe bin.«

Im Anschluss an das Gespräch ging Kari zum Friedhof St. Laurentii hinüber. Schon von Weitem erblickte sie die schmale Gestalt ihrer Mutter. Trine stand aufrecht am Grab ihres Mannes, die Hände locker vor dem Körper gefaltet. Sie schien völlig in Gedanken versunken. Erst als Kari neben sie trat, blickte sie auf.

»Er fehlt mir«, sagte sie schlicht. Sie tastete in ihrem blassblauen Trenchcoat nach einem Taschentuch und schnäuzte sich.

»Mir fehlt er ebenfalls«, antwortete Kari. Sie blickte auf die dunkelroten Rosen, die vor ihnen in einer Vase standen. »Ich habe gar keine Blumen dabei«, stellte sie tonlos fest.

»Er wird es dir verzeihen. Er hat dir immer alles verziehen.« Trine steckte das Taschentuch weg und sah ihre Tochter mit einem halben Lächeln an.

»Das war seine Art«, bestätigte Kari.

»Im Gegensatz zu mir?« In Trines Augen lag ein spitz-
bübischer Ausdruck.

Ja, hätte Kari gerne gesagt. Und gefragt, warum Trine
ihr gegenüber immer so verdammt reserviert geblieben
war. Sie schluckte es hinunter. Weder der Ort noch der
Zeitpunkt waren richtig.

»Vermutlich hast du mir gestern das Leben gerettet«,
erwiderte sie stattdessen. Trine blieb stumm, blickte
mit gefalteten Händen auf das Grab. Es war ihre Art, ein
Gespräch zu beenden, bevor es angefangen hatte. Kari
seufzte. »Wie lange bleibst du?« Jetzt hob ihre Mutter
den Kopf. Starrte in den Himmel, als verberge sich die
Antwort dort in den wie hingetupft wirkenden weißen
Wolken.

»Solange du möchtest. Wir sollten mal miteinander
reden.«

Überrascht sah Kari sie an. »Danke«, sagte sie schließlich. Weil sie nicht wusste, was sie sonst hätte sagen sollen.

Am frühen Sonntagnachmittag kam der Anruf. Jo gab
die Anweisung, das Haus am Folgetag um dreizehn Uhr
zu verlassen.

»Wir haben einen Hubschrauber gechartert. Er wird
um halb zwei vom Flughafen in Wyk abheben und
euch nach Hamburg bringen. Dort werdet ihr abgeholt.«

Endlich ein Zeitziel vor Augen zu haben führte zu einem spürbaren Durchatmen bei Marlies. Kari würde
ebenfalls packen, weil sie eine Nacht in Hamburg verbringen musste. Sie rief Magnus an und informierte
ihn über ihre Pläne.

»Es reicht, wenn du mir die Schlüssel irgendwann nächste Woche vorbeibringst. Ich kann auf jeden Fall ins Haus.« Und ja, sie könne ihr Rad in der Garage stehen lassen und abholen, wann immer es passte.

Als sie nach dem Gespräch ihr Handy checkte, bemerkte sie den niedrigen Stand des Akkus. Das Ladekabel teilte sie sich mit Marlies. Sie hatte es zuletzt in der Küche gesehen, doch dort lag es nicht mehr. Als sie gleich darauf schwungvoll die Tür zu dem von ihnen gemeinsam genutzten Schlafraum aufriss, sprang Marlies erschrocken vom Bett auf. Sie ließ ihr Handy sinken und starrte Kari fragend an.

»Sorry«, formte die tonlos mit den Lippen und deutete auf das Kabel. Sie klaubte es vom Nachttisch und verließ das Zimmer. Marlies kam kurz darauf zu ihr. »Was Neues von Jo?«, wollte Kari wissen. Bei ihr war kein Anruf eingegangen.

»Nichts. Wir sollen pünktlich sein und die beiden Dienstwagen am Flughafen stehen lassen. Jemand kommt, um sie abzuholen.«

Der restliche Sonntag verging mit den Vorbereitungen zur Abreise. Alles, was sie an Geschirr und Wäsche für die letzten Stunden ihres Aufenthalts nicht mehr benötigten, wurde gesäubert und in den Kisten verstaut, aus denen sie es herausgenommen hatten. Kari saugte Staub, Sandra putzte die Küche, Bea das Bad. Arne und Marlies leerten die Mülleimer, anschließend checkten sie den Benzin- und Ölstand der beiden Autos. Niemand hatte Lust zu kochen oder auf ein gemeinsames Essen. Kari stellte Brot, Butter, Wurst und Käse auf den Tisch, dazu Tomaten und Radieschen. Marlies kochte Kräutertee. Einzeln kamen und gingen sie, wie sie gerade hungrig waren. Schon kurz nach zweiundzwanzig Uhr verzogen sich Sandra, Bea, Kari und Arne. Die Nacht verlief ruhig. Es schien, als sei mit dem Tod des Killers in Karis Garten die Gefahr gebannt.

Kapitel 31

Karis Nacht endete am Montag gegen sieben. Sie zog die von ihr benutzte Bettwäsche ab und packte sie, zusammen mit der von Marlies, in die Maschine, wählte dabei einen Kurzwaschgang, damit genug Zeit blieb, alles danach noch durch den Trockner zu jagen. Arne hatte Frühstück gemacht. Er wirkte aufgeräumt und guter Dinge. Er ahnte nicht, was sich hinter den Kulissen abspielte, das war gut so. Jetzt ging er erst einmal eine Runde laufen.

Sandra kam aus ihrem Zimmer und klopfte bei Bea. Daraufhin entspann sich ein kurzes und heftiges Streitgespräch zwischen Mutter und Tochter an der Tür.

»Sie will sich nicht einmal von mir verabschieden«, murmelte Sandra, als sie zu Kari in die Küche kam.

»Muss sie ja noch nicht. Wir fliegen gemeinsam nach Hamburg.«

Sandra wirkte, als habe sie etwas auf dem Herzen. Unruhig spielten ihre Finger mit dem Saum der Bluse, die sie locker über einer Designerjeans trug.

»Wann bekomme ich mein Handy zurück?«

Kari runzelte die Stirn. »Ich weiß es nicht. Vielleicht können Sie es am Dienstag vom Gericht aus nutzen. Nach Ihrer Aussage wird man Ihnen ein neues Gerät geben. Eines, dessen Nummer niemand aus Ihrer Vergangenheit kennen darf.«

»Und Bea?« Ihre Augen wirkten umschattet. Kari schüttelte den Kopf. Die beiden sahen sich eine Weile schweigend an. Sandra seufzte. »Ich konnte ihr bisher nicht erklären, was im Safe auf sie wartet. Ich selbst werde den Inhalt wohl kaum herausholen.«

Kari spürte ein Prickeln auf der Kopfhaut. Jo hatte klare Anweisung gegeben – kein Wort zu Sandra über die erfolglose Suche in ihrem Garten. Aber die Hausherrin wusste gar nichts von der Aktion. Warum nicht ein bisschen auf den Busch klopfen?

»Würde sie … das Grab … denn finden?«

»Natürlich. Ich habe es genau beschrieben.«

»Vermutlich ist ihr Grundstück recht groß.«

Verwirrt blickte Sandra auf. »Ja, aber dort liegt der Tote ja nicht.«

Das Prickeln verstärkte sich. Kari ging zur Küchentür und schloss sie behutsam bis auf einen Spalt.

»Dann habe ich das wohl missverstanden. Der Rosenbusch und so.« Sie ließ es beiläufig klingen. Beobachtete die Reaktion ihres Gegenüber dabei genau.

»Es gibt etwas, das Sie nicht wissen. Vermutlich weiß es auch die Staatsanwaltschaft nicht. Und Bea … ich habe keine Ahnung, ob sie bereit ist, ihrem Vater mit dem, was sie im Safe finden wird, zu schaden. Eher nicht, oder?« Sie sah Kari mit einem unsicheren Lächeln an. Die zuckte mit den Schultern.

»Das ist momentan schwierig einzuordnen«, gab sie zu.

Sandra strich sich mit den Fingerspitzen über die Stirn. »Was, wenn er mich erwischt? Bevor ich ausgesagt habe?« Ihr angestrengter Gesichtsausdruck sagte etwas aus über die Unruhe, die in ihrem Inneren vorherrschte.

»Wir sind da, damit das nicht geschieht.« Schon als Kari die Worte aussprach, hörte sie den nervösen Unterton. Sandra wusste nur von dem Überfall im Haus an der Godel. Wenn sie auch nur ahnen würde, was am Vortag in Karis Haus in Utersum geschehen war, würde sie dann noch auf diesen Schutz bauen? Sandras Blick huschte zur Tür. Sie atmete tief aus.

»Sollte es mich erwischen, bevor ich meine Aussage mache, müssen Sie etwas veranlassen.« Ihr Blick lag fest auf Kari, bis diese vorsichtig nickte.

»Wenn es mir möglich ist.«

»Gut.« Wieder dieser nervöse Blick zur Tür. Sandra ging ein paar Schritte im Raum hin und her. Dabei knetete sie ihre Finger. »Das Nachbargrundstück unserer Villa gehört keiner Privatperson. Eine Firma hat es vor einigen Jahren gekauft. Das alte Haus dort wurde nicht abgerissen, sondern alles wurde so gelassen, wie es war. Äußerlich. Im Inneren wurde allerdings kräftig umgebaut. Sicherheitstechnik. Schalldichte und abhörsichere Räume. Wenn man es betritt, wähnt man sich in einer Firmenzentrale. Und genau das ist es auch, wobei es offiziell als Besucherhaus der Briefkastenfirma, der es gehört, gilt. Wegen irgendwelcher Bebauungspläne, die eine gewerbliche Nutzung nicht zulassen. So genau kenne ich mich nicht aus.«

Kari hatte sich nach den ersten Worten gesetzt. Sie ahnte, dass das, was kam, auch die Ermittlungen gegen Leonhardt noch einmal auf ein anderes Level transportieren würde. Sandras Stimme wurde leiser, als sie fortfuhr. »Niemand bringt dieses Gebäude mit meinem Mann in Verbindung. Die Firma gehört zu einem Netz seiner Briefkasten- und Offshore-Firmen, das selbst gewiefte Finanzbeamte an ihre Grenzen bringen dürfte.« Ein schiefes Lächeln folgte diesen Worten. »Die Justiz hat Gereon schon lange auf dem Kieker. Sie haben bei den Hausdurchsuchungen nichts wirklich Verwertbares gefunden. Nicht in seinen Büros, nicht in unserer Villa. Weil dort nichts zu finden ist. Alle brisanten Unterlagen, alles, was mit seinen dreckigen Geschäften zusammenhängt, alles, was die Justiz sucht, ist im Nebenhaus.«

Kari musste das Gehörte erst einmal verdauen.

»Ihr Mann wurde seit geraumer Zeit beschattet. Es wäre doch aufgefallen, wenn der das Haus in der Nachbarschaft regelmäßig betreten hätte.«

Sandra lachte auf. »Ihre Leute sitzen in ihren Autos, die am Straßenrand geparkt sind. Sie dürfen unser Grundstück nicht einfach so betreten. Der Zugang zum Nachbargrundstück liegt im hinteren Teil unseres Gartens. Es gibt dort einen schmalen Durchgang in der Hecke, mit einem alten, verrosteten Tor. Den nutzt Gereon, wenn er nach nebenan geht. Das kriegen Ihre Leute von ihrem Standort aus gar nicht mit. Sie wissen schon, nobles Wohngebiet. Hohe Hecken und Zäune.«

»Die sterblichen Überreste des Kleindealers liegen unter einem Beet im Nachbargarten vergraben? Ist es das, was Sie mir sagen wollen?«

Sandra nickte ernst. »Mehr noch. In diesem Haus befindet sich der Keller, in dem der Mann umgebracht wurde. Und ein Tresorraum. Sie werden dort noch mehr belastendes Material finden. Alles, was Sie suchen. Zahlungsanweisungen. Drogen. Schwarzgeld. Waffen. Munition.« Sie unterbrach sich und schluckte heftig. »Beweise für den Mordauftrag an diesem Journalisten, mit dem er in Verbindung gebracht wird.«

»Sind Sie sicher? So etwas schreibt man nicht gerade in sein Tagebuch.« In Kari war die Ermittlerin hochwach. Es würde nicht möglich sein, all diese Aussagen schnell auf ihren Wahrheitsgehalt zu überprüfen. Jo musste es dennoch sofort erfahren.

»Ich bin sicher. Ich habe alles mit eigenen Augen gesehen.« Sandra nickte nachdrücklich.

»Könnte es nicht sein, dass Vertraute Ihres Mannes alles ausgeräumt haben, nachdem Sie die Seiten gewechselt haben?«

»Möglich. Aber unwahrscheinlich.« Sandra blickte auf ihre Hände, die jetzt ganz ruhig in ihrem Schoß lagen. »Zum einen habe ich vor meiner Abreise – wenn wir es mal so nennen wollen – wichtige belastende Dokumente an mich genommen und sicher verwahrt, um meine Aussage gegen ihn zu untermauern. Kontaktdaten von Leuten, die auf Gereons Schmiergeldliste stehen. Eine Übersicht über die Firmenverflechtungen. Transportlisten. Schon allein das dürfte ausreichen, um ihm den Prozess zu machen. Zum anderen: Es gibt nur zwei Schlüssel für das Haus. Einen hatte Gereon, einen habe ich. Sie sind getarnt als Zugang zum Keller in unserer Villa. Das aus Gründen, die ich Ihnen sicher nicht erklären muss.« Kari schüttelte leicht den Kopf.

Über nicht zuordenbare Schlüssel wären bei Hausdurchsuchungen Spekulationen angestellt worden. »Der Schließmechanismus funktioniert so, dass man mit diesen Sonderanfertigungen nicht nur das Nachbarhaus, sondern auch den Keller unserer Villa öffnen kann. Aber mit dem normalen Kellerschlüssel, den natürlich auch unsere Bediensteten haben, nicht auch das Nachbarhaus.«

»Wer hat den Schlüssel Ihres Mannes jetzt?«

»Ebenfalls ich. Ich habe ihn nach seiner Verhaftung an mich genommen. Als Erstes habe ich den Tresor neu programmiert. Darüber hinaus den Zugangscode an der Haustür, der zusätzlich zum Schlüssel nötig ist, neu eingestellt. Da das alles mit einer Alarmanlage gekoppelt ist, dürfte es seit meiner Flucht niemandem gelungen sein, ins Haus einzudringen.« Sie besah wieder ihre Hände. »Ganz sicher kann ich nicht sein, da Sie mir mein Handy weggenommen haben.«

Kari atmete pfeifend aus. »Sie meinen, dass Ihr Vertrauter, nennen wir ihn mal so, ein Auge darauf hat?«

Sandra nickte. »Um zu verhindern, dass ein Brand gelegt wird. Oder das Haus in die Luft fliegt. Gereon hat nichts mehr zu verlieren.«

»Wo ist Ihr Vertrauter jetzt? Also wo genau hält er sich auf?«

Sandra hob den Kopf. »Kann ich Ihnen nicht sagen.«

»Könnte es sein, dass er verletzt ist?«

Die Augen von Karis Gegenüber weiteten sich. Die Frauen blickten sich schweigend an. Dann seufzte Sandra.

»Sie wissen mehr, als Sie sagen«, stellte sie fest. Es klang ein bisschen beleidigt.

»Frau Leonhardt, ich bin nur meinem Arbeitgeber verpflichtet.«

»Hauen Sie mich in die Pfanne?«

»Wie sollte ich? Was könnte ich denn gegen Sie vorbringen?«

Das Schweigen, das folgte, lastete schwer im Raum. Dann wiegte Sandra den Kopf. »Ich kann Ihnen nicht mehr sagen, ohne den Mann, den ich liebe, in Gefahr zu bringen.«

»Ihren Bodyguard, nicht wahr?«

»Genau.«

»Meines Wissens wurden Sie immer von Personenschützerinnen begleitet«, hielt Kari ihr entgegen. Sandra zog erstaunt die Brauen hoch.

»Ich hatte seit letztem Jahr zwei, die abwechselnd da waren. Eine Frau, einen Mann.«

»Okay«, antwortete Kari gedehnt. Das alles konnte überprüft werden. Ob Sandra wusste, dass der Mann, den sie so vehement schützte, mit hoher Wahrscheinlichkeit ein verdeckter Ermittler war? Kari hätte zu gerne ganz direkt nach den Blutspuren gefragt. Doch sie wusste sehr genau, dass Jo darauf sauer reagieren würde.

»Auf jeden Fall verspreche ich Ihnen, das, was wir heute hier gesprochen haben, weiterzugeben, falls Sie selbst nicht mehr dazu in der Lage sein sollten.« Kari würde dieses Versprechen so nicht einhalten. Jo musste jetzt bereits wissen, was es mit dem Nachbargrundstück auf sich hatte. Und zwar so schnell wie möglich.

»Danke.« Sandra erhob sich und zog ihre Bluse glatt. Sie reichten sich die Hände. Danach ging sie ohne ein weiteres Wort zur Tür hinaus. Kari blieb noch eine

Weile sitzen, bevor sie ihr Mobiltelefon zückte, um ihren Chef anzurufen. Ob sie so einfach ein Grundstück betreten konnten, ohne triftigen Grund, ohne Durchsuchungsbeschluss – einen solchen zu bekommen erschien nach Lage der Dinge eher unwahrscheinlich – konnte auch er nicht sagen. Aber wenigstens hatten sie jetzt einen Anhaltspunkt, wo der bedauernswerte Kleindealer begraben war.

»Das Gespräch kam einfach darauf«, beruhigte Kari Jo noch. »Sie hat von allein davon angefangen.« Das stimmte wohl nicht so ganz, verhinderte aber einen Anschiss.

Nach dem Gespräch fuhr sie damit fort, ihre Sachen zu packen, um pünktlich losfahren zu können.

Kapitel 32

Kari hatte gerade ihre Reisetasche aufs Bett geworfen, als sich die Tür zu ihrem Zimmer öffnete. Bea stand auf der Schwelle.

»Hast du einen Moment?«

Kari winkte sie herein. Sie schloss die Tür hinter sich.

»Was geschieht jetzt?«

»Was meinst du?« Kari legte ihr Schlafshirt zusammen und packte es ein.

»Wann werde ich abgeholt?«

Kari richtete sich auf. »Wir verlassen das Haus alle gemeinsam um dreizehn Uhr.«

»Ihr. Ja. Aber ich. Was ist mit mir?«

»Du kommst mit uns. Das war so vereinbart.«

Bea schüttelte mit versteinerter Miene den Kopf.

»Nein. Wenn ich erst einmal in diesem Heli sitze und mit meiner Mutter nach Hamburg fliege, schaffe ich es doch nicht mehr aus der Nummer raus.«

»Bea. Es ist beschlossene Sache, dass sich eure Wege ab morgen trennen. Aber wie sonst sollten wir dich denn von der Insel bringen?«

»Ihr doch nicht. Mein Dad hat dafür gesorgt, dass ich abgeholt werde. Was schon längst passiert wäre – wenn du den Mann nicht weggeschickt hättest.«

Kari, die nur Bahnhof verstand, ließ sich aufs Bett sinken.

»Was redest du da? Wer sollte dich abholen und wen habe ich weggeschickt?«

»Den Mann. Der zu dem ersten Haus gekommen ist.«

»Ach, Bea!« Kari schüttelte den Kopf. »Der Tourist mit den Cordhosen? Das war ein ganz harmloser Vogelkundler.« Es gab definitiv keine Hinweise darauf, dass Jens Thönishoff etwas anderes war, als er angegeben hatte.

»Den meine ich nicht. Ich meine den anderen.«

»Den anderen?«, echote Kari, die sich in dieser Sekunde an die Situation erinnerte. Sie, vor dem Haus im Gespräch mit Bent. Sein entsetzter Blick, als er Sandra sah. Die Gardine, die sich bewegt hatte. Bea hatte oben am Fenster gestanden. Hatte sie beobachtet. »Wen meinst du?«, fragte sie dennoch. In der Hoffnung, etwas anderes zu hören als das, was sie ängstigte.

»Der, mit dem du dich unterhalten hast. Der Dunkelhaarige.«

Es war, als hätte man sie mit Eis übergossen.

»Das … nein, du musst dich täuschen.«

Bea schüttelte den Kopf. »Keinesfalls. Das ist ein Freund meines Vaters.«

»Das ist unmöglich.« Kari weigerte sich, es zu glauben.

»Doch!« Die Jüngere stampfte mit dem Fuß auf. Ihre Stirn legte sich in Falten. »Ich weiß es sicher. Ich habe die beiden mehr als einmal zusammen gesehen. Mein

Dad sagte, er sei ein guter Freund. Jemand, auf den er sich verlassen könne.«

»Hat er ... hat er dir seinen Namen gesagt?« Karis Stimme war lediglich ein Flüstern.

In Beas Blick trat etwas Wachsames. Sie schüttelte langsam den Kopf. »Nein, das nicht. Aber ich habe ihn gleich erkannt.«

Kapitel 33

Wie betäubt war Kari sitzen geblieben. Sie hatte Bea gebeten, zurück in ihr Zimmer zu gehen. Es war pure Hilflosigkeit. Immer und immer wieder suchte sie gedanklich einen Ausweg. Eine Erklärung. Es gab keine. Bea kannte Bent. Bent kannte Sandra. Er hatte beide Frauen bei ihren richtigen Namen genannt: Beatrice und Sandrine. Warum war ihr das bisher nicht aufgefallen? Nur Personen, die der Familie nahestanden, konnten das wissen. Sie sprang auf, lief nervös auf und ab, knetete dabei ihre Unterlippe. Bent hatte sie belogen. Und dann wurde ihr schlagartig kalt. Er hatte von dem Schutzhaus an der Godel gewusst. Er hatte sie bekniet, ihm ihren jetzigen Aufenthaltsort zu nennen. Er wusste, dass sie eine der Personenschützerinnen war. Er wusste, wo sie wohnte. Hatte er die beiden Killer informiert? War er Leonhardts Mann auf Föhr? Noch mehr Indizien, die gegen ihn sprachen, fielen ihr ein. Hatte er selbst ihr nicht erzählt, dass Leonhardt einen Hang zu schnellen Autos pflegte? Sie gerne auch mal an treue Weggefährten verschenkte? Sie dachte an den

Lamborghini, der in der Garage hinter ihrem Haus stand. Ein Espada. Liebhaberstück. Bent wusste ja gar nicht, dass sie das wusste. Er war davon ausgegangen, er könnte ihr dieses seltsame Detail über Leonhardt erzählen, ohne dass sie eine Verbindung zu ihm herstellen konnte. Seine Lügen waren entsetzlich. Schmerzhaft und kränkend. Die Beine versagten ihr. Sie ließ sich aufs Bett fallen. Im Haus setzte laute Betriebsamkeit ein. Sie hörte Marlies etwas rufen. Arne antwortete. Irgendwo schlug eine Tür. Die Rollen von Sandras Reisetrolley klackerten über den Steinfußboden der Diele. Kari erhob sich. Sie fühlte sich so schwer wie Blei. Ihr Blick fiel auf die Uhr. In wenigen Minuten würden sie alle dieses Haus verlassen. Es blieb ihr keine Zeit, Bent zur Rede zu stellen. Frühestens am Mittwoch wäre sie zurück auf Föhr. Ihr wurde übel beim Gedanken, dass sie dem Falschen vertraut hatte. Trotzdem zögerte sie, den nötigen Anruf zu tätigen. Jo zu informieren.

»Kari? Kommst du?« Marlies riss die Tür auf. Sie blinzelte, als sie ihre Kollegin sah. Die immer noch offene Reisetasche auf dem Bett. Die Jacke im Schrank. Den Kulturbeutel, den Kari seit gefühlt Stunden in Händen hielt. »Wir müssen.« Sie tippte mit dem Zeigefinger auf die Uhr, die sie am linken Handgelenk trug. Dann warf sie einen Blick über die Schulter in den Wohnbereich und kam näher. »Du siehst aus, als hättest du ein Gespenst gesehen.«

»Möglicherweise ist das auch der Fall«, murmelte Kari. Endlich ließ sie den Kulturbeutel in die Reisetasche plumpsen, griff nach der Jacke im Schrank und schloss das Fenster, das sie zum Lüften geöffnet hatte.

»Hast du Flugangst? Ist es das?« Marlies' Lächeln wirkte etwas verunglückt.

»Nein. Alles gut. Ich komme schon.« Sie würde auf der Fahrt und während dem Flug nachdenken. Jo war in Hamburg. Bei einem Gespräch unter vier Augen würden sich die Dinge, die Kari gerade innerlich erschütterten, besser erklären lassen. Trotzdem bahnte sich ein trockenes Schluchzen den Weg durch ihre Kehle.

»Mensch, Kari. Reiß dich zusammen. Wir dürfen uns keine Schwäche erlauben.« Marlies' Miene spiegelte jetzt ihre Besorgnis.

»Keine Angst. Ich falle nicht aus.« Kari griff nach ihrer Tasche und nickte ihrer Kollegin zu. »Gehen wir.«

Arne wartete am Hauseingang. Er drückte Kari den Schlüssel für den Corsa in die Hand. Dafür übernahm er ihre Tasche und verstaute sie im Kofferraum des SUV. Sandra saß bereits im Fond. Kari konnte von ihrem Standort aus lediglich den Hinterkopf mit einem ordentlichen Haarknoten sehen.

»Ihr fahrt voraus, ich hinterher?«

Arne nickte und klimperte mit den Wagenschlüsseln.

»Marlies?«, rief er in Richtung Hauseingang. In fünf Minuten mussten sie losfahren. Kari überlegte, ob sie ihr Rad in die Garage stellen sollte. Bis sie bemerkte, dass es sich nicht mehr dort befand, wo sie es abgestellt hatte.

»Hast du versehentlich mein Rad in den Kofferraum gepackt?«, flachste sie.

Arne schüttelte verständnislos den Kopf.

»Sicher nicht. Bin froh, dass wir alle Gepäckstücke unterbekommen haben.«

In diesem Moment tauchte Marlies an der Haustür auf. Sie war blass.

»Ist Bea bei euch?«

Arne und Kari schüttelten gleichzeitig den Kopf. Sandra beugte sich aus der offenen Tür des Wagens.

»Sie wollte vor der Abfahrt noch mal auf die Toilette«, rief sie.

»Nervöse Blase«, scherzte Arne. Kari stand einen Moment lang ganz still. Dann rannte sie los. Ins Haus hinein, in dem Marlies wie ein aufgescheuchtes Huhn herumlief und nach Bea rief. Gemeinsam checkten sie alle Räume. Nichts.

»Was ist mit dem Keller?«

»Den habe ich bereits vor über einer Stunde abgeschlossen. Bea war danach bei mir. Sie kann also nicht unten sein.« Dennoch durchsuchten sie auch dort alle Räume in fieberhafter Eile. Bea fanden sie nicht. Wieder im Erdgeschoss angekommen, fuhr sich Marlies wild durch die Haare und fluchte lauthals.

»Was machen wir denn jetzt?«

Es war bereits fünf nach eins.

»Ich ... glaube, sie hat mein Rad genommen.« Kari schüttelte benommen den Kopf. »Sie will nicht mit nach Hamburg. Sie muss an uns vorbeigeschlüpft sein. Sie hatte Panik davor, dass wir sie zwingen könnten, bei ihrer Mutter zu bleiben.«

»Aber wo will sie denn hin?«

»Das weiß ich auch nicht.« Bea kannte niemanden auf der Insel. Mit Ausnahme eines Mannes, dessen Namen ihr angeblich nicht geläufig war. Kari zog Marlies mit sich aus dem Haus. Sie verschloss die Tür. Arne stand mit gerunzelter Stirn neben dem Wagen. Sandra war ausgestiegen, sie blickte den beiden Beamtinnen mit sichtlichem Unverständnis entgegen.

»Bea ist abgehauen. Ich werde sie suchen und zum Flugplatz bringen. Sollten wir es nicht rechtzeitig schaffen, fliegt ihr beide allein.« Marlies nickte hektisch. Arne schob die widerspenstige Sandra in den Wagen und redete beruhigend auf sie ein. Kari rannte zum Corsa und startete mit quietschenden Reifen.

Wohin wendete sich eine junge Frau, die sich nicht auskannte? Vermutlich dorthin, wo sie sich Orientierung erhoffte. Vom Haus bis zur Ortsmitte von Nieblum waren es lediglich wenige Minuten. Doch als Kari dort auf die Durchgangsstraße einbog, geriet sie mitten in eine Karambolage. Ein Lieferwagen, offenbar auf dem Weg zu einem Frischemarkt, hatte zwei Kisten Obst verloren. Ein Dutzend Fahrradtouristen hatte beim Überqueren der Fahrbahn nicht mehr rechtzeitig abbremsen können. Nun lagen Melonen, Orangen, Räder und Radler in neonfarbenen Hosen mitten auf der Straße. Kari sprang, wie zwei andere Autofahrer auch, aus dem Wagen, um dabei zu helfen, das Tohuwabohu aufzulösen. Sie begleitete eine der Radlerinnen, die stark humpelte, weg vom Ort des Geschehens. Andere halfen, die immer noch umherkullernden Melonen und Südfrüchte aufzulesen. Ein älterer Herr machte sich mit einer Handvoll Orangen aus dem Staub. Es dauerte mehr als zehn Minuten, bis die Straße wieder passierbar war. Kari hielt die ganze Zeit Ausschau nach Bea. Je nachdem, wann sie sich davongeschlichen hatte, konnte sie den Ort bereits wieder verlassen haben. Theoretisch auch auf einem anderen Weg. Als Kari ihre Fahrt fortsetzte, fuhr sie langsam, schaute in jede

Querstraße. Vergeblich. Angespannt ließ sie ihre Blicke wandern. Ohne Erfolg. Doch dann erspähte sie auf einmal etwas, das sie bis in die Haarwurzeln elektrisierte. Ihr Rad war es, das da am Straßenrand halb in einer Hecke lag, wie in Eile weggeworfen. Direkt neben der Mitfahrbank *Nieblum Mitte*.

Karis Herz schlug heftig. Wenn das Rad hier lag, konnte Bea nicht weit sein. Zu sehen war sie aber nirgends. Karis Blick bewegte sich nach oben. Der Zeiger, der Autofahrer informierte, wohin diejenige Person wollte, die auf der Mitfahrbank wartete, war auf Utersum gestellt. Eiskalt lief es Kari den Rücken hinunter. Sie wusste, was geschehen war. Bea hatte das Rad hier stehenlassen. Jemand hatte sie nach Utersum mitgenommen. Aber warum? Noch während sie sich das fragte, gab sie sich selbst die Antwort.

Ich kenne den Mann. Bent Sörensen ist ein harmloser Kneipenwirt aus Utersum. Das waren die Worte gewesen, die sie zu Marlies auf deren Frage nach dem Fremden gesagt hatte. In der Küche. Sie hatten ein Geräusch gehört, aber als Marlies die Tür geöffnet hatte, niemanden mehr gesehen. Bea! Bea hatte sie belauscht. Sie wusste jetzt, wo sie den Mann suchen musste, den ihr Vater geschickt hatte, sie zu ihm zurückzuholen. Utersum war ein kleiner Ort, die gastronomischen Betriebe dort überschaubar. Die Kneipe zu finden war kein Hexenwerk.

Kari drückte das Gaspedal durch und ließ den Ort so schnell es ging hinter sich. Es dauerte kaum zehn Minuten, da bremste sie den Wagen vor der Kneipe *Zur*

blauen Möwe abrupt ab und sprang heraus. Vorsichts-
halber tastete sie nach der Waffe in ihrem Holster, bevor sie das Haus betrat.

Kapitel 34

Kari rüttelte an der Tür. Die Kneipe war um diese Zeit geschlossen. Aber sie wusste ja, dass sich Bents Wohnung über der Gaststätte befand. Sie lief zum Seiteneingang und klingelte Sturm. Nach einer scheinbaren Ewigkeit summte der Türöffner. Hastig rannte sie die Treppe hinauf, nahm immer zwei Stufen auf einmal. Im ersten Stock erwartete sie eine halboffen stehende Wohnungstür. Sie zog ihre Waffe und stieß die Tür auf. Der lange Flur war leer. Kari wandte sich dem Raum vis-à-vis zu. Der Küche, wie sie wusste.

»Bent!«, rief sie, noch ohne sich zu zeigen.

»Hier sind wir«, antwortete er.

Sie spähte um die Ecke. Bent stand dort, gegen einen hüfthohen Küchenschrank gelehnt. Bea vor ihm, wandte ihr den Rücken zu. Sein Schutzschild gegen sie, die eine Waffe in der Hand hatte? Kari blieb abrupt stehen.

»Lass sie los.« Karis Stimme klang dunkel. Sie war so zornig, sie hätte ihn am liebsten angeschrien.

»Hallo«, sagte Bent. Gerade so, als wäre diese Situation das Selbstverständlichste auf der Welt.

Jetzt erst bemerkte Kari, dass es nicht Bent war, der das Mädchen festhielt. Vielmehr hatte Bea sich an den Mann geklammert. Deren Antwort auf Karis Aufforderung bestand aus einem heftigen Schluchzen und einer noch festeren Umarmung. Kari musste schlucken, als sie die beiden so sah. Sie konnte sich des Eindrucks nicht erwehren, dass Bent Bea tröstete. Weswegen auch immer. Nun hob er die Hand, um dem Mädchen übers Haar zu streichen. An seinem rechten Handgelenk baumelte ein buntes Band.

»Kari. Nimm bitte die Waffe runter.« Wie konnte er so ruhig sein? »Ich bin unbewaffnet und Bea ist es auch. Soweit ich weiß.« Er schob den Teenager etwas von sich und blickte ihr prüfend ins Gesicht. »Oder?« Bea schniefte. Endlich drehte sie sich zu Kari um. Sie wischte sich mit den Fingern die Tränen aus den Augen.

»Verschwinde. Lass mich in Ruhe!«

Kari senkte die Waffe.

»Komm her zu mir«, forderte sie. Aber das Mädchen schüttelte den Kopf.

»Ich bleibe hier. Bei ihm. Er bringt mich zu meinem Vater.«

Kari atmete tief aus. Sie starrte Bent an. Der wiederum sprang ihr überraschenderweise bei.

»Du musst tun, was Kari sagt.« Bea stieß bei seinen Worten einen klagenden Laut aus. »Sie hat recht. Selbst wenn du nicht mit deiner Mutter zusammen ins Zeugenschutzprogramm gehen willst, musst du mit den Behörden kooperieren.«

»Und warum hast du die Behörden nicht darüber informiert, dass Bea bei dir ist?« Kari hob kampflustig das Kinn.

»Wollte ich ja. Aber das Mobiltelefon, du weißt schon welches, ist ausgeschaltet.«

Kari schluckte. Er hatte recht, das Prepaid-Handy lag in ihrer Kate.

»Bea hat mir erzählt, dass du ein Freund ihres Vaters bist.«

»Und ich habe Bea gerade erzählt, dass das so nicht stimmt.« Bent wandte sich dem Mädchen zu. »Bitte, Bea. Erzähl Kari, was du mir erzählt hast. Und sag ihr, was ich dir geantwortet habe.« Nun war sein Blick weniger tröstend, sondern ernst.

»Ich verstehe das nicht«, stammelte Bea. Sie löste sich zögerlich von Bent und wandte sich Kari zu. »Ich dachte, mein Vater hätte ihn geschickt. Dass er mich holen kommt.« Sie fuhr sich durch das bereits reichlich verwuschelte Haar. »Aber Bent streitet das ab.« Sie verstummte mit einem hilflosen Blick.

»Es ist alles ein großes Missverständnis«, versuchte Bent, die Situation zu erklären. Bei den nächsten Worten sah er Kari direkt in die Augen. »Ich kenne Gereon. Habe ihn mehrfach in seiner Villa getroffen – dort hat Bea mich gesehen. Wir waren einander damals durchaus freundlich, wenngleich nie freundschaftlich, verbunden. Als ich an eurem Schutzhaus an der Godel aufgetaucht bin, dachte sie, ich käme in seinem Auftrag.« Bea wandte ihm ihr Gesicht zu. Ihre Augen waren geschwollen vom Weinen. Sie wirkte so jung und schutzlos, dass es Kari das Herz zusammenzog. Bent strich ihr tröstend über die Wange, bevor er sich vom Sideboard abstieß und ein paar Schritte auf Kari zuging.

»Bleib bloß stehen«, knurrte die und hob erneut die Waffe. Jetzt stand Bea nicht mehr zwischen ihnen. Dennoch fühlte sich die Heckler&Koch auf einmal schwer wie Blei in ihrer Hand an. Zu ihrem Entsetzen sah sie, dass sie zitterte.

»Wie wäre es, wenn ich uns allen einen Kaffee koche? Damit setzen wir uns hin und beratschlagen, wie es weitergehen soll«, schlug Bent vor.

»Dazu brauche ich keinen Kaffee«, knurrte Kari. »Bea muss sofort mit mir zurückkommen. Unser ...« Sie verschluckte den Rest des Satzes, weil es Bent nichts anging, auf welchem Weg sie die Insel verlassen würden. »Unser Transfer wartet nicht.« Im Grunde war es sowieso bereits zu spät. Wenn der Heli pünktlich abflog, schafften sie das nicht mehr. Wie auf Kommando begann Karis Handy zu vibrieren.

»Geh ruhig dran. *Ich* werde *dich* nicht erschießen«, brummte Bent und wandte sich der Kaffeemaschine zu. Kari zog das Handy aus der Hosentasche. Es war eine Textnachricht von Marlies.

Wo bleibt ihr?

Schaffen es nicht,

tippte Kari. Sie würde Bea auf einem anderen Weg zurück nach Hamburg bringen müssen. Die ließ sich jetzt auf einen der Stühle am Esstisch fallen. Ihr Blick war starr. Sie kratzte sich ununterbrochen an den Unterarmen.

»Ich versichere dir, dass alles so ablaufen wird, wie wir es besprochen haben«, wandte sie sich erneut dem Mädchen zu. »Deine Mutter hat eingewilligt, dich bis zu deiner Volljährigkeit in einem Internat unterbringen zu lassen. Danach kannst du entscheiden, wo und wie du leben willst.« Sie wurde vom Zischen der Barista-Maschine unterbrochen. Kaffeeduft breitete sich in der Küche aus. Im selben Moment gaben die Wolken am Himmel die Sonne frei und goldene Strahlen fluteten durchs Fenster. Die Situation wirkte derartig absurd normal, all das passte so gar nicht zu dem, was hier ablief. Bent stellte drei Tassen auf den Tisch, dazu Zucker und Milch. Kari beobachtete ihn misstrauisch. Bea verkündete, sie müsse mal kurz ins Badezimmer. Als sie die Tür klappen hörten, wandte Bent sich Kari zu.

»Sagst du mir jetzt, warum du mit einer gezogenen Waffe hier aufkreuzt und glaubst, dass ich plötzlich dein Feind bin?« Sein Gesicht war hart geworden, seine schiefergrauen Augen lagen fordernd auf Kari.

»Das ist ganz einfach«, erwiderte die. Sie wiederholte all die Verdachtsmomente gegen ihn. Angefangen bei seinem Auftauchen am Schutzhaus, das Bea so fehlinterpretiert hatte, bis zu ihrem Zusammentreffen mit einem weiteren Killer.

»Wer, außer dir, konnte all das wissen?«, schleuderte sie ihm entgegen.

»Denk mal nach«, forderte er schroff. »Ich habe versucht, dich zu warnen!«

»Ah. Noch ein Indiz! Hätte ich fast vergessen!«, hielt sie ihm mit erhobener Stimme entgegen. »Dein detailliertes Wissen über Gereon Leonhardt und all die Leute, die er auf seine Frau, und damit auch auf ihren Personenschutz, angesetzt hat!«

»Was ist los?«, murmelte Bea, die just in diesem Moment in die Küche zurückkam. Ihr Haar war am Ansatz feucht, das Gesicht wirkte, als habe sie es gewaschen. Sie blickten sich alle stumm an.

»Gut«, durchbrach Bent das Schweigen nach einer Weile. »Dann erzähle ich euch beiden jetzt meine Geschichte. Bea, du kannst ruhig hören, was ich Kari zu sagen habe. Du solltest wissen, was dein Vater für ein Mann ist. Deine Entscheidung auf dieser Grundlage treffen.«

Bea sah Bent mit einem fast schon rührenden Vertrauen im Blick an.

»Ich bin auf einige Phasen meiner Vergangenheit nicht stolz. Das kann man auch über einige Jahre sagen, die ich in Hamburg gelebt habe. Dort habe ich Gereon Leonhardt kennengelernt. Aber nicht als sein Handlanger oder Mitarbeiter. Ich war sein Gast.« Bent fuhr sich seufzend übers Haar. »Dein Vater, Bea, betrieb damals eines der größten illegalen Spielcasinos in der Stadt. Halbwelt, Prominenz, Politik. Alle zockten bei ihm.« Sein Blick wanderte zu Kari. »Auch ich.« Kari zuckte mit den Schultern. Das haute sich jetzt nicht gerade vom Hocker.

»Vielleicht sollte ich konkreter werden. Ich war damals Berufsspieler. Ziemlich erfolgreich. Die Kohle kam, die Kohle ging, hängen blieb immer ein dicker

Batzen. Gereon fiel das auf. Erst suchte er meine Bekanntschaft. Dann bot er mir einen Job an.« Er trank seinen Espresso in einem Zug aus, bevor er fortfuhr. »Er wollte ein zweites Casino eröffnen. Ich sollte es leiten. So kam es zu dem, was ich mal Bekanntschaft nennen möchte.« Er wandte sich Bea zu. »Freunde waren dein Vater und ich nie, das möchte ich klarstellen. Ich sage dir auch, warum.«

Bea, die ihren Kaffee nicht angerührt hatte, sah unsicher von Bent zu Kari. Die legte der Jüngeren beruhigend die Hand auf den Arm, obgleich oder vielleicht auch gerade weil sie ahnte, dass Bents Geschichte eher das Gegenteil bewirken würde. »Mir war nicht von Anfang an klar, wie brutal er sein Terrain verteidigte. Er schreckte dabei auch vor Mord nicht zurück.« Beas Augen wurden groß.

»Nein«, widersprach sie. »Das glaube ich nie und nimmer!«

»Es tut mir sehr leid.« Bents Stimme war auf einmal ganz sanft geworden und Kari biss sich beklommen auf die Lippe. »Beweisen kann ich es nicht. Dennoch weiß ich es genau. Es gab damals Streit mit einer ausländischen Gang. Sie kamen eines Abends und versuchten, Unruhe zu verbreiten. Schrien rum, pöbelten Gäste an. Gereon ließ sie rauswerfen. Aber das war ihm nicht genug.« Bent holte tief Luft, bevor er fortfuhr. »Am nächsten Morgen wurden die drei Rädelsführer auf einer Müllhalde gefunden. Er hatte sie liquidieren lassen.« Sein Blick traf den von Kari. Er würde Bea die Einzelheiten ersparen. Aber sie ahnte, dass es keine einfachen Morde gewesen waren. »Auch ich bekam seinen Zorn zu spüren. Als ich absagte. Das machte ihn wütend.« Er blickte auf seine Hände. »Kurz darauf verließ ich Hamburg.«

Bea kaute auf ihrem Daumennagel herum. Ihre Lider flatterten. Sie wusste offensichtlich nicht mehr, was sie glauben sollte. Sie senkte den Blick.

»Er ist mein Papa«, flüsterte sie. Bent und Kari sahen sich an. Er schüttelte kaum wahrnehmbar den Kopf. Auch Kari hatte das Gefühl, dass es unmöglich war, sie umzustimmen. Sie räusperte sich.

»Wie gesagt, wir bringen dich nach Hamburg. Deine Mutter wird dich nicht zwingen, mit ihr in den Zeugenschutz zu gehen, wenn du partout nicht willst.« Ihr Handy vibrierte erneut. »Sie sind abgeflogen«, murmelte Kari. »Wir nehmen die Fähre.«

Mit Bent war sie noch lange nicht fertig. Aber das musste warten. Falls er sie verraten hatte, würde sie es herausfinden und ihn zur Rechenschaft ziehen. Doch jetzt war Sandra in Sicherheit, auf dem Weg nach Hamburg. Sie und Bea würden folgen. Schnell tippte sie die Adresse der Wyker Dampfschiffs-Reederei ein.

»Verflucht!«, stieß sie hervor.

»Was ist?« Bent, der ihr keinen Hinweis darauf gab, wie er es fand, dass sie ihn eben noch für den Komplizen eines Verbrechers gehalten hatte, beugte sich zu ihr.

»Die PKW-Plätze auf der nächsten Fähre sind ausgebucht. Wir können nur als Passagiere mitfahren.«

»Lass deinen Wagen hier stehen. Das ist besser als in Wyk. Ich fahre euch.« Er stand auf. Bea sah zu ihm. Sie wirkte verlorener denn je. »Danke für das Freundschaftsband. Ich werde es in Ehren halten. Und du kannst mich jederzeit hier auf der Insel besuchen.« Bea wirkte nicht, als hätte sie große Lust dazu. Kari konnte nachvollziehen, wie es ihr ging. Ihr junges Leben lag in Scherben. Jegliche Sicherheit war ihr genommen worden. Dennoch musste sie sie jetzt zur Eile drängen.

»Bea, komm. Wenn wir uns beeilen, kriegen wir die nächste Fähre in Wyk.« Sie textete bereits an Marlies.

Setze mit Bea nach Dagebüll über. Von dort aus mit dem Zug weiter nach Hamburg. Gib Bescheid, wohin, sobald ihr angekommen seid.

Sie steckte das Handy weg und streckte ihre Hand nach Bea aus. Einen Moment lang durchzuckte sie ein Schreck. Was, wenn Bent selbst es war, der von Gereon den Auftrag erhalten hatte, Bea zu entführen?

»Du bist immer noch misstrauisch«, unterbrach er ihre Gedanken. »Soll ich euch ein Taxi rufen?« Sie zögerte nur kurz, bevor sie den Kopf schüttelte. »Ist okay.« Schließlich fühlte sich Bea in seiner Nähe wohl und wenn sie Glück hatte, würde die junge Frau kein weiteres Theater mehr veranstalten.

Kapitel 35

Bent fuhr schnell, aber sicher. Eine Viertelstunde nach Abfahrt bog er in Wyk auf den Vorplatz des Anlegers ein. Als Bea und Kari aus dem Wagen sprangen, waren bereits fast alle Fahrgäste im Aufgang zur Fähre verschwunden.

»Melde dich!«, rief Bent ihr hinterher. Sie hob die Hand, ohne sich umzudrehen. Sie rannten auf das Schiff zu. Kari zückte gerade ihr Handy mit den Online-Tickets, als sie am Entwerter eine bekannte Gestalt erblickte.

»Arne, was machst du denn hier?«

Er hatte auf sie gewartet und zu dritt betraten sie die Fähre. Keine Sekunde zu spät. Ein Ruck ging durch das Schiff, es legte ab, bevor sie im Fahrgastraum einen Platz gefunden hatten. Sie reihten sich hinter anderen Gästen ein, die im Inneren nach einer Sitzgelegenheit suchten.

»Marlies hat mich gebeten, mit euch mitzufahren. Für mich kein Ding, ich fliege sowieso von Hamburg aus nach Kopenhagen«, beantwortete der Däne die Frage.

Bea war auf der Höhe der Theke stehengeblieben und
musterte die Karte mit den Speisen und Getränken,
konnte sich aber wohl nicht entschließen, etwas zu
kaufen.

»Bea, kommst du?«, rief Kari ihr zu. Sie schoben sich
weiter zwischen den herumwuselnden Fahrgästen
durch, bis sie drei freie Sitzplätze erspähten. Arne
stellte seine Reisetasche auf die Bank, Bea rutschte neben ihn.

»Möchte jemand was trinken?«, fragte Kari, deren
Hals ganz trocken war. Die beiden schüttelten den Kopf
und sie ging, um sich ein Wasser zu holen.

»Tschuldigung!« Die Frau, die hinter Kari in der
Schlange stand, hatte ein bisschen von ihrem Tee ver-
schüttet.

»Nichts passiert«, antwortete Kari. Als sie sich umdrehte, lächelte die andere sie mit Erkennen im Blick
an. »Ist ihr Urlaub schon zu Ende?«

»Äh. Ja.« Kari brauchte einen Moment, um die Frau
zuordnen zu können. »Stimmt«, wir haben uns ja an
der Mitfahrbank getroffen. Und am Vogelschutzgebiet.«

»Genau!« Die Blonde lächelte, was die vielen Sommer-
sprossen auf ihrer Nase zum Tanzen brachte. Karis
Blick fiel auf die Schlaufe, in der die Frau ihren rechten
Arm trug.

»Nanu, was ist denn da geschehen?«

»Fahrradunfall.« Die andere zuckte mit der Schulter.
Dann lächelte sie wieder. »Sind Sie allein unterwegs?«

»Mit einer Bekannten.«

»Ah. Na dann, gute Heimreise.«

»Gute Fahrt«, wünschte Kari der Frau, schnappte sich zu ihrem Wasser noch ein Brötchen, bezahlte und ging zum Tisch zurück.

Kari verzehrte ihren Snack. Arne und Bea unterhielten sich leise über eine skandinavische Netflix-Serie, von der Kari noch nie etwas gehört hatte. Am Nebentisch löste ein älteres Paar gemeinsam ein Kreuzworträtsel. Die Fähre schaukelte seit einer halben Stunde durchs graubraune schäumende Wasser, als Bea aufstand, um auf die Toilette zu gehen.

»Soll ich mitkommen?« Kari hatte sich bereits halb erhoben, doch Bea schüttelte den Kopf.

»Bin kein kleines Kind mehr.« Sie stolzierte davon, das lange Haar wippte im Takt ihrer schnellen Schritte.

»Ich bin froh, wenn wir in Hamburg sind«, murmelte Kari. »Die ganze Geschichte mit Bea und ihrer Mutter nimmt mich mehr mit, als mir guttut.«

»Gibt es einen Grund?«

»Meine eigene Mutter.«

Sie lachten beide verlegen auf.

»Ich weiß gar nichts von dir«, stellte Kari fest.

»Soll während des Einsatzes so sein.«

»Bist du denn noch im Einsatz?«

Er zuckte die Schultern. »So halb und halb. Als du geschrieben hast, dass ihr die Fähre nehmt, hat Marlies mich sofort gebeten, euch zu begleiten.«

Kari zog bei diesem Stichwort ihr Handy aus der Hosentasche. Marlies hatte auf ihre letzte Nachricht nicht geantwortet.

»Sie müssten schon dort sein. Man fliegt rund eine Stunde.«

Arne blickte aufs Meer hinaus und verfolgte mit dem Blick eine Möwe, die vor dem Fenster ein waghalsiges Flugmanöver unternahm.

»Wo bleibt Bea?« Kari drehte sich um. Im Fahrgastraum war inzwischen mehr Ruhe eingekehrt. Viele Reisende hatten sich, angelockt vom milden Wetter und der Sonne, auf das Außendeck begeben.

Arne blickte sich mit gerunzelter Stirn um.

»Sie ist schon eine Weile weg«, bemerkte auch er. Plötzlich wurde Kari von Unruhe erfasst.

»Ich sehe nach.« Schon war sie aufgestanden und mit langen Schritten zu den Toiletten geeilt. Eine Frau stand im Vorraum der Damentoilette am Waschbecken und seifte sich die Hände ein, als sei sie in Trance. »Bea?«, rief Kari. Keine Reaktion. Zwei der Kabinen waren besetzt. Sie klopfte und rief erneut: »Bea?!« Dieses Mal lauter. Die Antworten kamen unwirsch und eindeutig nicht von der Gesuchten. »Haben Sie eine junge Frau gesehen? Sie ist fünfzehn. So lange Haare?« Kari deutete auf ihre Taille. Die Fremde blickte hoch. »Ja. Sie stand eben noch neben mir.« Verwirrt sah sie um sich. »Eine Frau hat sie angesprochen.«

»Wie sah sie aus?«

»Weiß nicht.« Gemächlich spülte sie den Seifenschaum von ihren Fingern. Dabei fiel ihr offenbar etwas ein. »Sie hatte so ein blaues Ding am Arm«, ihre Hand machte eine unbestimmte Bewegung in Richtung des Ellbogens.

»Eine Schiene.« Blitzartig tauchte das Bild der sommersprossigen Frau von vorhin vor ihrem inneren Auge auf. Sie hatte den rechten Arm in einer Schlaufe getragen. Was wollte sie von Bea? Sie kannte sie doch gar nicht. Und dann schien ihr Herz einen Schlag lang auszusetzen.

»Danke.« Kari hetzte regelrecht aus der Toilette. Das war doch nicht möglich. Niemand kannte sie hier, niemand wusste, dass sie auf der Fähre waren. Sie blieb stehen, wie von einer unsichtbaren Faust gestoppt. Bent! Nur er hatte gewusst, dass sie mit Bea diese Fähre nehmen würde! Innerlich fluchend rannte sie weiter, aufs Außendeck hinaus. Etliche Passagiere standen an der Reling. Der Wind wirbelte Haare durcheinander. Es wurden Selfies und Gruppenfotos geschossen. Gelacht. Ein paar Leute hielten ihr Gesicht in die blasse Sonne. Kari lief Reihe für Reihe nach vorn. Keine Bea. Sie drehte um, rannte zurück ins Innere. Zurück zu ihrem Platz. Bea war nicht dort. Niemand war dort. Nur Arnes Tasche stand auf der Bank. Auch der Däne war weg.

Kapitel 36

»Haben Sie gesehen, wohin mein Begleiter gegangen ist?«

Das ältere Paar am Nebentisch blickte gleichzeitig von ihrem Kreuzworträtsel auf.

»Kuno, hast du gesehen, wohin der junge Mann gegangen ist?«

Kuno schüttelte bedauernd den Kopf.

Kari fragte bei den anderen Passagieren weiter, die um sie herum saßen. Die meisten hatten das Display eines Smartphones vor der Nase und schienen ihre Umgebung gar nicht wahrzunehmen. Aber von einer Fähre konnte niemand so leicht verschwinden. Es sei denn ... Kari verbot sich, auch nur daran zu denken, dass Bea etwas passiert sein könnte. Nein. Sie drehte sich um sich selbst. Wenn es stimmte, was die Frau auf der Toilette gesagt hatte, war Bea bis vor wenigen Minuten dort gewesen. Jetzt war sie weder im Fahrgastraum noch auf dem Sonnendeck. Da gab es nicht mehr viele Möglichkeiten. In ihrem Kopf ratterte es. Während der

Pandemie war es gestattet gewesen, während der Überfahrt im Auto sitzen zu bleiben. Was, wenn diese Regel noch galt? Blitzschnell drehte Kari um und lief zum Ausgang. Nahm im Sturmschritt die Treppe zum Fahrzeugdeck hinunter. Voll dunkler Vorahnung riss Kari die Tür auf, ließ sie vorsichtig wieder zufallen. Hier unten war es dunkel und kühl. Dicht an dicht standen PKW und kleinere Lieferwagen in mehreren Reihen hinter- und nebeneinander. Das Wasser gluckste an den Schiffswänden. Es war niemand zu sehen. Bis auf einen Schatten, der für eine Sekunde die Atmosphäre veränderte. Ein kalter Hauch streifte Karis Nacken. Sie stand ganz ruhig. Versuchte zu ergründen, was es war. Stille. Sie schluckte. Bewegte sich im Schneckentempo weiter in den Raum hinein. Plötzlich tauchte eine Gestalt neben ihr auf. Den Arm zum Schlag erhoben. Instinktiv duckte sie sich weg, bereit, ebenfalls zuzuschlagen. Bis sie sah, wen sie vor sich hatte.

»Arne«, zischte sie. »Du hast mich erschreckt.«

Arne hob als Antwort den Finger an die Lippen. Gleich darauf deutete er auf den Bereich des Decks, der am weitesten von ihnen entfernt lag.

»Bea. Ich habe sie mit einer Fremden hier runtergehen sehen und bin den beiden gefolgt.«

Jetzt hörte Kari es auch. Jemand redete sehr, sehr leise. Arne forderte sie mit einer Kopfbewegung auf, sich mit ihm dorthin zu begeben. Sie huschten durch das Halbdunkel zwischen Kolonnen von geparkten Autos hindurch. Kari blieb hinter einem Lieferwagen stehen, als sie das Dach des weißen Kleinwagens erkannte, den sie bereits einmal gesehen hatte. War es ein Zufall? Sie glaubte nicht daran. Jetzt tauchte der Schopf der sommersprossigen Frau auf. Sie machte sich am Kofferraum zu schaffen.

»Sehr nett von dir«, sagte sie zu jemandem. Es war Bea, die antwortete. Kari zog ihre Waffe. Sie war mit wenigen schnellen Schritten bei den beiden Frauen.

»Was soll das?«, fragte sie schroff und zog Bea gleichzeitig vom Wagen weg.

»Ich wollte Franka nur was helfen. Sie trägt doch einen Arm in Gips.« Bea war so arglos. Sie hatte keine Ahnung, in welcher Gefahr sie schwebte. Die Frau, die sich Franka nannte, schaute mit leichtem Bedauern zu dem Mädchen. Arne war leise hinter sie getreten. Sie bemerkte ihn nicht.

»Sie ist verletzt. An der Schulter. Nicht wahr?« Kari schob Bea hinter sich, aus der Reichweite der anderen hinaus. »Eine Schussverletzung würde ich sagen. Nicht wahr, *Franka?*« Kari sprach den Namen so aus, dass sehr deutlich wurde, dass sie ihn für eine Lüge hielt. Die Blonde blieb stumm. Ein leises Lächeln umspielte ihre Lippen. Es wirkte arrogant. »Ich weiß es ganz genau. Denn ich habe Ihnen diese Verletzung beigebracht. Als Sie uns in dem Haus bei Witsum überfallen haben. Um eine Frau zu töten. Im Auftrag ihres Ehemanns.« Kari bewegte sich einen halben Schritt auf die Frau zu. Deren Augen zogen sich zu Schlitzen zusammen. Bea japste erschrocken nach Luft. »Hat er Ihnen auch den Auftrag erteilt, die Tochter zu entführen? Wollten Sie das jetzt nachholen?«

Die Blonde hatte sich während des Gesprächs bisher nicht gerührt. Sie stand da, fast schon lässig, die Rechte in der Schlinge, die Linke ans Autodach gelegt. Sie war

Rechtshänderin und Kari hatte nach dem Einbruchversuch ihre Pistole an sich genommen. Dennoch blieb sie auf der Hut. Es gab durchaus Menschen, die beidhändig schießen konnten, und Profikiller meist besaßen mehr als eine Waffe.

»Was soll das denn? Woher wussten Sie, dass sich Bea auf der Fähre befindet? Es macht übrigens keinen Sinn mehr, sie zu entführen. Die Sache ist so und so gelaufen.«

Die Blonde fuhr erschrocken herum, als Arnes Stimme in ihrem Rücken ertönte. Dann wandte sie sich erneut Kari zu. Ein verstörter Ausdruck war in ihre Augen getreten. Arne und Kari wechselten einen vielsagenden Blick. Bea gab einen unterdrückten Laut von sich.

»Du meinst, *Franka* hat nicht mitbekommen, in welche Richtung sich die Dinge entwickelt haben? Dass ihr Auftrag überflüssig geworden ist?« Kari lächelte fein.

Arne stand mit locker übereinandergeschlagenen Armen hinter der Fremden, in deren Augen ein hektischer Ausdruck getreten war. Kari musterte die Frau, die ihr so freundlich, so harmlos vorgekommen war. Sie war es. Diese Frau hatte sie überfallen. Sie hatte versucht, Sandra im Schutzhaus zu töten und hatte es anschließend geschafft, Marlies zu entkommen. Größe, Statur und der androgyne Körperbau stimmten. Deshalb waren sie und Marlies immer von einem Mann ausgegangen.

»Sie dachten doch nicht wirklich, dass Sie Bea einfach so mitnehmen können?« Kari trat einen Schritt zur Seite und spähte ins Innere des Kofferraums. Eine Flasche. Ein paar Geschirrtücher. Eine Rolle Klebeband.

Alles, für sich genommen, nicht verdächtig. Aber sie war sich sicher, dass die Flasche Chloroform enthielt. Die Frau hatte ihre Ausrüstung die ganze Zeit mit sich herumgeschleppt. Allzeit bereit, den einen oder anderen dunklen Auftrag auszuführen. »Sie müssen ganz schön gut sein in Ihrem Job.« Kari war überzeugt, dass das zutraf. »Eine Killerin gegen zwei Personenschützerinnen. Da muss man sich seiner Sache sicher sein.«

»Streng genommen gegen drei. Mein Zielobjekt kann schießen.«

Bea gab einen erschrockenen Laut von sich.

»Sie haben recht. Dennoch haben Sie den Auftrag übernommen.«

Ein eitles Aufblitzen in den Augen ihres Gegenübers zeigte Kari, dass sie auf dem richtigen Weg war.

»Ich arbeite gerne allein.«

»So wie bei Ihrem letzten Auftrag?«

Die Blonde blinzelte.

»Kleiner Tipp: derselbe Auftraggeber. Fast dieselbe Konstellation. Ein Zielobjekt, zwei Personenschützer. Na, klingelt es?«

Arne hob im Hintergrund anerkennend die Brauen.

Die Blonde wandte den Kopf, als wolle sie prüfen, ob noch jemand mithörte. Dann schaute sie stumm zu Boden. Es war ihr anzusehen, dass sie nach einem Ausweg suchte.

»Sie sind Gereon Leonhardts Frau fürs Grobe. Aber dieses Mal haben Sie Pech gehabt. Sandra ist Ihnen entkommen. Sie ist in Sicherheit.«

Die Reaktion der anderen war merkwürdig. Sie gluckste und schüttelte gemächlich den Kopf. Als sie

Kari ansah, tanzte ein triumphierendes Flackern in ihrem Blick.

»Ich glaube, da sind Sie nicht richtig informiert.«

Kapitel 37

Kari und Arne tauschten einen verständnislosen Blick. Was sollte das heißen? Kari kam zu dem Schluss, dass die Killerin bluffte. Bea hingegen schien Schlimmes zu befürchten. Ohne darauf zu achten, dass sie der Frau dabei zu nahe kam, trat sie neben Kari vor.

»Was meinen Sie damit? Was ist mit meiner Mutter?« Ihre Stimme klang schrill vor Angst. Die Blonde reagierte blitzschnell und noch bevor Kari Bea wieder aus der Schusslinie bringen konnte. Mit der Linken griff sie nach Beas Sweatshirt, zog das Mädchen mit einem Ruck an sich. Drückte ihr die Spitze des Wagenschlüssels, den sie in der Rechten hielt, gegen den Hals. Ebenso plötzlich hatte sie sich mit ihrer Geisel so gedreht, dass sie mit dem Rücken zur Wagenseite stand und somit dort gedeckt war. Arne, genauso überrumpelt wie Kari, rührte sich nicht.

»Shhht.« Die Frau, die sich Franka nannte, flüsterte es Bea fast ins Ohr.

Ein lautes Tuten drang an ihre Ohren. Die Tür zum PKW-Deck wurde geöffnet. Man hörte die Stimmen zweier Menschen, dann schlugen Autotüren.

»Wir legen in Kürze an.« Kari sagte es zu niemand Bestimmtem.

»So. Ich sage Ihnen mal, wie das jetzt weitergeht. Ich nehme Bea mit. So lautet mein Auftrag. Ihr Vater möchte sie wohlbehalten wieder in seine Arme schließen. Damit er das kann, werden Sie beide jetzt vortreten und ihre Waffen ablegen.« Ihr Blick wanderte auffordernd zwischen Kari und Arne hin und her. Kari ließ die Hand mit der Waffe sinken.

»Sonst was? Sie bedrohen gerade das Mädchen, das sie zu ihrem Vater zurückbringen sollen.« Beas aufgerissene Augen schienen an Kari zu kleben. *Hilf mir,* sagte dieser Blick. Sie konnte sich kaum rühren, so fest hielt die Blonde sie. Der Schlüssel drückte gegen ihren Hals. Er war lang und schmal. Mit Sicherheit gefährlich, auch wenn diejenige, die ihn hielt, durch ihre angeschossene Schulter gehandicapt war. »Sie kommen hier nicht raus.« Karis Stimme hatte den beruhigenden Ton angenommen, in dem sie häufig mit Menschen sprach, die sich in Ausnahmesituationen befanden. »Das wissen Sie. Selbst wenn Sie es schaffen, die Fähre zu verlassen, werden Sie nicht weit kommen. Und Ihr Auftraggeber dürfte nicht bezahlen für eine Leistung, die er von uns franko und gratis erhält. Denn Bea war bereits auf dem Weg nach Hause. Wir haben den Auftrag, sie nach Hamburg zurückzubringen.« Die Verwirrung im Blick der Blonden war eine kleine Genugtuung im Ausgleich für den Schock, den sie ihnen mit ihrer dreisten Lüge verpasst hatte. Wieder schlug die Tür zum Fahrgastdeck. Dieses Mal kam, den Stimmen nach zu urteilen, eine ganze Gruppe von Personen herunter. Das Stampfen des Schiffes veränderte sich.

»Waffen weg!«, knurrte Franka. Sie setzte wohl darauf, dass die anderen Fahrgäste nicht wahrnahmen, was sich zwischen den Wagenreihen hier abspielte. Arne hob beruhigend die Hände, zeigte die Innenflächen.

»Ich trage keine.«

Kari sah zu ihm hinüber. Sie beugte die Knie und legte ihre Pistole auf den Boden. Schob sie der Blonden ein paar Zentimeter weit entgegen, trat dann mit erhobenen Händen zurück.

»Hilfe!«, schrie in diesem Moment eine Frau. Sie stand mit geweiteten Augen einige Meter entfernt von ihnen. Eine Tasche baumelte an ihrem Arm, der Autoschlüssel war aus den vor Schreck entkräfteten Fingern zu Boden geglitten. Die Killerin fuhr zu ihr herum. In diesem Moment geschahen zwei Dinge gleichzeitig. Bea trat ihrer Peinigerin mit den schweren Doc Martens, die sie trug, heftig auf den Fuß. Und Arne hechtete zu den zwei Frauen hinüber, riss Frankas Arm weg von Beas Hals und drehte ihn nach außen. Ein grauenvoller Schmerzensschrei erklang. Kari packte Bea, auf deren Haut sich ein dünner roter Streifen zeigte, und zog sie zu sich. Arne warf sich auf die Blonde und zwang sie zu Boden. Ohrenbetäubendes Geschrei war die Antwort.

»Was ist hier los?« Hinter ihnen waren zwei Männer aufgetaucht.

»Alles gut! Wir sind von der Polizei!«, rief Kari zu ihnen hinüber. Dann schob sie Bea aus der Gefahren-

zone, beugte sich in den Kofferraum des weißen Kleinwagens, holte das Tape heraus und reichte es Arne. Die
Frau unter ihm zeterte und schrie. Sie schlug um sich,
zappelte mit den Beinen und versuchte, den Dänen von
sich zu stoßen. Mit beachtlicher Kraft. Dennoch gelang
es ihr nicht. Erst als sie an Knöcheln und Handgelen-
ken verschnürt vor ihm lag, erhob er sich. Bea klam-
merte sich an Kari. Die schaute mit schreckgeweiteten
Augen auf die Gefesselte. Sie merkten kaum, dass sich
eine Traube von Leuten um den Schauplatz des Geschehens versammelt hatte.

»Was soll das?«, rief ein kleiner, dicker Mann und trat
drohend auf Arne zu.

»Was tun Sie der Frau an!«, rief jemand anderes.

»Machen Sie Platz«, ertönte die Stimme eines Dritten.
»Ich bin für die Sicherheit an Bord verantwortlich. Begeben Sie sich unverzüglich in Ihre Autos.«

Zögernd gingen die Leute. Kari konnte zwei besonders hartnäckige Gaffer gerade so daran hindern, mit
ihren Smartphones zu filmen.

»Wer sind Sie?«, fragte der beim Anblick der auf dem
Boden liegenden gefesselten Frau sichtlich konster-
nierte Sicherheitsmann.

»BKA«, antwortete Kari. »Diese Frau hat versucht, das
Mädchen zu entführen.«

»Was?« Der Mann kratzte sich nervös am Kopf. Vielleicht fragte er sich gerade, ob er in einer TV-Spaßshow
gelandet war. »Können Sie sich ausweisen?«

Verflixt. Nein. Das konnte sie nicht. Ihr Dienstausweis lag in Jos Safe in Berlin.

»Ja«, antwortete Arne zu ihrer Überraschung und
zückte eine Plastikkarte.

»Europol«, murmelte der Fährmitarbeiter. Halb bewundernd, halb vorsichtig.

Kari hob überrascht den Kopf.

»Informieren Sie bitte die deutschen Behörden. Die Frau muss festgenommen werden«, setzte Arne hinzu.

Jetzt kam Bewegung in Bea. Sie trat auf die am Boden Liegende zu.

»Bitch!«, schleuderte sie ihr entgegen und trat mit dem Fuß gegen deren Hüfte. Vergleichsweise sanft, da hatte Kari schon anderes gesehen.

»Komm«, sagte sie zu dem Mädchen und zog es mit sich. »Wir sind gleich in Dagebüll.«

Kapitel 38

»Ich wusste gar nicht, dass du bei Europol arbeitest.« Nachdem sie der Polizei die Geschehnisse geschildert und die Festnahme der blonden Killerin hatten anordnen lassen, verließen Arne und Kari gemeinsam die Fähre in Richtung Dagebüll Bahnhof. Bea lief zwischen ihnen, Kari hatte ihren Arm um sie gelegt.

»Sie ist total verstört. Warum hast du sie nicht weggebracht von dort unten? Ich wäre mit der Frau auch allein fertiggeworden.« Arne sprach Dänisch.

Kari blieb stehen und wandte sich ihrem Kollegen zu.

»Du hast recht. Sie ist verstört. Von all den Dingen, die sie gehört hat«, antwortete sie in derselben Sprache. »Es musste sein. Sie musste es aus dem Mund derjenigen hören, die ihr Vater auf die Mutter angesetzt hat. Uns hätte sie nie geglaubt.«

»Was hat diese Franka gemeint?«, fragte Bea, die weitergegangen und jetzt stehen geblieben war. Mit fragender Miene drehte sie sich zu Arne und Kari um. »Das mit meiner Mutter.«

Ohne es wahrhaben zu wollen, war Kari beunruhigt. Marlies hatte auf keine ihrer Nachrichten reagiert.

»Sie wollte uns verunsichern«, erklärte sie dennoch mit fester Stimme. »Uns ablenken. Weiß Gott, was sie mit dir gemacht hätte.«

Sie nahmen ihren Weg wieder auf und stiegen in die kleine, dunkelrote Bahn, die schon wenige Minuten später abfuhr. Bea saß am Fenster, Kari neben ihr. Gegenüber machte sich Arne breit. Sie wollten nicht, dass jemand sich zu ihnen setzte, und erfreulicherweise war die Bahn nicht überfüllt.

»Wie geht es deinem Hals?«, wollte Kari wissen. Die Wunde war Gott sei Dank nur oberflächlich. Sie hatte sie desinfiziert und mit einem Pflaster versehen. Mehr Gedanken machte ihr Beas seelischer Zustand. Sie kaute nervös an ihren Fingernägeln und wirkte mit den immer noch schreckgeweiteten Augen wie ein Kaninchen, das gerade der Schlange davongehüpft war.

»Sie war so nett. Sagte, sie käme aus Hamburg, ob ich die Stadt kennen würde. Dass sie etwas in ihrem Wagen holen müsste, aber mit dem Arm gehandicapt sei.«

»Ich verstehe nicht, warum die Frau immer noch hinter Bea her war.« Kari beugte sich näher zu Arne, damit sie nicht so laut reden musste. »Sie wusste ganz offensichtlich, dass Sandra die Insel verlassen hatte. Aber woher hätte sie wissen sollen, dass Bea nicht bei ihr war?«

»Sie wusste es nicht. Sie war nicht hinter Bea her. Nicht mehr. Sie war abkommandiert worden. Ihr Auftrag war beendet. Sie war also auf der Heimfahrt. Da sieht sie Bea, zusammen mit dir. Dachte sich, sie könne sich das Mädchen jetzt doch noch schnappen. Doch noch abkassieren. Leonhardt zahlt nur für erfolgreich erledigte Aufträge.« Arne sprach ebenfalls leise.

»Das heißt, sie hat gar nicht damit gerechnet, Bea auf der Fähre zu sehen?«

»So sehe ich das, ja.« Arne blickte zu Bea, die dem Gespräch angespannt folgte.

»Als sie mich auf der Fähre entdeckt hat, hat sie mich erkannt«, sagte Kari. »Vermutlich war keines unserer beiden Treffen zuvor ein Zufall. Sie hat das Haus ausspioniert. Mich dort gesehen. Dass ich es war, die sie angeschossen hat, war ihr natürlich auch bekannt.«

Arne schüttelte langsam den Kopf und wechselte ins Dänische.

»Sie geht davon aus, dass Sandra nicht mehr lebt.

Sie hat es mir gesagt, als sie da auf dem Boden lag und schrie und du mit Bea beschäftigt warst. Sie sagte: *Ich dachte, sie wären beide tot. Und dann sehe ich sie hier auf der Fähre.* Dabei wirkte sie ganz klar.«

»Sie dachte, beide wären tot?« Karis Herzschlag beschleunigte sich.

»Was redet ihr da?«, fuhr Bea dazwischen.

»Nichts, was für dich von Bedeutung ist. Wir müssen ein paar polizeiinterne Dinge klären. Und hier sind zu viele Ohren um uns herum«, erklärte Arne ihr leise.

»Moin!«, rief eine gut gelaunte Schaffnerin, während sie schwungvoll den Wagen betrat. Sie kontrollierte die Fahrkarten und wies darauf hin, dass die Bahn gleich in Niebüll ankommen würde. Um sie herum setzte jetzt der bekannte Trubel ein. Die ersten Fahrgäste erhoben sich von ihren Plätzen. Taschen und Koffer wurden durch den Gang bugsiert. Ein allgemeines Schwätzen und Murmeln legte sich wie ein akustischer Teppich über den Wagen. Kari, Arne und Bea jedoch hingen schweigend ihren Gedanken nach.

In Niebüll, der Endhaltestelle der Regionalbahn, verließen sie den Zug, um auf den Bahnhof mit den Fernzügen zu wechseln. Schon von Weitem sahen sie den Polizeiwagen, einen Kleinbus, der auf den Bahnsteig fuhr. Ein junger Beamter stieg aus. Seine am Steuer sitzende Kollegin starrte der Dreiergruppe reglos entgegen.

»Wir haben den Auftrag, Sie nach Hamburg zu begleiten.«

Kari hob die Brauen.

»Wer sagt das?«

»Meine Chefin.«

»Besser, als mit der Bahn zu fahren«, brummte Arne.

»Ja. Aber niemand hier sollte wissen, wer Bea ist und wohin wir wollen.«

»Ich habe der Polizei in Dagebüll gesagt, dass wir nach Hamburg unterwegs sind. Dass meine Eltern dort auf mich warten.« Mit diesen Worten ließ sie die beiden stehen und rannte auf den Wagen zu.

Der Polizist und seine Kollegin stellten sich mit Namen vor, die Kari sofort wieder vergaß. Arne stieg zu Bea in den Bus.

»Ich gehe nur schnell zum Bahnhofskiosk. Wir brauchen Getränke für unterwegs.« Dabei wollte Kari die Gelegenheit nutzen, durch einen kurzen Sprint das Adrenalin, das in ihrem Blut zirkulierte, abzubauen. Sie lief zum nahe gelegenen Bahnhofsgebäude und packte dort im Shop Wasser, Cola und eine Handvoll Schokoriegel ein. Bea stand immer noch unter Schock, sie würde das brauchen. Über der Bezahltheke lief ein

Flachbildfernseher ohne Ton. Während vor ihr jemand quälend langsam sein Kleingeld aus dem Portemonnaie kramte und dabei halblaut jeden Cent mitzählte, blickte sie nach oben. Auf einem Nachrichtensender wurde über die üblichen politischen Streitereien im In- und Ausland berichtet. Dann, der Mann vor ihr hatte gerade alles auf die Theke gelegt und die Mitarbeiterin strich es mit unwirschem Gesichtsausdruck ein, sah man auf dem Bildschirm die wogenden Wellen der Nordsee von oben. *Helikopterabsturz bei Föhr*, lautete die Schlagzeile auf dem unterhalb des Videos eingeblendeten Laufband. *Küstenwache unterwegs. Pilot und zwei Passagiere werden vermisst. Kaum Chancen, sie lebend zu bergen.* Die Flaschen rutschten Kari aus der Hand und fielen zu Boden. Ihr selbst war, als habe man ihr die Beine weggetreten. Marlies. Sandra. Sie lebten nicht mehr.

Kapitel 39

Es war kurz dunkel geworden um sie herum. Jetzt stach das Licht schmerzhaft in ihre Augen. Jemand beugte sich zu ihr. Kari schaute verwirrt auf den schmutzigen Boden, auf dem sie lag.

»Fräulein, was ist mit Ihnen?« Ein älterer Herr, trotz Gehstock bemüht, ihr auf die Beine zu helfen.

»Danke. Es geht schon wieder«, murmelte Kari. Sie erhob sich mühsam und wie in Zeitlupe. Beugte sich nach unten, um die Flaschen und Schokoriegel einzusammeln. Ein schriller Schrei veranlasste sie, sich umzudrehen. An der Tür stand Bea. Sie hatte die Augen aufgerissen und die Faust gegen die Lippen gedrückt. Arne war direkt hinter ihr, die Hände auf den Schultern des Mädchens. Beide starrten mit fassungslosem Gesichtsausdruck auf den Fernseher.

»Bring sie hier raus«, murmelte Kari. Schwankend drehte sie sich zu der Verkäuferin um, die sie ausdruckslos ansah. Warf einen Schein auf den Tresen. Zu dritt verließen sie den Kiosk, vorbei an neugierig starrenden Menschen.

»Warum seid ihr gekommen?«, fragte Kari.

»Bea wollte noch ein Eis.« Arne hatte das Mädchen an der Hand gefasst. Ohne ein weiteres Wort stiegen sie in den Polizeibus.

»Wir brauchen einen Arzt. Noch bevor wir abfahren«, sagte Kari leise zu dem Uniformierten, der am Wagen auf sie gewartet hatte. »Das Mädchen steht unter Schock.« Der Polizist nickte knapp. Eine halbe Stunde später lag Bea auf einer der Sitzbänke. Ein Allgemeinmediziner hatte sich angehört, was geschehen war. Die Wunde am Hals angesehen und ein frisches Pflaster darauf geklebt. Bea danach ein leichtes Beruhigungsmittel verabreicht und Kari eine Blisterpackung mit zwei weiteren Dragees in die Hand gedrückt.

»Sie sollte die nächsten paar Stunden schlafen können. Geben Sie ihr bei Bedarf noch eine Tablette am Abend. Hoffentlich wissen Sie bis dahin mehr«, hatte er sie verabschiedet.

Seit ihrer Abfahrt bombardierte Kari Jo mit Textnachrichten. Als endlich eine Antwort eintraf, konnte sie einen leisen Schrei nicht unterdrücken:

Kann gerade nicht. Sehen uns in Hamburg.

»Nicht besonders aussagekräftig«, brummte Arne.

Kurz vor Ankunft in der Hansestadt traf eine zweite Nachricht von Jo ein:

Treffpunkt Ohnsorg-Theater.

Kari gab das an die Fahrerin weiter.

»Alles klar. Ist am Hauptbahnhof«, ließ die verlauten.

Dort angekommen bedankte Kari sich für die Fahrt. Arne trug die schlafende Bea hinüber in einen wartenden SUV, der von einem BKA-Kollegen, einem bulligen, dunkelhaarigen Typ, der sich als Tarkan vorstellte, gefahren wurde.

Sitzen im BKA-Taxi

textete Kari an Jo.

Sehen uns

kam zurück.

Die Fahrt durch den recht dichten Stadtverkehr dauerte knapp zwanzig Minuten. Dann hatten sie eine gesichtslose kleine Pension erreicht. Bea rieb sich verschlafen die Augen, als sich die Türen des Wagens öffneten. Am Eingang des Hotels erschien Jo Weinheimer. Sein Gesicht war zerfurchter als sonst, sein Blick ernst.

»Willkommen in Hamburg«, sagte er und führte sie hinein.

Arne verabschiedete sich in der Lobby erst von Kari, dann von Bea, die anfing zu weinen, als er sie an sich drückte. »Alles wird wieder gut«, flüsterte er ihr zu und hob den Arm mit dem Freundschaftsbändchen. »Das werde ich in Ehren halten.«

Dann verschwand er mit Jo in das verwaiste Restaurant. Kari begriff, dass Jo das ganze Haus angemietet hatte. Der Fahrer des SUV betrat nun ebenfalls die Empfangshalle und brachte sie ins obere Stockwerk. Für Kari und Bea waren zwei Zimmer mit Durchgangstür reserviert.

»Was ist mit meiner Mutter?«, fragte sie, kaum dort angekommen.

»Wir wissen noch nichts Genaues«, antwortete Kari. »Es ist nicht gesagt, dass genau der Heli abgestürzt ist, mit dem sie und Marlies unterwegs waren.« Marlies. Die junge Kollegin, die ihr anfangs so auf den Keks gegangen war mit ihrer Schludrigkeit. Lag sie jetzt auf dem Grund der Nordsee? Kari, die ihr eigenes Trauma mit Todesfällen im Meer hatte, schauderte bei dem Gedanken.

»Wenn es Absicht war. Wenn jemand den Hubschrauber zum Absturz gebracht hat. Dann doch, weil meine Mum darin saß.«

»Weißt du, Bea …«

»Aber derjenige konnte nicht wissen, dass ich *nicht* bei ihr war, oder?«

Sie sah Kari so verzweifelt an, dass diese fast schon geneigt war, irgendeine Lüge zu erzählen. Im selben Moment klopfte es laut an der Tür.

»Jo!« Kari zog ihren Vorgesetzten regelrecht in den Raum.

»Bin ich froh, dass ihr da seid«, lauteten seine ersten Worte. Er blickte zu Bea, die in der Verbindungstür zu ihrem Zimmer stand.

»Beatrice, nicht wahr?«

»So nennt mich niemand mehr«, entgegnete sie leicht überrumpelt.

»Setzt euch. Wollt ihr Kaffee, Tee oder was anderes?«

»Cola«, antwortete Bea wie aus der Pistole geschossen. »Light«, setzte sie noch hinzu.

»Kari?« Sie begriff, dass ihr Chef eine Art Normalität herstellen, das Schreckliche um sie herum dämpfen wollte.

»Wasser«, sagte sie. »Und einen ganz normalen Kaffee.«

Jo nickte, diktierte gleich darauf die Bestellung in das Zimmertelefon.

»Wir müssen über ein paar Dinge sprechen«, fuhr er danach fort. »Die Nachricht, dass ihr beide nicht mit Marlies und Sandra Leonhardt im Hubschrauber geflogen seid, hat mich erst erreicht, als die Polizei die Frau auf der Fähre festgenommen hat.«

Kari nickte langsam.

»Es ging alles schnell. Ich habe Marlies benachrichtigt, dass ich mit Bea nachkomme.« Ihre Stimme brach und sie wandte sich ab.

Ein erneutes Klopfen unterbrach sie. Eine junge Frau in einem schwarzen Hosenanzug kam herein und stellte ein Tablett mit den Getränken auf den niedrigen Beistelltisch.

»Danke, Corinna«, sagte Jo. Als sich die Tür hinter ihr wieder geschlossen hatte, setzten sich Jo und Bea in je einen der Sessel, die um den Tisch gruppiert standen. Kari ließ sich auf der Bettkante nieder.

»Ist das das neue Schutzteam für Bea?«, wollte sie wissen.

»Ja, Corinna und Tarkan werden ab jetzt übernehmen.«

»Nein!«, schrie das Mädchen. Sie stürzte auf Kari zu und schlang die Arme um ihre Taille. »Ich will, dass du bei mir bleibst.«

Kari war völlig überfordert mit der Situation. Sie erinnerte sehr an den Moment in Bent Sörensens Küche um die Mittagszeit. Auch an ihn hatte Bea sich so heftig geklammert. Und eben, als Arne gegangen war, hatte sie geweint. Sie schloss sich schnell anderen Menschen an. Womöglich, weil sie mit ihrer Mutter so über Kreuz war und sich einsam fühlte. Nachvollziehbar, dass sie bei der Vorstellung, auch noch ihre Klassenkameradinnen und ihren Schulschwarm zu verlieren, schreckliche Angst bekommen hatte. Wie würde es jetzt mit ihr weitergehen? Bisher waren beide Elternteile gleichermaßen für ihre Erziehung verantwortlich gewesen. Die Leonhardts waren immer noch verheiratet. Durch Sandras Tod konnte Beas Vater allein verfügen. Nach allem, was Kari über das Verhältnis der beiden wusste, wäre das per se nicht schlimm für Bea, sie war ja ein Papakind. Doch nun, im Bewusstsein dessen, dass er sie kaltblütig geopfert hätte, schockierte Kari diese Vorstellung.

»Hey. Ich bin ja da. Du wirst die neue Kollegin kennenlernen, bevor ich zurückfahre.« Sie hatte keine Ahnung, ob das stimmte. Jo nickte ihr kaum wahrnehmbar zu.

»Bea. Darf ich dich ein paar Dinge fragen?«, wollte er wissen.

Bea löste sich von Kari. »Was denn? Ich habe schon alles der Polizei erzählt.«

»Es geht um etwas anderes. Du musst ganz ehrlich zu mir sein. Okay?«

Bea griff nach ihrer Cola, statt zu antworten, schob einen Strohhalm in die Flasche und begann zu trinken.

»Du hast gesagt, dass deine Mutter einen Freund hat.«

Beas Miene verfinsterte sich.

»Kennst du diesen Mann?«

Bea schüttelte mit einer Vehemenz den Kopf, dass ihre langen Haare nur so flogen.

»Deine Mutter hatte einen Bodyguard. Stimmt das?«

Bea saugte konzentriert an ihrem Strohhalm. »Eine Frau«, antwortete sie schließlich.

»Keinen Mann?«

Bea schaute hilfesuchend zu Kari.

»Du besuchst seit einem Jahr ein Internat«, half die ihr weiter.

»Vorher war es immer eine Frau«, antwortete Bea nach kurzem Zögern.

»Hatte sie vielleicht zwei Beschützer? Einen Mann und eine Frau?«, konkretisierte Jo.

»Möglich.« Die Flasche war leer und wurde zurück auf den Tisch gestellt.

»Okay. Dann muss ich wissen: Hast du heimlich ein Handy mit in das Schutzhaus geschmuggelt?«

Wieder das Kopfschütteln.

»Ganz sicher? Es wird dir nichts geschehen. Aber um dich weiterhin beschützen zu können, müssen wir es wissen.«

Bea versicherte, sie habe kein Handy geschmuggelt. Nicht telefoniert. Keinerlei Kontakt nach außen aufgenommen.

Kari und Jo sahen sich an. Das Mädchen schien die Wahrheit zu sprechen, sie klang völlig überzeugend.

»Sagen Sie mir jetzt, was mit meiner Mum ist? Mit Marlies?«

»Tja.« Jo rieb sich die Nase. »Wir wissen es nicht. Es wird nach ihnen gesucht und ich bin sicher, wir finden sie.« Er erhob sich und fuhr sich durch das schüttere, mit Grau durchsetzte braune Haar. »Da du aber sowieso zu deinem Vater wolltest, bringen wir dich ...«

»Ich will nicht!« Bea war aufgesprungen. Sie hatte Tränen in den Augen. Ihre Lippen zitterten. »Er hat meine Mum und Marlies getötet. Und wenn ich mit ihnen im Heli gesessen hätte, wäre ich jetzt ebenfalls tot!« Die letzten Worte schrie sie. Dann fiel sie in den Sessel, wo sie sich heftig schluchzend zusammenkrümmte.

»Können wir jemanden holen? Eine Kinderpsychologin?« Kari hatte sich neben Bea gehockt und hielt das Mädchen tröstend im Arm. Das, was diese Fünfzehnjährigen innerhalb weniger Tage durchgemacht hatte, hätte lebenserfahrenere Menschen umgeworfen.

»Ist schon unterwegs. Als ich die Nachricht über den Vorfall auf der Fähre erhielt, habe ich jemanden angefordert.« Er blickte auf die Uhr. »Sie müsste in Kürze eintreffen.«

Kari blieb bei Bea, bis die sich einigermaßen beruhigt hatte. Sie war unsicher, ob sie ihr vor dem Gespräch mit der Fachfrau noch eine von den Beruhigungstabletten geben sollte. Die Entscheidung wurde ihr wenig später abgenommen, als eine schmale blonde Frau mit offenem Blick neben Jo das Zimmer betrat. Sie nickte Kari freundlich zu.

»Hallo Bea«, wandte sie sich gleich an das Mädchen. »Ich heiße Margot und würde mich gerne ein bisschen mit dir unterhalten.«

»Kari, kommst du ins Restaurant? Wir müssen noch was Internes klären.« Das war Jo. Kari schaute fragend

zu Bea. Die nickte, leicht benommen, aber offensichtlich eingenommen von Margots warmherziger Ausstrahlung.

Kapitel 40

Ein verlassenes Restaurant wirkte immer einsam und traurig. An diesem Tag war das mehr denn je der Fall. Eine leichte Staubdecke lag auf den Sideboards und den Tabletts voller leerer Blumenvasen. Die Tische waren blank, ohne Decken oder Dekoration. Als Jo eine Packung Zigaretten hervorzog, hob Kari erstaunt die Brauen.

»Gelegenheitsraucher. Stressraucher, um es genauer zu sagen.«

Hier würde sich niemand darum kümmern, so viel war klar. In Ermangelung eines Aschenbechers nutzte er den Unterteller einer benutzten Kaffeetasse.

»Hier.« Er schob Kari ihren Dienstausweis und ein Holster mit ihrer Waffe zu. »Die des Kollegen brauche ich jetzt von dir zurück«

Sie legte das fremde Holster mit der Waffe ab und reichte es ihrem Boss.

»Wie geht es ihm?«

»Dem Kollegen? Gut. Sehr gut.« Jo betrachtete sie aus zusammengekniffenen Augen.

»Ich dachte, also, so ein Herzinfarkt ...« Etwas an der
Atmosphäre hatte sich verändert.

»War nicht so schlimm.« Jo wandte den Kopf zur Seite
und blies den Rauch dorthin aus.

»Dann wird er wieder in den Dienst zurückkehren?«
Sie konnte sich nicht erklären, warum Jo so mundfaul
war.

»Das kann ich ausschließen.« Noch immer sah er zum
Fenster. Bis ihn ein Ruck durchlief. »Tobias war derjenige, der euch verraten hat. Er war der Maulwurf, den
ich gesucht habe.«

Karis Augen weiteten sich.

»Wie das? Ich dachte, der Mann lag im Krankenhaus?«

Jo nickte bedächtig.

»Da war er. Erfreulicherweise ist sein Gesundheitszu-
stand inzwischen wieder stabil. Oder vielleicht sollte
ich sagen, er war nie ernsthaft in Gefahr.« Kari dämmerte etwas. Sie setzte sich kerzengerade auf. »Er hat
den Herzinfarkt simuliert. Sehr überzeugend. Möglicherweise hat er dazu auch ein Medikament eingenommen, das bei Gesunden Vorhofflimmern auslöst. Das
werden wir wohl nie so genau erfahren. Die Ärzte halten sich an dieser Stelle verständlicherweise bedeckt.
Fakt ist, er wusste, was er tun, wie er sich verhalten
musste, als der Notarzt kam. Für ihn war nur wichtig,
vom Fall abgezogen zu werden. Die im Krankenhaus
haben schnell rausgefunden, dass es nichts Ernstes
war. Aber als Privatpatient mit simulierten Schmerzen
blieb er einfach ein paar Tage zur Beobachtung. Wir als
Arbeitgeber haben kein Recht, die Krankenakte einzu-
sehen.«

»Wie bist du ihm auf die Schliche gekommen?«

»Du hast mir erzählt, dass diese Killerin, diese Franka, beim Überfall auf euch im Schutzhaus in Witsum direkt in Sandras Zimmer gegangen ist. Sie muss also gewusst haben, wo ihre Zielperson zu finden ist. Oder gewesen wäre, hättest du sie nicht just an diesem Tag in einem anderen Raum untergebracht. Natürlich hätte es auch sein können, dass sie euch ausspioniert und Sandra dort am Fenster gesehen hat. Ich fand es dennoch merkwürdig. Nachdem dann auch in deinem Zuhause ein Auftragskiller aufgetaucht ist, habe ich alle Verdachtsmomente durchgekämmt. Wer wusste nicht nur vom Schutzhaus, sondern kannte auch die ursprüngliche Zimmerverteilung? Wer könnte deinen Namen kennen, nicht aber die Lage des Hauses, in dem ihr inzwischen wart?« Er schnippte die Asche in die Untertasse. »Dann der Hinweis, dass Leonhardt seinen besonders treuen Leuten neben Schmiergeld auch gerne mal einen teuren Schlitten schenkt. Wir haben das infrage kommende Personal diskret durchleuchtet und die Zulassungen überprüft. Bei Tobias wurden wir fündig. Auf seine Frau, eine Kindergärtnerin mit normalem Gehalt, ist ein Maserati angemeldet.« Er zog heftig an seiner Zigarette. »Das allein genügt natürlich nicht, aber in der Gesamtbewertung lag er plötzlich auf Platz eins unserer Verdachtsfälle. Ein Kollege, der bislang nie auffällig geworden ist.«

»Seit wann hatte er den Wagen?«

»Schon eine ganze Weile. Das macht mir Sorgen. Wir müssen klären, wie häufig er bereits in der Vergangenheit für Leonhardt tätig war.«

Kari dachte an den ersten Zeugen und die beiden Kollegen vom Personenschutz, die Franka in einem Haus getötet hatte, das bis zu diesem Moment als sicher gegolten hatte.

»War dieser Tobias aktiv? Hat er selbst Aufträge übernommen?«

»Nein. Er war nur der Tippgeber. Zuletzt aus dem Krankenhaus heraus.« Er seufzte tief. »Es tut mir sehr leid, dass du in deinem Zuhause überfallen wurdest. Das ist schrecklich. Die Suche nach dem Eindringling hat bedauerlicherweise nichts ergeben.«

Der Gedanke an den Toten in ihrem Garten ließ Kari einen Schauer über den Rücken laufen. Sie schob ihn weg.

»Aber wie konnte er das denn alles wissen? Ich meine, das erste Schutzhaus, die Lage und die Zimmerverteilung, klar. Da war er noch dabei. Warum die Inszenierung mit dem Infarkt?«

»Kannst du es dir nicht denken?« Jo hatte seine Zigarette aufgeraucht und drückte sie mit einer fast schon brutalen Geste aus.

»Er wäre in Verdacht geraten.« Kari nickte versonnen. »Darum hat er vermutlich sein Wissen nicht gleich nach Ankunft weitergegeben. Sondern erst, als er selbst nicht mehr dort war.« Sie kniff sich die Nasenwurzel. »Hatte er irgendwelche Peilsender angebracht an den Autos?«

Aber nein, dann wäre er früher oder später auf das Haus in Nieblum gestoßen, beantwortete sie sich die Frage selbst. Jo schüttelte dann auch den Kopf.

»Er hat ganz sicher nicht damit gerechnet, dass das nötig sein wird.« Er legte die Unterarme auf den Tisch und beugte sich zu Kari. »Diese Franka ist eine Top-Kraft, wenn ich das mal so sagen darf. Sie hat zwei exzellente Leute von uns ausgeschaltet. Arbeitet grundsätzlich allein. In ihrem Wagen haben wir unter anderem Betäubungsgas gefunden. Dazu falsche Papiere für Bea. Ihr Vater wollte sie kidnappen und außer Landes bringen lassen. Das war wohl der ursprüngliche Plan. Dass Arne und du diese Frau überwältigen konntet, ist ein Segen.«

»Rechnest du damit, dass sie auspackt?«

Jo wiegte unschlüssig den Kopf. »Wir vermuten, dass einige ungeklärte Auftragsmorde auf ihr Konto gehen. Egal, wie viel sie uns über Leonhardt verrät, mit so jemandem macht man keine Deals.«

»Und Tobias? Redet er? Von wem hat er seine Infos erhalten?«

Jo sah sie schweigend an.

»Lass mich überlegen«, bat sie. Mit dem Wissen, wer sie verraten hatte, müsste sie darauf kommen, wie alles gelaufen war. Sie rekapitulierte. Ihre Ankunft im Schutzhaus. Der Überfall. Die Flucht nach Nieblum. Der Auftragsmörder in ihrer Kate. Die Frau auf der Fähre. Und dann, auf einmal, blitzten Bilder in ihrer Erinnerung auf. Sie spürte, wie sie blass wurde. »Marlies«, flüsterte sie. Sie sah ihre Kollegin vor sich, wie sie mehrfach verstohlen Gespräche führte. Das letzte nach dem Abmarschbefehl in Nieblum. Sie hatte in ihrem gemeinsamen Zimmer auf dem Bett gesessen. Aber es war nicht Jo gewesen, dem ihr Anruf gegolten hatte. Sondern Tobias. Aber warum?

»Marlies«, bestätigte Jo. »Sie hat Tobias Informationen gegeben.«

»Ich verstehe nicht. Sie ist tot. Umgekommen, quasi durch seine Hand.«

»Sie hat es aus Liebe getan. Sie und Tobias, der übrigens verheiratet ist, was die Sache nicht besser macht, haben ein Verhältnis. Hatten. Das ist ja jetzt vorbei.«

Natürlich war es vorbei. Marlies war tot.

»Eines verstehe ich aber immer noch nicht. Wenn Marlies ihn informiert hat, warum wusste er nichts von dem Haus in Nieblum? Nichts davon, dass Sandra allein flog. Bea nicht mit ihrer Mutter im Heli saß, sondern bei mir war? Diese Information hatte er offensichtlich nicht, konnte sie daher auch nicht an seinen Auftraggeber weiterleiten.«

Jo seufzte wieder. Dieses Mal tiefer als zuvor. »Es war kein geplanter Verrat. Es war Unachtsamkeit. Sie verriet ja nichts. Nicht gezielt. Ließ nur ab und zu bei einem ihrer Liebestelefonate eine Bemerkung fallen. Oder sagen wir mal besser: sich entlocken. Informationen, wie die, dass alle noch auf Föhr waren und nicht auf dem Festland, wie ich in der Behörde gestreut habe. Über dich, deinen Namen, dass du ihn ersetzt hast und auf der Insel wohnst. Da mussten Leonhardts Leute nicht lange suchen.«

»Du hast ihr vertraut. Mehr als mir. Zumindest kam es mir so vor.« Sie gab sich Mühe, diese Worte nicht bitter klingen zu lassen. »Warum?« Der Gedanke, der sofort auftauchte, speiste sich aus dem, was Jo gerade eben gesagt hatte. *Tobias, der übrigens verheiratet ist, was die Sache nicht besser macht.* Es hatte sich angehört wie Eifersucht. »Sag nicht, dass auch du … dass ihr … heimlich …« Sie konnte den Satz nicht zu Ende bringen. Jo war ihr Vorgesetzter. Sie hatte keinerlei Recht, ihn über sein Privatleben auszuquetschen.

»Du meinst, ob wir ein Paar waren? Nein. Das nicht.« Seine Finger spielten mit einem Zuckerpäckchen, das ungeöffnet neben der leeren Kaffeetasse lag. »Aber wir stehen uns nahe. Sehr nahe.« Jetzt sah er Kari direkt in die Augen. »Das sollte niemand wissen. Schließlich habe ich sie kürzlich erst aus Wiesbaden nach Berlin geholt. Ich wollte nicht, dass es wie Protektion aussieht.« Er schob die Unterlippe nach vorn, beugte sich zu Kari über den Tisch. »Marlies ist meine Tochter.«

Kapitel 41

Die Geschichte war schnell erzählt. Jo und eine Jugendliebe. Es hielt nicht. Das Mädchen Marlies wuchs bei der alleinerziehenden Mutter auf. Jo kümmerte sich, obwohl er offiziell nicht der Vater war.

»Ihren Weg musste sie allein finden und gehen. Dass sie sich ausgerechnet für meinen Beruf entscheidet, habe ich weder forciert noch gebremst.«

Und jetzt war Marlies tot. Kari senkte den Kopf, der auf einmal schwer wie Blei war.

»Ich kann es nicht fassen«, murmelte sie.

»Chef?« Die Tür, die von der Lobby ins Restaurant führte, schwang auf. »Wir müssen über den Ablauf morgen reden.« Es war Tarkan, der Beamte, der sie gefahren hatte.

»Ja. Ja, natürlich.« Jo winkte den Mann heran. »Die Kollegin Lürsen wird diese Nacht über bei uns bleiben. Die junge Dame, Beatrice, ist verständlicherweise verstört. Ich denke, es ist das Beste, wenn jemand, den sie kennt, momentan noch bei ihr bleibt. Die Verantwortung für die Zeugin Sandrine Leonhardt tragt ab sofort ihr als das neue Team. Strengste Geheimhaltung, aber das muss ich euch ja nicht erklären. Lagebesprechung in einer Viertelstunde hier.«

Tarkan nickte und verschwand. Kari starrte Jo verständnislos an.

»Wovon redet ihr?«

»Der Prozess gegen Gereon Leonhardt wird morgen um neun Uhr pünktlich beginnen. Mit der Belastungszeugin.«

»Sandra ... sie war nicht in dem abgestürzten Hubschrauber?«

Eine Welle der Erleichterung durchflutete sie.

»Es gab keinen Hubschrauberabsturz.« Jo lächelte leicht sardonisch. »Wir haben das inszeniert, damit uns Leonhardt nicht auf den letzten Metern noch dazwischenfunkt. Morgen wird die Meldung kommen, dass der vermisste Heli unbeschadet landen konnte. «

»Das war alles ein Fake? Um Sandra in Sicherheit zu bringen? Wie habt ihr das angestellt?«

»Als ich nach Föhr kam, habe ich Marlies reinen Wein über meine Vermutungen eingeschenkt. Sie wusste bis zu diesem Zeitpunkt nicht, dass der erste Zeuge gegen Leonhardt getötet wurde. Und seine beiden Personenschützer ebenfalls. Sie ist noch nicht so erfahren, da wollte ich sie nicht damit belasten. Nun sagte ich ihr die Wahrheit. Fragte sie, ob sie sich einen Reim darauf machen konnte, dass Franka die alte Zimmeraufteilung kannte, nicht aber die neue. Wir gingen alle Möglichkeiten durch. Ich kenne sie gut genug. Habe gemerkt, wie es in ihrem Hirn arbeitete. Sie wollte erst nicht so richtig rausrücken mit der Sprache. War offensichtlich schockiert. Denn auch sie zog die richtigen Schlüsse.

Sie konnte es nicht glauben, dass sie selbst das Leck war, wenngleich unbeabsichtigt. Dann kam die ganze Geschichte ans Tageslicht. Die Affäre mit Tobias. Ihre Telefonate, die ihrer Meinung nach lediglich privater Natur gewesen waren. Jetzt erst fiel ihr auf, wie geschickt Tobias sie ausgehorcht hatte. Als besorgter Liebhaber. Als geschätzter Kollege. Sie brach mir fast zusammen. Wir haben dann den Plan geschmiedet, ihn in eine Falle zu locken. Daher habe ich sie gebeten, vor dem Abflugtag genau die Infos weiterzugeben, die er für seinen Auftraggeber brauchte. Wann und auf welchem Weg wir die beiden Frauen von Föhr nach Hamburg bringen würden. Sobald klar war, dass Tobias über dieses Wissen verfügte, wurde der Hangar durchgehend und sehr diskret überwacht. Die Mission war erfolgreich. Wir konnten jemanden festnehmen. Diejenige Person hat nachts eine Sprengladung an dem von uns gecharterten Helikopter angebracht. Wir haben abgewartet, bis die Sache erledigt und dem Auftraggeber als solches gemeldet war. Dann haben wir uns den Kerl geschnappt. Anhand der Telefonverbindungen konnten wir einen direkten Bezug zu Leonhardts Anwalt herstellen, der regelmäßig auch von Tobias angerufen worden war.«

»Alle Achtung.« Kari sah ihren Chef voller Bewunderung an.

»Wir wollen dem Kerl endlich das Handwerk legen«, brummte er.

»Wo sind Sandra und Marlies jetzt?«

»In Sicherheit.«

»Darf Bea wissen, dass ihre Mutter lebt?«

Jo wandte den Kopf und sah zum Fenster hinaus.

»Was denkst du, Kari? Das Mädchen hat seiner Mutter den Tod gewünscht. Wollte immer zum Vater zurück, den es verehrt. Können wir auf den letzten Metern riskieren, dass sie Gereon, über welche Kanäle auch immer, warnt?«

»Du hast recht«, murmelte Kari. »Lassen wir sie heute noch in dem Glauben. So schwer es mir auch fällt. Morgen wird sie die Wahrheit erfahren.«

Kapitel 42

Beas Gespräch mit der Psychologin war beendet, als Kari wieder nach oben kam. Die Kollegin namens Corinna saß mit dem Mädchen im Zimmer und erklärte ihr gerade geduldig, dass sie momentan noch nicht telefonieren dürfe.

»Man kann mit den Apparaten lediglich eine Verbindung innerhalb des Hauses herstellen, nicht nach außerhalb. Du brauchst es daher gar nicht erst zu versuchen.«

Bea, immer noch durcheinander, blickte hilfesuchend zu Kari.

»Sie hat recht«, sagte die. »Wir haben bislang keine klaren Anweisungen, wie es jetzt weitergeht. Aber morgen wird sich dein Leben wieder ein Stück weit normalisieren.«

Die Kollegin verließ den Raum. Kari ließ sich in einen Sessel fallen. Bea war blass. Dunkle Schatten lagen unter ihren Augen. Das ungekämmte Haar hing ihr ins Gesicht.

»Warten wir doch ab, was der Rettungseinsatz bringt«, sagte Kari sanft, der das Mädchen leidtat. Sie verstand die Beweggründe dafür, sie noch im Glauben zu lassen, ihre Mutter sei umgekommen. Dennoch fand sie es hart, sie so angegriffen zu sehen.

»Sie bringen es nicht einmal mehr im Fernsehen«, entgegnete Bea jetzt auch noch prompt. »Als ob es nicht wichtig wäre.« Kari, die es besser wusste, schwieg.

»Ich schäme mich so.« Beas leise Stimme klang erstickt. »Ich habe ihr den Tod gewünscht. Dabei dachte ich nie, dass er so etwas tun könnte.«

»Mit *er* meinst du deinen Vater?«

Bea nickte. In ihren Augen standen Tränen.

»Ich war so sauer auf sie. Habe sie für unsere familiären Probleme verantwortlich gemacht.« Sie schluckte schwer. »Dass mein Vater so ist, so böse, so kriminell, habe ich nie geglaubt.« Sie hob den Kopf. »Das, was diese Frau auf der Fähre sagte, stimmt das?«

Kari betrachtete ihre Finger.

»Ja«, sagte sie schließlich. »Dein Vater muss angenommen haben, dass du mit in der Maschine sitzt. Er hatte keinen anderslautenden Hinweis.«

»Er hätte mich sterben lassen!« Beas Stimme kippte. Sie fiel seitlich aufs Bett und hob die Hände an ihre Wangen. »Die Psychologin sagt, es sei nicht meine Schuld, dass Mum tot ist. Aber das nützt mir nichts. Ich fühle mich schuldig.« Heftiges Schluchzen unterbrach ihre Worte. Kari erhob sich aus dem Sessel und setzte sich neben das Mädchen. Sie hätte Bea in diesem Moment so gerne gesagt, dass ihre Mutter lebte. Aber Jo hatte recht. Es wäre zu riskant. So blieb ihr nur, die

Hand auf Beas Rücken zu legen und sie weinen zu lassen. Als die sich mit einem heftigen Ruck erhob, erschrak Kari.

»Er kommt frei«, konstatierte Bea. »Wenn Mum nicht gegen ihn aussagen kann, wird er das Gefängnis morgen verlassen.« Sie starrte Kari mit großen Augen an. »Das kann doch nicht sein. Nach allem, was er getan hat.«

Kari hob die Achseln. Dabei rief sie sich Sandras Worte ins Gedächtnis zurück.

Die Pistole, mit der Gereon den Kleindealer erschossen hat. Sie liegt in einem Schließfach, zu dem nur ich und neuerdings auch sie Zugang haben. Dazu ein notariell beglaubigtes Dokument von mir, in dem alles steht. Ich habe das damals aus zweierlei Gründen gemacht: Einmal, um zu verhindern, dass Gereon die Waffe im Haus findet. Und damit Bea, wenn sie denn wollte, etwas gegen ihren Vater in der Hand hat, sollte ich nicht mehr dazu in der Lage sein, das Material zu verwenden.

Wenn Bea davon wusste, wie würde sie sich entscheiden?

»Hör mal«, setzte Kari daher an. »Deine Mutter hat ein paar belastende Unterlagen hinterlassen. Du hättest Zugriff darauf. Könntest dafür sorgen, dass dein Vater für einen Mord, den er selbst begangen hat, verurteilt wird.« Sie sprach nicht weiter, beobachtete, was die Worte mit Bea machten.

»Er hat jemanden getötet? Mit seinen Händen?«

»Mit einer Waffe«, präzisierte Kari.

Bea zog die Beine an und schwang sich neben Kari in eine sitzende Position.

»Wo sind die Unterlagen?«

»Das müsste ich noch herausfinden«, schwindelte Kari. »Aber sag mal – wärst du bereit, sie zu verwenden?«

Beas Lider flatterten. Ihr Blick verhärtete sich. Ein Ruck ging durch das Mädchen.

»Ja«, sagte sie nachdrücklich. »Das würde ich. Je eher, desto besser.«

Kari war sich sicher, dass Bea es ernst meinte. Das hieße auch, dass man nicht mehr davon ausgehen musste, dass sie eine Gefahr für ihre Mutter darstellte. Die Frage, ob sie mit Sandra in den Zeugenschutz gehen würde oder nicht, konnte neu verhandelt werden. Blieb nur noch zu klären, ob man die Leiche des Drogendealers inzwischen gefunden hatte.

Kapitel 43

Die Verbindungstür war die ganze Nacht offen geblieben. Bea hatte unruhig geschlafen. Mehrmals hatte sie laut im Schlaf gesprochen, unverständliche Dinge von sich gegeben. War ständig zwischen Badezimmer und Bett gependelt. Kari, der ebenfalls keine erholsame Nachtruhe beschieden worden war, erhob sich am Dienstag, dem Tag des Prozessbeginns, wie gerädert. Im Haus hatte seit den frühen Morgenstunden Betriebsamkeit geherrscht. Mehrere Wagen waren vor dem Eingang vor- und wieder abgefahren. Türen im Inneren waren geöffnet und geschlossen worden. Sie hatte Geschirr klappern gehört. Jetzt war es kurz nach neun und totenstill.

Bea lag unter ihrer Bettdecke vergraben und schlief endlich tief und fest. Kari verzog sich ins Badezimmer. Da ihrer beider Gepäck mit im Hubschrauber gewesen war, hatte man ihnen am Vorabend eine Papiertüte mit dem Notwendigsten gebracht. Seife, Zahnbürste, Zahnpasta. Kari band ihr Haar mit einem Gummi am Hinterkopf zusammen, legte ihre Waffe an, zog einen Blazer drüber und ging ins Restaurant. Eine einsame Gestalt saß dort mit dem Rücken zu ihr an einem der Tische und starrte durchs Fenster auf die Straße hinaus. Kari erkannte den charakteristischen Schopf mit dem raspelkurzen hellen Haar sofort.

»Marlies!« Kari lief auf ihre totgeglaubte Kollegin zu. Sie fielen sich in die Arme.

»Gott Kari. Du hast keine Ahnung, was ich mitgemacht habe!«

»Und ich erst! Ich dachte, ihr seid abgestürzt. Jo hat mir gestern Abend alles erzählt.«

»Alles?«

»Na ja. Das, was ich für *alles* halte. Tobias. Jo und du.« Marlies legte eine Hand über die Augen und ließ sich zurück auf ihren Stuhl sinken.

»Es ist ein schreckliches Gefühl, von jemandem verraten worden zu sein, den man liebt.«

»Deine Gefühle ihm gegenüber haben sich doch hoffentlich verändert.«

»Er ist ein anderer Mensch, als der, den ich zu kennen glaubte. Ich bin so schockiert, auch über meine Gutgläubigkeit.« Sie atmete tief durch.

»Es tut mir leid, Kari. Dass ich mich so unprofessionell verhalten und euch andere damit in Gefahr gebracht habe. Bitte entschuldige.«

Kari, die erst wenige Monate zuvor eine eigene bittere Erfahrung mit einem beruflichen Misserfolg und den daraus resultierenden Selbstzweifeln gemacht hatte, drückte ihrer Kollegin stumm die Hand. Sie blickte Marlies aufmerksam an. Aber es kam nichts mehr und Kari begriff, dass Jo seiner Tochter nichts von dem

Überfall auf Kari in deren Haus erzählt hatte. Sie blickte auf ihre Uhr.

»Sandra sitzt jetzt im Gerichtssaal und macht ihre Aussage. Es ist wichtig für uns, dass Leonhardt hinter Gitter kommt. So gesehen, haben wir unseren Auftrag erfolgreich abgeschlossen. Trotz allem.«

Die Tür zum Restaurant öffnete sich. Beide drehten sich um. Margot betrat den Raum.

»Bea schläft«, informierte Kari die Psychologin.

»Spricht etwas dagegen, dass ich zu ihr nach oben gehe? Ich warte dort, bis sie aufwacht.«

»Bereiten Sie sie darauf vor, ihre Mutter wiederzusehen?«

Margot nickte und stolzierte davon.

»Ich sehe Chancen, dass sie sich versöhnen«, rief Kari ihr hinterher. Margot hob dankend die Hand und verschwand.

»Sich versöhnen? Glaubst du das?«

»Bea ist zutiefst schockiert darüber, dass ihr Vater ihren Tod billigend in Kauf genommen hätte.«

Sandra kam am Nachmittag ins Hotel zurück. Sie war totenbleich und schwankte leicht vor Erschöpfung, als sie an Jos Arm die Lobby betrat. Kari und Marlies hatten es sich dort auf einer Sitzgarnitur gemütlich gemacht.

»Wo ist meine Tochter?«, wollte Sandra als Erstes wissen. Bea war mit Corinna, ihrer neuen Personenschützerin, oben im Zimmer. Marlies begleitete Sandra und Kari erhob sich. Die große Anspannung der letzten Tage war von ihr abgefallen. Es blieb jetzt nur noch, sich von den drei Frauen zu verabschieden, mit denen sie diese intensive Zeit verbracht hatte. Als Erste war Marlies an der Reihe, die eine halbe Stunde später zurück in die Lobby kam.

»Bea ist wahnsinnig erleichtert, ihre Mutter wiederzuhaben«, flüsterte sie Kari ins Ohr, als sie sich umarmten.

»Du kehrst jetzt direkt nach Berlin zurück?«, wollte Kari wissen.

»Genau. Sehen wir uns bald dort wieder?« Marlies' Augen ruhten fragend auf ihrer Kollegin.

»Jo hat mich reaktiviert. Also – könnte gut sein.« Kari winkte der anderen nach, als sie das Hotel verließ, draußen in einen Streifenwagen stieg. Die Uniformierten würden sie zum Bahnhof bringen.

»Kari?«, Jo kam eilig die Treppe herunter. »Die beiden Leonhardt-Frauen möchten sich von dir verabschieden.«

Im Zimmer erwartete Kari ein seltenes Bild der Einigkeit. Bea umarmte sie fest und murmelte, wie dankbar sie ihr für alles sei. Dabei drückte sie ihr etwas in die Hand. »Für dich. Damit du mich nicht vergisst.« Es war eines ihrer selbst geknüpften Freundschaftsbändchen. Kari lächelte gerührt, als sie es ihr gleich auch noch selbst anlegte. Als Sandra ihre Tochter darum bat, ein paar Worte mit Kari alleine wechseln zu können, verschwand sie ohne Murren mit Corinna im Nebenzimmer.

»Ich habe gehört, dass man seit einer Stunde auf dem Nachbargrundstück unserer Villa nach den sterblichen Überresten eines Menschen sucht«, begann sie das Gespräch.

»Bleibt herauszufinden, wer der Tote ist und wer ihn getötet hat«, ergänzte Kari.

Sandra zog die Brauen nach oben.

»Sie haben nur einen Teil der Information weitergegeben?«

»Ja. Zum einen mussten Sie erst Ihre Aussage machen, damit die Behörden wissen, wem das Grundstück gehört. Zum Zweiten betrachte ich die Angelegenheit mit dem Safe als Ihre Privatsache.«

»Das ist … großzügig.«

Kari schüttelte den Kopf. »Ich baue darauf, dass Sie eine Aussage machen. Aus freien Stücken. Es mag so scheinen, als ob niemand den jungen Drogendealer vermisst hat. Aber auch er hat Eltern, Geschwister, Freunde, die irgendwo darauf warten, etwas von ihm zu hören. Außerdem sollte er ein ordentliches Begräbnis erhalten. Und Ihr Mann muss für den Mord bestraft werden.«

Sandra senkte den Blick, sie lächelte versonnen.

»Es wird Sie freuen zu hören, dass ich eine entsprechende Aussage bereits gemacht habe. Morgen ist ein Ortstermin angesetzt. Danach, so hoffe ich, ist die Sache überstanden. Ich will Gereon nicht noch einmal in einem Gerichtssaal gegenüberstehen.«

»Es gibt noch etwas, das Sie wissen sollten. Bea wäre bereit gewesen, das, was Sie im Safe hinterlegt haben, gegen ihren Vater zu verwenden.«

Sandras Augen weiteten sich.

»Wie haben Sie das denn geschafft?«

Kari hob die Schultern. »Nicht ich. Es war die Frau, die Bea auf der Fähre entführen wollte. Durch ihre

Worte wurde Bea klar, dass ihr Vater sie hätte sterben lassen.«

Eine Weile schwiegen beide.

»Denken Sie, dass ich ihr vertrauen, sie mitnehmen kann?«

»Zeigen Sie ihr, dass Sie sie lieben. Nehmen Sie sich Zeit für Ihre Tochter und geben Sie ihr ein bisschen Freiraum. Mädchen in dem Alter brauchen das Gefühl, aufgehoben zu sein. Auch wenn sie es sich selbst gegenüber nicht zugeben können.«

Sie gaben sich lächelnd die Hand und Kari ging zur Tür. Dort blieb sie stehen, drehte sich um.

»Eine Frage habe ich noch an Sie. Wir haben Blutspuren in einem Wagen Ihres Fuhrparks gefunden. Mich würde interessieren, was es damit auf sich hat.«

Sandra stieß einen leisen Ton aus.

»Mein Bodyguard. Er musste abtauchen und hat sich absichtlich eine Verletzung zugefügt. Nichts Schlimmes, obwohl es sehr geblutet hat.« Sie verzog das Gesicht. »Nur so, dass es nicht auffiel, dass ich ihn von seinem Dienst befreit habe.«

»Warum musste er abtauchen?«

»Wir hatten das Gefühl, dass Gereon, oder sein Anwalt, etwas ahnte.«

»Ihr Mann ist Ihnen beiden auf die Schliche gekommen?«

»Nicht uns beiden. Ihnen beiden. Sozusagen.« Sandra lächelte fein.

Kari schaute die andere perplex an.

»Sie meinen, er war kurz davor, aufzufliegen? Und Sie wussten Bescheid über ihn?«

»Dass er einer von Ihren Leuten ist? Auf Gereon angesetzt? Ja! Er hat es mir gesagt, als wir uns näher gekommen sind.«

Wieder dieses feine Lächeln. »Wir vertrauen einander.«

Ihre Worte versetzten Kari einen Stich. Konnte man
das, jemandem so sehr vertrauen? Immerhin hatte der
Kollege sein Leben riskiert. Hätte Sandra ihn verraten,
wäre er nicht mehr am Leben. Umgekehrt galt das genauso. Er hätte sich auf Leonhardts Seite schlagen und
Sandra ins offene Messer laufen lassen können. Sie
musste der anderen Respekt zollen. Die Frau war sich
immer ganz sicher gewesen, ihrem Bodyguard, der irgendwann zu ihrem Geliebten und ihrem Beschützer
geworden war, vertrauen zu können. Selbst, als sie erfuhr, dass er für das BKA arbeitete.

»Und jetzt? Wie wird es für Sie beide weitergehen?«

Sandra kniff die Augen zusammen. »Das kann ich
Ihnen nicht sagen. Sie wissen schon. Geheimhaltung
und so.«

»Verstehe«, murmelte Kari. »Egal, was und wie Sie es
planen, ich wünsche Ihnen viel Glück. Ihnen drei.« Sie
hob die Hand zum Gruß und ging hinaus.

Kapitel 44

Jo hatte sie mit dem Heli zurück nach Föhr bringen lassen. Den ganzen Flug über rekapitulierte Kari die vergangenen Tage. Einerseits freute sie sich darauf, in Kürze ihren alten Job im aktiven Dienst beim BKA Berlin wieder aufnehmen zu können. Andererseits verspürte sie ein mehr als leises Bedauern darüber, die Insel auf nicht absehbare Zeit verlassen zu müssen.

Von dem kleinen Flughafen bei Wyk nahm sie ein Taxi nach Süderende. Sesle sah sie durch das offen stehende Fenster ihres Arbeitszimmers und kam sofort zur Tür. »Wie schön, dich zu sehen.« Sie umschlang ihre Freundin so fest, dass Kari sich prustend aus der Umarmung befreien musste. »Ich hatte solche Angst um dich.« Sesle zog sie mit sich ins Haus, offerierte Tee und ein Stück selbst gebackenen Zitronenkuchen, den Kari gerne annahm.

»Zuerst das Praktische: Magnus kann mir eine Rechnung für seine Auslagen ausstellen.« Sie wusste, dass es mit dessen Firma nicht zum Besten stand, und Jo hatte ihr versichert, sie könne alles, was mit der Unterkunft in Nieblum zusammenhing, auf ihre Spesenrechnung setzen. »Ich kann euch beiden nicht oft genug dafür danken, dass ihr mir geholfen habt.«

»Wenn du verhindern konntest, dass jemand zu Schaden kam, ist es das sicher wert gewesen.« In einer unbewussten Geste hatte Sesle bei diesen Worten die Hand auf ihren inzwischen deutlich gerundeten Bauch gelegt. In rund vier Monaten würde ihr zweites Kind auf die Welt kommen und ihre mütterliche Ausstrahlung hatte sich in den vergangenen Wochen verstärkt.

»Ich hoffe, dass die beiden Personen, um die es ging, in Zukunft sicher sein werden.« Gereon Leonhardt wäre nicht der Erste, der aus dem Knast heraus Mordaufträge erteilte. Er war offensichtlich bestens informiert über alles, was draußen vor sich ging. Ganz sicher würde er nach seiner Frau suchen lassen. Vielleicht war es gar nicht so schlecht, dass sie einen eigenen Personenschützer an ihrer Seite hatte. Von Jo hatte Kari vor dem Abflug erfahren, dass der Mann ihm persönlich einen letzten und ausführlichen Bericht geschickt und gleichzeitig seine Kündigung eingereicht hatte. Er und Sandra meinten es ernst. Blieb zu hoffen, dass sich Bea mit den neuen Begebenheiten arrangieren konnte.

Kari verabschiedete sich knapp eine Stunde später. Ihr Rad befand sich noch bei Bent, ein Taxi wollte sie nicht nehmen und Sesles Angebot, sie zu fahren, schlug sie aus.

»Ich brauche frische Luft und Bewegung, um meinen Kopf auslüften zu können. Da ist ein langer Spaziergang genau das Richtige.«

Den ganzen Tag über war es warm gewesen, jetzt lag ein Hauch von kühler Nachtluft über den Wiesen, der Kari guttat. Sie schritt kräftig aus und erreichte Utersum in der Dämmerung.

Als sie an der Kate ankam, schimmerte Licht durch die Fenster. Trine war also geblieben. Kari fand ihre Mutter auf der Couch im Wohnzimmer sitzend und ein Buch lesend. Das Haus war aufgeräumt. Alles, was bei ihrem letzten Aufenthalt hier herumgelegen hatte, war wieder in Schränken und Kommoden verstaut.

»Du bist wieder da«, sagte Trine. Sie zog ihre Lesebrille ab und musterte ihre Tochter. Gerade so, als wäre nicht geschehen, was geschehen war.

»Was ist mit dem Toten?«, wollte Kari dann auch gleich wissen. Trine zog die Brauen hoch.

»Willst du nicht erst deine Tasche abstellen. Duschen. Etwas essen. Ein Glas Wein mit mir trinken?« Sie erhob sich und ging auf ihre Tochter zu. »Du siehst erschöpft aus.« Einen Moment lang standen sie sich so gegenüber. Bis Trine die Hand hob und Kari sanft über die Wange streichelte. »Du weißt ja, dass ich nicht besonders gut kochen kann. Aber ein paar Nudeln kriege ich noch hin.« Weil Kari immer noch nichts sagte, nahm sie ihr einfach die Reisetasche aus der Hand und ging in das eine der beiden Schlafzimmer, in dem Kari sich seit ihrer Rückkehr nach Föhr eingerichtet hatte.

Egal, dachte die. Ob sie nun eine Stunde früher oder später erfuhr, wie alles weitergegangen war. Besagte halbe Stunde später saß sie ihrer Mutter frisch geduscht am Esstisch gegenüber und stocherte in einem Teller reichlich zermatschter Gnocchi in Basilikumsauce herum. Es stimmte. Trine war keine gute Köchin.

Vermutlich sogar eine noch schlechtere als ihre Tochter.

»Wo ist der Tote?«, fragte sie.

Trine legte ihre Gabel beiseite und trank bedächtig einen Schluck von ihrem Wein. Der Blick, mit dem sie ihre Tochter musterte, war nachdenklich. Als wollte sie prüfen, wie viel sie Kari zumuten konnte.

»Ich sage dir, was ich gemacht habe.« Sie drehte das Glas in den Händen. »Der Wagen des Mannes war ein Mietwagen vom Festland. Dorthin habe ich ihn zurückgebracht, Schlüssel und Papiere in den Nachtbriefkasten geworfen. Das Handy, das im Handschuhfach lag, ist mitgefahren und wurde danach an mehreren Stellen entsorgt. Ebenso eine kleine Tasche mit etwas Wäsche und einer Zahnbürste, die im Kofferraum stand. Hinweise auf ein Hotelzimmer gab es keine. Könnte sein, dass er seinen Auftrag durchziehen und wieder verschwinden wollte. Oder noch keines gefunden hatte.«

»Wo ist seine Waffe?« Kari konnte kaum sprechen, so trocken war ihr Mund.

»Liegt auf dem Grund der Nordsee.« Trine strich mit den Fingerspitzen über die Tischkante. Sie schwieg nach diesen Worten lange, trank immer wieder einen Schluck von ihrem Wein. »Die Leiche haben wir an einen sicheren Ort gebracht«, fuhr sie dann fort. Sie hob die Hand, als Kari nachfragen wollte. »Besser, du weißt es nicht. Überhaupt solltest du die ganze Angelegenheit vergessen. Der Mann war nie hier. Punkt.«

Kari starrte ihre Mutter an. »Wenn ich es nicht besser wüsste, würde ich annehmen, dass du selbst einmal in dunkle Geschäfte verwickelt warst.« Sie strich sich mit der Hand über die Stirn. »Aber das geht so nicht! Du kannst nicht einfach hier aufkreuzen, einen Mann erschießen und so tun, als wäre es das Normalste auf der Welt, seine Spuren zu verwischen.«

»Nein? Kann ich nicht?« Trine setzte ihr Glas mit einem Knall ab. »Was hätten wir denn tun sollen? Es war nicht deine Waffe. Also warst du nicht in offizieller Mission unterwegs. So viel habe ich verstanden. Dass du hier seit Monaten auf Föhr lebst, spricht ebenfalls für sich. Bist du entlassen worden? Oder hat man dir einen längeren Urlaub angetragen?« Wieder hob sie die Hand, als Kari etwas erwidern wollte. »Ich mag nicht viel über dich wissen. Aber immerhin so viel, dass du deinen Beruf liebst. Ein Disziplinarverfahren, oder ein weiteres, käme da zur Unzeit.« Sie ließ sich mit einem Unmutslaut gegen die Stuhllehne sinken. Kari starrte ihre Mutter mit offenem Mund an.

»Ja«, sagte sie. »Du hast recht. Mit allem. Ich war suspendiert. Dieser Fall war meine Chance, zurückzukehren. Ich flog unter dem Radar, nur mein Vorgesetzter wusste davon. Die Waffe gehört einem Kollegen. Dennoch«, sie hob verzweifelt die Stimme, »kann ich doch nicht so tun, als gäbe es diesen Todesfall nicht.«

»Dann zeig mich an. Ich habe mich strafbar gemacht.« Trine verschränkte die Arme vor der Brust.

»*Ich* werde *dich* nicht anzeigen. Das kannst du selbst tun. Sag, du bist in Panik geraten. Sag, du hast übereilt gehandelt. Der Schuss war nicht tödlich. Er ist unglücklich gestürzt. In den Zinken einer Mistgabel. Vor zwei Zeuginnen.«

»Denkst du auch mal an Jette? Sie ist mit dem Ding auf den Mann losgegangen. Um dir zu helfen. Willst du sie in ein Verfahren hineinziehen. Wegen jemandem, der sein Geld mit Folter und Mord verdient hat? Dein Vorgesetzter wird sich ebenfalls freuen. Ihn reißt du da auch mit rein, wenn der Einsatz nicht abgesegnet war.« Trines Augen waren schmal geworden.

»Oh Gott!«, stieß Kari aus.

»Lass den aus dem Spiel. Er wird dir nicht helfen.« Bei diesen Worten lächelte Trine spröde. Sie starrten sich an. Kari senkte als Erste den Blick.

»Ich muss eine Nacht darüber schlafen. Das heißt nicht, dass ich einverstanden bin.« Sie starrte grübelnd auf ihren Teller mit den inzwischen gänzlich ungenießbaren Gnocchi. »Aber nun sag mir bitte, was du, nein, was ihr mit der Leiche gemacht habt.«

Trine zog die Stirn kraus.

»Das habe ich vergessen.« Damit erhob sie sich, griff nach den Tellern und räumte den Tisch ab.

Kapitel 45

Kari hatte nach all den Strapazen der vergangenen Tage erstaunlich gut geschlafen. Als sie erwachte, war es bereits neun Uhr. Im Haus war es still, aber sie hörte Stimmen von draußen und ging hinaus. Trine und Jette standen auf dem Nachbargrundstück im Garten – mit etwas beschäftigt, das aus mehreren Eimern heraus heftig stank.

»Pfui Teufel! Was ist das denn?« Kari hielt sich die Nase zu.

»Brennnesseljauche.« Jette rührte mit einem Stock in der trüben Brühe herum. »Das Beste, was es für Gemüsebeete gibt.« So, wie es aussah, hatte Karis Nachbarin einen halben Wald dafür abgemäht.

»Gut, dass ich keine Gemüsebeete habe«, stellte Kari klar. »Und auch keine anlegen werde.«

»Weil?« Jette richtete sich auf und stemmte die Fäuste in die Hüften.

»Weil meine Tochter wieder nach Berlin geht. Stimmts?« Trine strich sich lächelnd eine Haarsträhne hinters Ohr.

»Ach so«, brummte Jette. »Ich hatte gehofft, du bleibst jetzt hier. War nett mit uns.«

Sie legte die Deckel auf die Eimer, was die Luft schlagartig verbesserte.

Jette und Trine wechselten einen beredten Blick.

»Ich fahre heute wieder nach Dänemark zurück«, verkündete Trine.

»Was?«, fragte Kari entgeistert. Für sie war das Gespräch vom Vortag noch lange nicht beendet.

»Es bleibt genügend Zeit, sich ein bisschen zu unterhalten«, fuhr ihre Mutter fort. Jette stahl sich im Hintergrund davon und Kari sah ihr nachdenklich hinterher. Würde wirklich auch sie Schwierigkeiten bekommen? Immerhin war es ihre Mistgabel gewesen, die den Hals des Profikillers aufgeschlitzt hatte.

Wie sich herausstellte, hatte sich Trines Haltung nicht verändert. Als Kari aus der Dusche kam, war ihre Mutter bereits dabei, ihre Sachen in eine Reisetasche zu packen.

»Du willst wirklich fahren?«, fragte Kari ungläubig. Wie konnte die Frau, die sie geboren hatte, so kühl agieren? Andererseits war es ja genau das, was ihre Tochter ihr insgeheim schon immer vorwarf.

»Ja. Und du solltest jetzt den Deckel auf diese unselige Geschichte machen. Denk einfach mal darüber nach, was geschehen wäre, wenn ich nicht eingegriffen hätte. Jette würde nicht mehr leben. Ich ebenso wenig. Du wärst ebenfalls tot. Der Kerl wollte etwas von dir wissen. Entweder, er hätte es erfahren, oder er hätte eingesehen, dass du es ihm nicht sagen kannst oder willst. In jedem Fall wäre dein Ende besiegelt gewesen.«

»Du sagst, dass du von deinem Vater schießen gelernt hast. Auf der Jagd.«

Trine sah misstrauisch hoch zu ihrer Tochter. »Aber man jagt normalerweise mit einem Gewehr. Und die Handhabung von Gewehren und Pistolen ist eine andere.«

»Kari. Was willst du mir damit sagen? Oder unterstellen?« Trines Stirn lag in Falten. Sie wirkte streng und unnahbar und damit genau so, wie ihre Tochter sie kannte.

»Ist dir bewusst, dass du das allererste Mal mir gegenüber von deiner Herkunftsfamilie gesprochen hast?« An Trines rechtem Auge begann das Lid zu zucken. Mit einer heftigen Bewegung drehte sie sich von ihrer Tochter weg. Kari sah, wie es in ihrer Mutter arbeitete. »Immer, wenn ich dich früher danach gefragt habe, weil ich gerne meine Großmutter und meinen Großvater mütterlicherseits kennenlernen wollte, hast du abgeblockt. Uns wissen lassen, dass es keine familiären Bindungen gibt. Warum?« Kari ging zwei Schritte auf ihre Mutter zu und berührte sie sanft an der Schulter. »Sag es mir doch einfach. Für mich war immer klar, dass deine eigene Kühle mir gegenüber etwas damit zu tun haben muss. Dass du selbst vielleicht ebenfalls nichts anderes erfahren hast als Kind oder Jugendliche.« Sie hatte befürchtet, dass sich Trine von ihr losmachen, sie mit einer Ausrede abspeisen würde. Umso erstaunlicher war deren milde Reaktion.

»Möglicherweise hast du recht. Die Beziehung zu meinen eigenen Eltern war schwierig. Aber nicht kalt oder hart. Das nie. Dass mein Vater mich mit auf die Jagd genommen hat, ist die Wahrheit.« Sie drehte sich zu Kari um und legte ihr die Hand an die Wange. »Ich weiß, dass du mich für kühl hältst. Zu wenig mütterlich.« Sie seufzte kurz. »Und das bin ich vermutlich. Dieses Gluckenhafte liegt mir nicht. Dennoch bist du mein Kind und ich möchte dich schützen. So ich es bei einem erwachsenen Menschen eben kann.« Sie musterte Kari mit einem mitfühlenden Blick. »Was diesen Mörder betrifft, bin ich der festen Überzeugung, dass es gut ist, wie es ist. Es wäre fatal, wenn du und ich deswegen in Schwierigkeiten gerieten.«

Stumm musterten sie sich. Kari seufzte.

»Was quält dich so?«

»Was mich quält?« Kari hob die Hände.

»Was ist mit deinem Job?«

»Ich war suspendiert. Habe einen Fehler gemacht. Oder wurde verraten. Solange ich es nicht weiß, habe ich keine Ruhe. Ich will vor allen Dingen zurück in den Dienst, um diese Sache klären zu können.« Sie war selbst erstaunt, dass ihr all das so flüssig über die Lippen kam.

»Dann ist es gut so, wie es ist. Dass Jette und ich uns um die Sache gekümmert haben. Je weniger du weißt, desto besser.«

Die Sache. So nannte ihre Mutter das also. Kari verstand, was Trine ihr sagen wollte. Noch mehr Schwierigkeiten konnte sie zurzeit brauchen wie einen Kropf am Hals.

Trine trat einen Schritt zurück. »Aber wenn du es anders siehst, wenn du wirklich wissen willst, was wir mit ihm gemacht haben, sage ich es dir.« Stumm sahen sie sich an. Kari wusste, dass sie anders hätte reagieren müssen. Dennoch schüttelte sie den Kopf.

»Vielleicht später«, murmelte sie.

Zum Abschied umarmten sie sich vor dem Haus und Kari entdeckte zu ihrer Überraschung Tränen in Trines Augen.

»Er fehlt mir«, sagte sie zu ihrer Tochter. Die wusste genau, wer gemeint war, ging es ihr doch genauso. Sobald sie an ihren Vater dachte, wurde sie wehmütig.

»Du fehlst mir auch«, setzte Trine noch hinzu, bevor sie in das bereits wartende Taxi stieg. Kari winkte ihrer Mutter nach, bis der Wagen außer Sichtweite war. Dann machte sie sich auf den Weg zu jemandem, mit dem ebenfalls ein Gespräch fällig war.

Kapitel 46

»Es tut mir leid«, lauteten die ersten Worte, die Kari zu Bent Sörensen sagte. Sie standen sich am selben Ort gegenüber wie bei ihrer letzten Begegnung. In seiner Küche. Es duftete nach Vanille und Kaffee. Im Hintergrund lief kubanische Musik. Bent lehnte mit dem Rücken am Fenster. Er trug ein ausgewaschenes T-Shirt und Jeans und er war barfuß.

»Was genau tut dir leid?«, wollte er wissen.

»Dass ich dir misstraut habe.«

»Vermutlich sprachen die Fakten gegen mich.« So pragmatisch seine Worte klangen, so verletzt hörte er sich an. Jetzt, im Licht der Erkenntnis, schien ihr Misstrauen absurd. Bent hätte sie über das Prepaid-Handy tracken lassen können. Er hätte keinen Killer zu ihrem Haus schicken müssen. Und Franka hatte sich bei ihrer Ankunft in Wyk bereits auf der Fähre befunden. Bent hätte sie mitnichten rechtzeitig informieren können. Einige Fragen blieben dennoch offen.

»Deine Nähe zu Leonhardt ist mir immer noch suspekt.« Er beugte sich vor, fischte einen Apfel aus einer

Schale auf dem Tisch, beäugte ihn und biss schließlich krachend hinein. »Ich wüsste gerne, woher du all die Informationen hattest. Über den Killer auf der Insel. Darüber, dass Leonhardt seine Tochter nicht töten wollte, sondern ihre Entführung in Auftrag gegeben hatte. Was sich im Übrigen am Ende als falsch herausgestellt hat. Als der erste Plan schieflief, hätte er lieber sie ebenfalls sterben als seine Frau davonkommen lassen.«

Bent nickte versonnen. »Das mit der Entführung habe ich vermutet, ich wusste es nicht. Und alles andere – verständlich, dass du das wissen willst.« Er seufzte. »Aus der Zeit, in der ich in Hamburg gelebt habe, kenne ich Leute, die mit Gereon zu tun hatten. Nicht alle so skrupellos wie er. Einige könnte man ohne Weiteres als Gegner betrachten. In der Regel gibt es eben auch in dieser Szene sogenannte gut unterrichtete Kreise.«

»Es waren zwei Auftragsmörder unterwegs. Eine Frau. Als die durch eine Schusswunde außer Gefecht gesetzt war, kam ein Mann.«

»Sieht so aus, als ob Gereon sehr viel daran liegen würde, seine Ehefrau zum Schweigen zu bringen. Sei froh, dass er nur Einzelgänger anheuert.«

»Der Mann stand in meinem Wohnzimmer!« Ihre Stimme war laut geworden. »Er hat mich mit einer Waffe bedroht. In meinen eigenen vier Wänden!«

Er erwiderte nichts, schaute kauend und mit gerunzelter Stirn vor sich hin. »Jemand hat dich in deinem Haus bedroht?« Er blickte hoch. Sie sah die Wut in seinen Augen.

»Was ist aus ihm geworden?«

»Was aus ihm ...« Sie stockte, spürte, wie sie blass wurde. Die Wahrheit konnte sie ihm nicht sagen. »Ich habe ihn vertrieben«, antwortete sie stattdessen.

Bents Augen wurden dunkel. Sein Blick verriet nicht, ob er ihr das glaubte.

»Ihr werdet ihn nicht mehr aufspüren. Diese Leute kommen, machen ihren Job und gehen wieder. Der Einzige, der sich noch für ihn interessieren dürfte, sitzt vermutlich bald für sehr lange Zeit im Knast.« Kari verstand, was Bent sagen wollte. Der Kerl hatte eine Anzahlung auf einen Mord erhalten, den er nicht hatte begehen können. Diese, mit hoher Wahrscheinlichkeit in Bitcoins übers Darknet abgewickelt, zurückzufordern, war in seiner jetzigen Situation nicht mehr von Bedeutung. »Diesen Kerl vermisst niemand.«

Kari schluckte hart bei Bents letzten Worten. Wie sooft in seiner Nähe kam es ihr vor, als könne er ihre Gedanken lesen. Das war natürlich Blödsinn, machte sie dennoch nervös. Sie wechselte das Thema.

»Du hattest mir den Tipp mit den Nobelkarossen gegeben. Dass Leonhardt sie an treue Weggefährten verschenkt. Und da du selbst eine hast, hätte das auf dich als Kumpel oder Freund gepasst.«

»Woher weißt du das denn?« Er sah sie amüsiert an.

»Dass du einen Lamborghini Espada in der Garage bei mir stehen hast?« Sie grinste etwas schief. »Habe ich an meinem ersten Tag auf Föhr schon gesehen.«

»So, so. Meine Vermieterin ist also neugierig.« Er ließ die Hand mit dem Apfel sinken. »Interessiert es dich, wie ich zu dem Wagen gekommen bin?« Kari nickte. »Er gehört nicht mir, sondern Leonhardt. Es war eines seiner Lieblingsautos. Als ich ihm wegen der Führung des Casinos absagte, war er wütend. Aber er tat so, als sei nichts. Lud mich auf ein Spiel ein. Leider waren die Karten gezinkt, was ich auch beweisen konnte. Er war stinkwütend, wollte mir meinen Gewinn nicht geben. Da habe ich ihm bei einem kleinen, von mir inszenierten Gerangel die Schlüssel abgenommen und bin mit dem Wagen abgehauen. Drei Tage später kam ich auf die Insel. Seitdem steht das Auto in der Garage.«

»Tja, der Eigentümer wird dir keine Schwierigkeiten mehr machen. Er wird die nächsten Jahrzehnte hinter Gittern verbringen.«

»Sehr gut.« Bent verspeiste den Rest des Apfels und warf den Butzen mit Schwung in den Abfalleimer. Dann sah er Kari an. Ganz direkt.

»Wo wirst du die nächste Zeit verbringen?«

Karis Magen zuckte nervös. »Ich fahre heute noch nach Berlin. Kehre in meinen Job zurück. Mein altes Leben wartet.«

»Was, wenn du bleibst?« Sein Blick war so intensiv wie eine Berührung.

»Was?«

»Du hast mich schon verstanden. Bleib hier, Kari.« Sie starrte ihn an. Die Luft verdichtete sich. Bent kam auf sie zu. Er hob die Hand. Sein Daumen strich sanft über ihre Oberlippe. »Das mit uns. Das bilde ich mir doch nicht ein.« Sie musste den Kopf nur leicht anheben, um ihn anzusehen. In seinen Augen stand ein Funkeln, das ihren Körper elektrisierte. Sie spürte eine nie da gewesene Sehnsucht danach, sich fallenzulassen. Sich diesem Gefühl auszuliefern. Bents Atem streifte ihre Wange, als sich sein Gesicht dem ihren näherte. Kari schloss die Augen. Für einen Moment hörte die Welt auf, sich zu drehen. Dann durchlief sie ein Ruck. Er spürte es, trat einen halben Schritt zurück und griff nach ihrer Hand. »Was?«, fragte er leise.

»Ich kann nicht. Noch nicht. Es gibt etwas, das ich vorher klären muss.« Mit diesen Worten entzog sie ihm ihre Hand. Ignorierte die Enttäuschung, die sie in seinen Augen sah. Als sie ging, drehte sie sich nicht um.

Kapitel 47

Es war das Beste so. Sie war nicht frei. Noch nicht. Während sie packte, drängte sie jeden Gedanken, jedes Gefühl, das ihr etwas anderes suggerieren wollte, in den Hintergrund. Schließlich begriff sie, dass sie aus genau diesem Grund so überstürzt aufbrach. Niemand erwartete sie so kurzfristig an ihrem alten Arbeitsplatz, schon gar nicht Jo, der war in Hamburg. Sie hätte ohne Weiteres ein, zwei weitere Tage bleiben können. Aber sie traute sich selbst nicht. Endlich war alles verstaut. Sie warf die Reisetasche aufs Bett. Checkte noch einmal die Verbindungen. Es blieb genügend Zeit für einen kurzen Abstecher zu Jette.

Karis Nachbarin kurvte mit einer Schubkarre voller Grünschnitt und Gartenabfällen zu den zwei mächtigen Komposthaufen, die sich im hinteren Teil ihres großen Gartens im Schatten eines Holunderstrauchs befanden.

»Na, du?«, rief sie Kari entgegen und kippte den Inhalt der Karre aus. »Willst du mir ein bisschen zur Hand gehen?« Sie zwinkerte dabei.

»Ausnahmsweise mal nicht«, zwinkerte Kari zurück. Sie war nicht gerade eine begeisterte Gärtnerin, was Jette sehr wohl wusste. Die griff nach einer Metallkanne und versprühte auf einem der Haufen eine stinkende Brühe, die Kari sofort erkannte. »Ich dachte, das kommt auf die Gemüsebeete?«

»Ach, ich habe so viel davon angesetzt«, Jette zeigte auf eine Reihe von Eimern, die aufgereiht wie die Zinnsoldaten entlang der Hecke zu Karis Grundstück standen. »Jetzt gerade ist mehr reif, als ich auf meine Beete ausbringen kann. Und dem Kompost tut es ebenfalls gut.« Sie setzte die leere Kanne ab und begutachtete ihr Werk. »Kompost wird nicht umsonst das schwarze Gold der Gärtner genannt«, fuhr sie fort. »Das kann jede Hilfe gebrauchen.«

»Da hoffe ich mal, dass die Regenwürmer dieses Getränk lieben«, flachste Kari.

»Vor allen Dingen lieben es die Mikroorganismen.« Es folgte eine für Jette untypisch ausführliche Abhandlung über sämtliche Lebewesen unter und in der Erde sowie über das Zusammenspiel derselben. »Regenwürmer schlürfen praktisch auf, was die anderen zerkleinern. Alles Organische wird so zersetzt. Alles.« Sie schaute Kari mit zufriedenem Gesichtsausdruck an. Die blickte auf den Kompost und auf einen Schlag wurde ihr kalt.

»Jette, was ist denn mit …«

»Wenn du irgendwann mal doch auf den Geschmack kommst, sag einfach Bescheid, ich bringe dir alles bei.«

»Nein, ich wollte eigentlich wissen, was ihr mit dem …«

»Wir müssen doch zusammenhalten«, fiel Jette ihr erneut ins Wort.

»Wer wir?«, stotterte Kari.

»Die Guten, Kari. Die Guten müssen in dieser Welt zusammenhalten, sonst stürzt sie ein.« Jette nahm Karis Hand, umschloss sie mit ihren schwieligen Fingern. Fast zeitgleich drehten sie beide die Köpfe. Jettes getigerter Kater war auf einen der Komposthaufen gesprungen. Nun hockte er dort und putzte sich ausgiebig. Nach einer Weile hielt er inne und schaute zu ihnen herüber. Als er die Augen zusammenkniff war es Kari, als habe er ihr wissend zugeblinzelt.

ENDE

Nachwort und Dank

Dieser Roman spielt in der realen Kulisse der Insel Föhr. Gelegentlich habe ich mir die Freiheit genommen, diese zu ergänzen oder der Geschichte anzupassen.

Während der Arbeit an diesem Krimi stand mir meine liebe Autorenkollegin Britt Älling zur Seite. Sie ist eine wunderbare Schreibbuddy, die nicht nur bei diesem Text immer für wertvolle Inspiration sorgt. Meiner Testleserin Monica danke ich für viele kluge Fragen und Rückmeldungen, die die Story voranbrachten. Meinem Mann Wolf-Ingo dafür, dass er mir nicht nur beim Schreiben, sondern auch im Leben, ein wundervoller Partner ist. Mona Dertinger sorgte für Verständlichkeit im gelegentlichen Gedankensalat der Autorin und dafür, dass alles am richtigen Platz steht. Ein besonderer Dank geht an Alexandra Fölker vom dp Verlag. Sie war es, die den Anstoß zu dieser Nordsee-Krimi-Reihe gab, und sie sorgte als Ansprechpartnerin beim Verlag stets für einen reibungslosen Ablauf.

Allen, die mit ihren Geschichten über Föhr, ihren Fotos von der Insel und ihren Rückmeldungen zum ersten Fall von Kari Lürsen dafür gesorgt haben, dass ich stets mit frischen Anregungen versorgt war, rufe ich ein herzliches *Moin ihr Lieben* zu.
Bis bald wieder auf Föhr!